电波中的文字精灵

周 红 编著

南海出版公司

2022 · 海口

图书在版编目（CIP）数据

电波中的文字精灵 / 周红编著． -- 海口：南海出
版公司，2022.4
　　ISBN 978-7-5735-0152-3

　　Ⅰ．①电… Ⅱ．①周… Ⅲ．①古典诗歌－诗歌欣赏－
中国 Ⅳ．① I207.2

　　中国版本图书馆 CIP 数据核字（2022）第 051243 号

DIANBO ZHONGDE WENZI JINGLING

电波中的文字精灵

编　　者　周　红
责任编辑　张　蕾
出版发行　南海出版公司　电话：（0898）66568511（出版）（0898）65350227（发行）
社　　址　海南省海口市海秀中路 51 号星华大厦五楼　　邮编 :570206
电子信箱　nhpublishing@163.com
经　　销　新华书店
印　　刷　北京建宏印刷有限公司
开　　本　787 毫米 ×1092 毫米　　1/16
印　　张　13.5
字　　数　233 千字
版　　次　2022 年 4 月第 1 版　2022 年 4 月第 1 次印刷
书　　号　ISBN 978-7-5735-0152-3
定　　价　68.00 元

前言:流金岁月自难忘

利用碎片化时间整理这部书稿,我的思绪飞得很高很远。

虽然那是一段物质并不丰盈的岁月,留给我们的却是最厚重的回忆。

命运再不济,我还是在1979年的高考中幸运地考上了黔阳师范专科学校(今怀化学院),忝列"新三届"。10月"负笈西行",泪眼婆娑地来到了这个被火车拉来的城市。

这个地方其貌不扬,却美其名曰"学院岭"。低矮的小山包上灌木、杂草丛生,乱石嶙峋,嘉树匮乏。学校正准备从安江(黔阳)搬迁过来,当年仅七九级中文科、英语科的学生在这边学习和生活。北边靠迎丰路,有教师、学生宿舍楼各两栋;稍往南,是两排办公用的低矮小平房;再往南下一个梯级,靠东是一栋既用作食堂又充当会场的"多功能"建筑,靠西是两个(后来增加至四个)水泥篮球场;最南端,一栋四层楼高的教学楼形单影只,傲慢地凝视着慢慢崛起的怀化新城。我从未出过远门,家中父亲正待平反复职,令我特别牵挂,所以我在报到的最后一天晚上才到学校。学校那台非常气派的车就接了我一名新生,直接把我送到了男生112寝室。当时,修筑宿舍楼用的高大脚手架还未完全拆除。

在那样的艰苦条件下,我们开始了三年的大学生活。可喜的是,我们遇到了求学的极好时光。举国上下渴求着知识的力量,读书真成了人们的头等大事。除了上课,其余时间我大多宅在图书馆阅读,抄录的读书笔记有好大一叠,至今仍保留在我的书柜里。那阵子,我真像一个扑在知识面包上的大饿汉。

那是一个没有智能手机，没有平板电脑，更没有互联网的时代。夜晚来临的时候，正是思考的极佳时刻。学校仅有一台黑白电视机，中央电视台也只开设了两个频道，有闲情的人晚上可以到办公楼前收看《加里森敢死队》。我则每晚八九点钟打开那台半导体收音机，搜寻着可听的文艺节目。

吸引我的，首先是中央人民广播电台的《阅读与欣赏》节目。唐诗、宋词、名作、名篇，剖析精当的文本解读，让我收获颇丰；夏青、方明、雅坤、虹云，有磁性的播音，令人难以忘怀。尝到甜头之后，在不同的日子和时段，我找寻到了其他省级人民广播电台的类似节目。印象中听过的有湖南台、湖北台、陕西台、江苏台、广西台等。我一边听，一边打开《中国文学史》或《中国历代文学作品选》，翻到印有原作的页码，在书上详详细细地做起笔记来。不可否认，在那些岁月里，广播对文学艺术的普及作用是不可低估的。中央人民广播电台文艺部曾将系列广播稿编辑成《阅读与欣赏》丛书，分成古典文学部分、现代文学部分、外国文学部分系列，由北京出版社出版发行，一共出版了十几集，后改由中国广播电视出版社继续出版。我不仅将这些书籍悉数买了回来阅读，而且一直珍藏至今。

随着学习的深入，同时也得益于收听《阅读与欣赏》广播，我的文学欣赏水平在一步一步地提高。非常偶然，亦十分惊喜，在湖南人民广播电台的节目里，我收听到了恩师羊敬德撰写的介绍洞庭湖的几首古诗的广播稿，由此便萌生了写文学欣赏广播稿的想法。当时，经过自己的勤奋努力，我已在中华书局的《文史知识》和其他杂志上发表过论文，并且受邀为学校图书馆撰写了一篇关于如何读书、写作的文章。怀着试试看的心理，我写出了自己的第一篇文学赏析广播稿《一篇精美的送别词作》，介绍的是北宋词人周邦彦的《兰陵王·柳》。稿件得到了桂来受编辑的认可，他将打印稿寄给我，并安排了播出的时间。等拿到二十元稿费的时候，我已经是望城县一中的一名教师了。当时的学徒工一个月的工资才十八元，父亲便鼓励我继续写作，乐滋滋地念叨着说，经常做做这种名利双收的事。于是，我便开始了这种"阶段式"的写作工作。

"诗无达诂"，要准确地剖析这些名作名篇，的确不是一件容易的事。在写作期间，我曾多次写信请教过著名词学专家刘逸生、臧维熙、王富仁等先生，也曾多次请母校的古典文学老师给我提供一些帮助。从1982年5月到1994年8月，十二年时间，我为湖南人民广播电台撰写了三十四篇文学欣赏广播稿，还为长沙人民广播电台撰写过两篇，先后在《文学园地》《文学长廊》《文学欣赏》栏目中播出。

　　1995年，随着湖南经济广播电台的试播，录播节目逐渐淡出了人们的"听野"，取而代之的是插科打诨似的直播。我的这类写作从此告一段落。1988年8月始，上海辞书出版社陆续出版了系列辞书——《唐诗鉴赏辞典》《唐宋词鉴赏辞典》《宋诗鉴赏辞典》《元曲鉴赏辞典》《新诗鉴赏辞典》，促使文学欣赏类录播节目远离了人们的听觉。

　　在出版了自己的第一本散文集之后，我有了将这些文学欣赏广播稿结集出版的想法，一是对自己早年辛勤耕耘的一个总结，二是可以给广大文学爱好者特别是老年大学文学班的学员作辅助性阅读，三是给大学播音主持专业的学生作练习播音的脚本。

　　第一届《中国诗词大会》结束后，许多专家相继推出了热度很高的文化类专题节目，如蒙曼、郦波、康震、王立群、卫东、方笑一等大家品读唐诗宋词，著名词学大师叶嘉莹先生解读古诗，台湾蒋勋先生细说《红楼梦》，等等。这类节目的风行也敦促着我将过去的广播稿整理出版。

　　广播稿按年代顺序进行编排，每篇广播稿后面附有首播时间。为了阅读的方便，生僻字词都加注了现代汉语拼音，因此，这也是一本无障碍读本。

　　在撰写这些广播稿的过程中，我参阅了《唐诗小札》《宋词小札》《唐诗选析》《唐宋词选析》《宋词名篇赏析》《唐诗鉴赏集》《唐诗鉴赏辞典》《唐宋词鉴赏辞典》《宋词鉴赏辞典》等十余部专著和一些社科期刊上的文章，借鉴、吸收了不少的编者思想观点。在此一并致谢！

　　在书稿即将"付梓"的时候，我要感谢湖南人民广播电台文艺部的老编辑桂来受先生！您的那些约稿函我都一一保留着，指教、点拨令我终生难忘。我还要感谢当年的打字员吴顺清、曹正梅老师！你们的辛勤劳动让我今天能够有机会将这些文字继续传播。

　　最后，我想说的是，这些可读可听的文字精灵是有生命的。湖南人民广播电台如果能打开尘封的档案，通过渠道，重新激活这些文字精灵的广播录音，让高放、鲁兵等老一辈播音员的优美声音再度传入人们的耳中，那是我最大的心愿。

周红

2017年10月8日于百味斋

2019年5月1日改定

目　录

南宋文学作品赏析

清代文学作品赏析

现当代文学作品赏析

俄国文学作品赏析

专题文学作品赏析

南北朝文学作品赏析

剖之以理　动之以情

——丘迟《与陈伯之书》讲析

丘迟的《与陈伯之书》是我国南北朝时候的骈（pián）文名篇，是一封用骈体文写的劝降信。

丘迟（464—508年），字希范，吴兴乌程（今浙江省湖州市）人，以文才著称。505年，梁武帝派自己的弟弟临川王萧宏率军北伐，丘迟随军做谘议参军、记室，相当于今天的秘书。他们首先遇到的敌人就是陈伯之，陈伯之曾与丘迟同朝为官，所以萧宏便让丘迟给陈伯之写了这封劝降信。陈伯之，南北朝时期的军阀，梁时为江州刺史。梁武帝起兵攻齐的时候，他归顺了梁朝，被封为丰城县公。后来陈伯之又听信部下的挑唆，起兵反梁，兵败后投靠北魏，当了平南将军。

对陈伯之这样一个丧失民族气节的军人败类，丘迟本来觉得没有跟他通信的必要。但在临川王奉命北伐的时候，陈伯之具有一定的实力，争取他回到祖国怀抱，以削弱北魏加强梁朝，这对整个国家和民族利益来说，是完全必要的，丘迟在这封信里运用感情的笔锋，收到了招降的效果。信的头一段是：

迟顿首。陈将军足下：无恙，幸甚，幸甚！将军勇冠三军，才为世出，弃燕雀之小志，慕鸿鹄以高翔。昔因机变化，遭遇明主，立功立事，开国称孤。朱轮华毂（gǔ），拥旄万里，何其壮也！如何一旦为奔亡之虏，闻鸣镝而股战，对穹庐以屈膝，又何劣邪！

开始是几句亲切而简练的问候的话：我向陈将军致意！听说您安好无恙，我高兴极了。接着，丘迟就陈伯之当年归附梁朝，三年前又反梁投魏的经历来进行褒贬叙述：陈将军的英勇是全军第一，才能也是当今最杰出的。您抛弃燕雀小志，仰慕鸿鹄大志是非常明智的。当初您顺应时机，投奔了圣明的梁武帝，才建立了功业，成为开国的元勋，乘着只有王侯才能乘坐的彩车，并拥有雄兵，号令一方，气势是何等的雄壮啊！怎么一下子竟成了逃跑投敌分子，听见胡人的响箭就两腿发抖，见到北魏的统治者就下跪礼拜呢？这又是何等的卑劣啊！

这些话言辞激烈，欲抑先扬，顿挫有力。丘迟首先对陈伯之的为人加以肯定，赞扬他当初因机变化，处事果敢，"弃燕雀之小志，慕鸿鹄以高翔"，投靠明主，背离昏君。接着写他在梁朝荣华富贵的生活："朱轮华毂（gǔ），拥旄万里，何其壮也！"这好比一颗定心丸，丘迟先给陈伯之以安慰，让他意识到这封信是善意的，并引起他对往日生活的回忆，把他的思绪牵在自己手里，为下文打下了基础。随后，丘迟笔锋很自然地由扬转抑，严厉指责了陈伯之叛国投敌的可耻行径："如何一旦为奔亡之虏，闻鸣镝而股战，对穹庐以屈膝，又何劣邪！"与上文形成鲜明的对照，透露出丘迟的惋惜态度。

这段赞美和斥责，表面看来水火不相容。但实际上却是相辅相成的。赞美，解除了陈伯之的戒心，使他急于阅读下文；斥责，义正词严地指出了他的叛国行径，使他无言可辩。

丘迟接着这样写道：

寻君去就之际，非有他故，直以不能内审诸己，外受流言，沉迷猖獗，以至于此。圣朝赦罪责功，弃瑕录用，推赤心于天下，安反侧于万物，将军之所知，不假仆一二谈也。朱鲔（wěi）喋血于友于，张绣剚（zì）刃于爱子，汉主不以为疑，魏君待之若旧。况将军无昔人之罪，而勋重于当世！夫迷途知返，往哲是与，不远而复，先典攸高。主上屈法申恩，吞舟是漏；将军松柏不翦，亲戚安居，高台未倾，爱妾尚在；悠悠尔心，亦何可言！

朱鲔，王莽末年绿林军将领。他曾劝更始帝杀了光武帝的哥哥刘伯升。后来，他在洛阳被光武帝的军队包围，得到光武帝不咎既往的保证后，便献城投降。张绣，东汉末年的军阀。他先投降曹操，不久又反悔，和曹操交战，杀死了曹操的长子曹昂；两年后他再次投降于曹操，被封为列侯。"刬刃"，用刀插进胸膛的意思。"吞舟"，比喻能吞船的大鱼。"漏"，漏网的意思。

这段的大意是：我推想您背梁投魏的时候，并没有其他原因，只不过是你自己考虑不周，又听信了流言，一时执迷不悟，才落到那种地步。梁朝既能宽赦人们过去的罪过，希望他们建立新功，又能不计人们先前的过失，对他们进行量才录用，以赤诚之心对待天下之人，使一切怀疑动摇的人能清除疑虑安下心来。这您是都知道的，不需我再一件件细说了。记得朱鲔参与过杀光武帝哥哥的事，张绣曾经杀了曹操的爱子，但后来光武帝并不疑忌朱鲔，曹操对张绣也仍像过去一样。何况您既没有朱鲔和张绣那样的罪过，功勋又重于当代呢！误入迷途及时回头，这是先前的贤明之人所赞许的做法；在还未铸成大错时便回头，这是古代经典里所推崇的行为。皇上减轻刑罚推广恩德，法网宽到连吞船的大鱼都可以漏过；您在家乡的祖坟完好无损，亲戚安居乐业，住宅也没有遭到毁坏，妻子仍在家中，请仔细想想吧，您还有什么可说的呢？

以上这段主要是排除陈伯之的疑虑。丘迟先宕开一笔，说陈伯之当年反梁投魏的原因，只是一时糊涂上当受骗。这就使陈伯之像在漆黑的夜空中看到了一丝光亮，迅速地由烦恼转入希望：那梁朝会原谅我这个叛国的逆子吗？丘迟早已料到他会有这个顾虑，于是马上对他解释道：梁朝宽宏大量，"推赤心于天下，安反侧于万物"，以功劳为重，不计较小小的过错。并列举了朱鲔和张绣的故事，说明圣上"屈法申恩，吞舟是漏"。连犯有很大过错的人都是可以既往不咎的，用以打消他的疑虑。圣上有先王的胸怀，而您又无前人的罪过，"勋重于当世"，还怕什么呢？现在您的祖坟、住宅、家属都很好，干嘛不听我的劝告呢？识时务者为俊杰！您该改邪归正了。您不为朝廷着想，也该为自己的妻儿老小想一想呀！这样一写，就有力地坚定了陈伯之归梁的信念。

在具体细致地向陈伯之阐明了梁朝的宽大政策和对陈伯之的态度之后，接下来，丘迟就向陈伯之讲清形势，详述利弊，劝他早归梁：

今功臣名将，雁行有序，佩紫怀黄，赞帷幄之谋；乘轺（yáo）建节，奉疆场（yì）之任，并刑马作誓，传之子孙。将军独靦（tiǎn）颜借命，驱驰毡裘之长，宁不哀哉！夫以慕容超之强，身送东市；姚泓之盛，面缚西都。故知霜露所均，不育异类；姬汉旧邦，无取杂种。北虏僭（jiàn）盗中原，多历年所，恶积祸盈，理至燋（jiāo）烂。况伪孽昏狡，自相夷戮，部落携离，酋豪猜贰。方当系颈蛮邸，悬首蒿（gǎo）街，而将军鱼游于沸鼎之中，燕巢于飞幕之上，不亦惑乎？

慕容超，鲜卑族酋长，北朝南燕国君。东晋末年，宋武帝刘裕北伐活捉了他，被押到建康（今南京）斩首。东市，汉代处决犯人的地方，后来泛指刑场。姚泓，羌族酋长，北朝后秦国君。刘裕北伐时，姚泓自缚投降，也被刘裕押赴建康斩首。西都，指后秦都城长安。

这段大意是：如今梁朝的功臣名将，像大雁的行列一样尊卑有序。文臣身佩紫绶带着金印，在军营中协助谋划军机大事；武将乘着军车手持旄节，奉命去边疆担负重任；朝廷还杀马饮血立了誓言，功臣名将可以把爵位传给自己的子孙。只有您还厚着脸皮，苟且偷生，为异族首领奔走效劳，这难道不是很可悲的吗？像南燕国君慕容超那样十分强大的人，最后还是被擒拿处死；像后秦国君姚泓那样不可一世的家伙，最后也在长安被抓获斩首。可见，霜露所及的天地之间，不养育异族人；中原一带姬汉古国，不容杂种同生。北魏霸占中原已有好多年了，积累了很多罪恶，理当予以消灭。何况北魏统治者昏庸狡诈，自相残杀，各个部落四分五裂，酋长之间互相猜忌，他们正要被绑从自己的官邸到京城斩首示众。而你现在的危险处境就像鱼儿游在开水鼎内，燕子筑巢在摇晃的帐幕上一样，不是太糊涂了吗？

这一段的前一部分，丘迟大力宣扬在梁朝的功臣名将都有很高的地位和待遇，不但自身荣华富贵，而且还能传给子孙。言外之意是：只要陈伯之重新归顺梁朝，将会跟所有的功臣名将一样，能受到礼遇和封赏。陈伯之这个人向来追求功名利禄，丘迟极力宣扬梁朝对功臣名将的优待，正好把话说到了他的心坎上。在说明了归来的好处后，丘迟着重讲了不归来的害处。文中列举慕容超和姚泓的例子来强调"霜露所均，不育异类；姬汉旧邦，无取杂种"，以动摇陈伯之。这种说法在今天看来带有一定的民族偏见，是不利于民族团结的，但在当时的历史条件下，丘迟存在这种偏见也是正常的，它很能激起陈伯之的民族自尊心。随后，丘迟描述了当前敌人内部分崩离析的情况："伪孽昏狡，自相夷戮；部落携离，酋豪猜贰"，指出北虏"恶积祸盈，理至燋烂"的必然性，又用"鱼游于沸鼎之中，燕巢于飞幕之上"作比喻，形象地说明陈伯之当时的危险处境，提醒他及早回头。

接下来的第四段着眼于激发陈伯之的乡土之情和故国之思。原文是这样写的：

暮春三月，江南草长，杂花生树，群莺乱飞。见故国之旗鼓，感平生于畴日，抚弦登陴，岂不怆恨！所以廉公之思赵将，吴子之泣西河，人之情也，将军独无情哉？想早励良规，自求多福。

吴子，战国时期的吴起。他替魏国镇守西河时，魏武侯听信谗言，召他回去。吴起知道自己一走，西河就会被秦国占去，所以临行前望西河而泣。

这段是说：暮春三月，江南草木欣欣向荣，五彩缤纷的鲜花竞相开放，黄莺一群群地飞来飞去。当你拿着弓箭，登上城楼，看到故国军队的旗鼓，回想起往日在梁生活的场景，怎么能不悲伤呢？当年廉颇之所以很想再次成为赵国的将军，吴起临走时望着西河而落泪，就是因为人对故土有感情啊。难道唯独将军没有这种感情吗？希望您早定良策，弃暗投明。

这一段，丘迟描绘了江南春光的明媚旖旎，设身处地为身在异邦的陈伯之设想："见故国之旗鼓，感平生于畴日，抚弦登陴，岂不怆恨！"把景的描写和人的遭遇交织在一起，强化了抒情气氛。然后拿廉颇、吴起的事例，从历史的角度证明人人都有爱国之情，继用"将军独无情哉"一语，直刺陈伯之的灵魂深处。在前三段将是非利害说透之后，又宣之以人情，这对陈伯之将产生不可低估的作用。

在文章的最后一段，丘迟写道：

当今皇帝盛明，天下安乐。白环西献，楛（hù）矢东来；夜郎滇池，解辫请职；朝鲜昌海，蹶角受化。唯北狄野心，掘强沙塞之间，欲延岁月之命耳！中军临川殿下，明德茂亲，揔兹戎重。吊民洛汭（ruì），伐罪秦中。若遂不改，方思仆言，聊布往怀，君其详之。丘迟顿首。

这段夸耀祖国国势强盛，提醒陈伯之率众投降，机不可失。文字大意是：当今皇上极其开明，天下太平，人民欢乐。人们从西方献来白玉环，从东方进贡楛木箭。西南的夜郎国和滇池国的人都解开辫子改随汉人习俗，请求封官加职；东方的朝鲜族和西方的昌海人也来叩拜，表示接受梁朝的教化。只有北魏野心勃勃，在沙漠边塞之间顽抗，企图苟延残喘。我梁朝的三军统帅临川王殿下，德行高尚，又是梁武帝的至亲，总领这次北伐的军事重任，慰问中原一带受害的百姓，讨伐陕西一带作恶的罪魁。您如果不改弦易辙，等我们拿下北魏时才想起我的这番话，那就太晚了。姑且用这封信来表达我们往日的情谊，希望您三思而行。丘迟再一次向您致意。

丘迟在这里称颂梁武帝"盛明"，说他德布海内，四方朝贡，只有北魏不识时务。因此，萧宏统率大军，前来吊民伐罪。这正是陈伯之归降的好机会，时机一过，追悔莫及。这些其实就是丘迟致书陈伯之的主旨。读这几句话，我们可能会感到带有威胁性，但陈伯之明白，这绝不是威胁，而是实实在在的真心话。

从上面的分析中我们可以看出，《与陈伯之书》是一篇思想性与艺术性高度结合的作品。下面，我将从四个方面总结一下它的艺术成就。

第一，晓之以理，动之以情。文章开头用陈伯之昔荣今辱进行对比，斥责他投降敌人的卑劣，可谓晓以大义。第二段先指出陈伯之投敌的原因，接着说明梁朝宽大为怀的政策和对陈家的礼遇，可谓动之以情。第三段以陈伯之的处境和功臣名将相比，并指出北魏灭亡在即，着重陈述利害。第四段用乡土之情感动其心。第五段意在宣示梁朝的恩威，指明当前的形势，劝其明智地抉择。全文有情有理，情理交融，层层递进，结合得很好。

第二，运用鲜明的对比，表述强烈的爱憎感情，以达到劝降的目的。例如文中采用昔荣今辱、两地处境、去留后果等一系列对比，摆出事实，以理服人，易于被人接受。

第三，文章采用了多方面、多角度的综合论证方法。为了说明一个观点，常常既称引圣贤古训，又叙述日常道理；既援引古例，又剖析今事。这种全面周到、多管齐下的手法，犹如军事上所设的十面埋伏，令对方难于抗争，无法遁逃。特别是大量典故的引用，使简练的文字包含着极其丰富的内容。选例典型，所以很能服人。

第四，在行文上骈文特色鲜明：对仗工稳，声律和谐，辞藻华丽，读来抑扬顿挫，朗朗上口，富有极强的音韵感。文中"暮春三月，江南草长。杂花生树，群莺乱飞"四句，不仅精炼华美，而且形象生动，为人称颂。

总之，丘迟的《与陈伯之书》确实是我国文学史上不可多得的骈文佳作。陈伯之最后归顺梁朝，丘迟的这封书信无疑起了相当大的作用。

（1989年8月28日16：30湖南人民广播电台《文学欣赏》节目首播）

唐代文学作品赏析

写景抒情两浑融

——王勃《滕王阁诗》赏析

　　王勃（650—676年），字子安，绛州龙门（今山西省河津市）人。他十六岁就应举及第，做过朝散郎、虢州参军，曾因罪两次革职。后因渡海溺水，受惊而死。王勃从小聪明好学，才华出众，与杨炯、卢照邻、骆宾王齐名，并称"初唐四杰"。

　　在这次节目里，我们向大家介绍王勃的《滕王阁诗》。《滕王阁诗》是王勃创作的著名骈文《滕王阁序》的结尾，其性质有点像史传文后面的赞。关于《滕王阁序并诗》，文坛上流传着一段佳话。据《新唐书·王勃传》等材料记载，675年农历九月初九，王勃去交趾（今越南北部）看望父亲路过洪州（今江西省南昌市）。恰巧这一天，洪州都督阎伯屿在江南著名楼阁滕王阁上设宴，招待当地知名人士，王勃应邀参加。宴会开始以前，阎伯屿叫他的女婿事先作了一篇序文。宴会开始后，阎伯屿得意扬扬地对宾客们说，今日恰逢重阳，宾客们在滕王阁上欢度佳节，实在是难得的盛会。各位都是当今有名的人物，恳请大家写诗作赋，记述今天的盛会。都督话一说完，宾客间就议论开了。有的说自己生病刚好，不能用脑子；有的说自己才疏学浅，不敢露丑。你推我让，谁也不敢动笔。最后轮到王勃，他竟毫不推让，立即接过纸笔，站起身来，说了几句客气话，埋头就写。宾客们原以为王勃年龄最小，又是外地来的客人，一定会跟他们一样推辞的。现在见他毅然接过纸笔，不由得吃了一惊。而阎伯屿呢，很不高兴，因为他事先要自己的女婿宿构了一篇。只好自己的手下人站在王勃身边观看，王勃写出一句就向他报告一句。开头一大段，阎伯屿都说平平常常，到了"落霞与孤鹜齐飞，秋水共长天一色"两句，却感到绝妙，大为钦佩。不久，王勃就把《滕王阁序并诗》写好了。都督称赞，众宾客一听都大吃一惊，赶紧围拢过去争着阅读。读完之后，大家齐声赞扬，小小年纪写出这等好诗文，真是难得！

从这段传说我们可以想象王勃当时写作《滕王阁序并诗》的情景，下面我们就来赏析《滕王阁诗》。

诗歌是凝练的语言艺术，它用简约的文字感染读者，引发读者丰富的想象，这是其他文学样式所不能比拟的。然而，凝练也给正确理解带来了一些困难，因而古人就有所谓"诗无达诂"的慨叹。但《滕王阁诗》因为有《滕王阁序》，所以比较容易鉴赏。原诗是这样的：

滕王高阁临江渚，佩玉鸣鸾罢歌舞。

画栋朝飞南浦云，珠帘暮卷西山雨。

闲云潭影日悠悠，物换星移几度秋。

阁中帝子今何在？槛外长江空自流。

这是一首七言古诗。"滕王高阁临江渚"，"江渚"指赣江之滨。诗的第一句开门见山，用质朴苍劲的笔法，点出了滕王阁的地理形势。滕王阁是唐太宗的弟弟滕王李元婴任洪州都督时所建的楼阁。它下临赣江，可以远望，可以俯视，后面的"南浦""西山""潭影"和"槛外长江"都是从第一句中的"高阁临江渚"生发出来的。"佩玉鸣鸾罢歌舞"，"佩玉"指古人佩戴在腰间的玉饰。"鸾"指刻有鸾鸟图案的铃铛。《礼记·玉藻》中记载："君子在车，则闻鸾和（hè）之声，行则鸣佩玉。"所以，"佩玉鸣鸾"就是说佩玉响了，鸾铃也响了，表示人在走，车在行。对这句诗，《唐诗鉴赏辞典》等书认为是写当年建阁的滕王已经死去，坐着鸾铃马车，挂着琳琅玉佩，到阁上举行宴会的那种豪华场面，已经一去不复返了，两相对照，使人产生吊古伤今之感，但笔者认为这种看法是对这首慷慨激昂之作的曲解。首先，滕王和王勃是生活在同时代的人。据《旧唐书·滕王元婴传》记载，滕王李元婴死于684年，而王勃死于676年。这说明王勃谢世的时候，滕王还在世。同时，滕王阁建于658年，写作《滕王阁序并诗》的时间，距阁的建成不过十七年。所以，就作序的时间而言，滕王不应该是古人，滕王阁也不能称为古迹。因此，吊古的说法是站不住脚的。其次，滕王离开后，阁上并非不再有歌舞，阎伯屿邀请王勃出席当时的歌舞盛宴，本身就说明了滕王离开滕王阁后，这里的歌舞未曾停止。再者，当年滕王在阁上的生活究竟怎样，在《滕王阁序》中没有一字提及。只有"临帝子之长洲，得天人之旧馆"两句说明阁为滕王所建。最后一点，王勃的《滕王阁序并诗》是用来奉献给参与宴会的主人和宾客的。如果他在高官显爵铺张扬厉的宴会上吊古伤今，又怎么会得到众人的交口称誉呢？实际上，序和诗的内容，除颂扬参与宴会的宾主外，主要抒发的是时不我待，应该及时建功立业的慷慨激昂之情。这与初唐积极进取的时代精神，以及王勃的生平、思想都是非常吻合的。

回到原诗上来，笔者认为"佩玉鸣鸾罢歌舞"仅仅是眼前即事，写滕王阁上宴罢客散，歌舞停歇，并没有什么兴寄在里边。而"佩玉鸣鸾"也只不过是王勃特地用来称誉与会的满座高朋都是"谦谦君子"，以便跟序中"宾主尽东南之美"一句相呼应而已，并不是指代当年的滕王。

在第一、二句叙事的基础上，接下来的第三、四句转为写景："画栋朝飞南浦云，珠帘暮卷西山雨。""画栋"指绘有彩画的屋梁。"南浦"指南面的水湾或湖汊。据说在南昌市的西南真有叫南浦的湖汊。"西山"在南昌西北，又叫"南昌山"。这两句互文见义，意思是南浦和西山升起的云，落下的雨，朝朝暮暮，与滕王阁为伴，衬托出此阁的高大和美丽。但是，有唐诗选本说这两句是写滕王去后阁中的冷落（《中国历代诗歌选》，林庚、冯沅君主编）。为了说明问题，我们不妨从《滕王阁序》中引几句大体对应的文字来对读一下。序中写道："层峦耸翠，上出重霄；飞阁流丹，下临无地。鹤汀凫渚，穷岛屿之萦回；桂殿兰宫，即冈峦之体势。"这正是"画栋朝飞南浦云，珠帘暮卷西山雨"的最好注脚。实际上，"画栋朝飞南浦云，珠帘暮卷西山雨"是写滕王阁的辉煌富丽，环境优美，诗人分别用"飞"和"卷"两个动词把其他名词一齐带动带活，可以说是写景的佳句，根本没有什么"冷落"之感。古人写建筑，画栋雕梁代表盛时，败堵颓垣代表废时。正因为滕王阁当时依旧繁华，所以第七句"阁中帝子今何在"的物是人非之感才显得呼应有力。如果这里已经显露出"冷落"之感，那后面的"今何在"一问，就会有蛇足之嫌了。

诗的后半部分转为抒情。"闲云潭影日悠悠，物换星移几度秋。""闲云"指悠然飘浮的云。"潭影"，这里指闲云在江水里面的倒影。"悠悠"，悠闲的样子，与"闲云"的"闲"相照应。"物",一年四季的景物。"移",运行的意思。"星移"指天上星辰的不停运动。这两句的意思是说,天上悠然飘浮的云倒映在江水中,都在无拘无束地浮游着,可江水旁边的物象却在不知不觉地改换,天上的星辰也在时刻不停地运行。"闲云"二字,有意无意地与第三句中的"南浦云"衔接,"潭影"的"潭"字形容江水很深,并且避免重复用字,所以没有用"江"字。"几度秋"一问,不仅和滕王阁建成不过十七年扣得很紧,而且直接引出了第七句"阁中帝子今何在",与抒情部分巧妙地衔接了起来。

那么五六句究竟是抒的什么情呢?很清楚,是一种岁月不羁之情。对于这一点,我们也可以借助《滕王阁序》来加深理解。这篇序写于王勃仕途失意之时,登临高阁,展现在他面前的首先是"襟三江而带五湖"的浩天阔地,是物华天宝、人杰地灵的东南美景。然而,面对这良辰美景,多情人自有伤心事,山河虽好,失意之人却是不能以此来赏心悦目的。于是王勃笔锋一转,写下一段与前面的秋天美景很不协调的文字:"嗟呼,时运不济,命途多舛。冯唐易老,李广难封。屈贾谊于长沙,非无圣主;窜梁鸿于海曲,岂乏明时……孟尝高洁,空余报国之情,阮籍猖狂,岂效穷途之哭!"序中提到的冯唐、李广、贾谊、梁鸿、孟尝、阮籍等人,都是才华横溢而抑郁一生,不得其志的不幸人物。王勃自己又如何呢?刚刚十六岁就因一篇《檄英王鸡》而得罪朝廷,被赶出王府。此后他又多次上书,可一片赤忱之心却换来了一次又一次无情的打击。怀才不遇,报国无门,光阴虚度,岁月白流,这不正是"物换星移几度秋"的最好解释吗?难怪王勃要在"几度秋"后再提一问:"阁中帝子今何在?槛外长江空自流。"

"帝子"是皇帝之子,即唐高祖的儿子滕王李元婴。"槛外",指栏杆之外。楼阁无恙,流水依然,而建楼的滕王现在在哪里呢?据《旧唐书》记载,这时候,滕王因"骄纵逸游,动作失度",被贬到滁州。王勃在《滕王阁序》中曾按下满腔的悲苦,勉励自己不要自暴自弃,而是要"老当益壮,宁移白首之心?穷且益坚,不坠青云之志。"意思是年纪老了应当更加豪壮,岁月哪能改变白发人的心愿?处境艰难,意志应该更加坚定,决不抛弃直凌青云的志向。很明显,王勃这最后两句诗的用意,是要告诉大家,如果不建功立业,即使金枝玉叶如滕王,荣华富贵也会转眼即逝。诗人的"槛外长江空自流",实有"逝者如斯夫,不舍昼夜"(《论语·子罕》)的意思,较好地反衬了滕王的蹉跎岁月,表现了自己积极进取,希望建功立业的豪情,立意是非常深刻的。

　　刚才我们把《滕王阁诗》看成是《滕王阁序》的概括和缩写，并具体剖析了每一句诗的含义，现在我们再把全诗用现代汉语翻译一下，那诗意就是说：

　　壮美的滕王高阁，俯临着赣江之滨；佩玉鸣了，鸾铃响了，随着歌舞的结束，宴会也结束了。那南浦的彩霞，那西山的烟雨，有时从华丽的阁子前掠过，有时在卷起的珠帘外停留。悠然飘浮的云投映在江水中，每日悠闲飘游；天上星辰转移，谁知经过了多少春秋？当年建阁的滕王如今到哪里去了呢？只有那栏杆外的江水，仍在默默地向前奔流。

　　好，接下来，我们再来看看这首诗在艺术上的一些成就。

　　王勃是初唐反对齐梁采丽竞繁的文学风习的先行者。他对唐代诗歌革新的功绩和影响，虽然不如后继而起的陈子昂，但其成就我们仍应充分肯定。这首《滕王阁诗》格调高雅，用语通俗，毫无六朝藻饰余习。全诗共有五十六个字，其中属于空间的有"阁""江""栋""帘""云""雨""山""浦""潭影"；属于时间的有"日悠悠""物换""星移""几度秋""今何在"，这些词融混在一起，毫无"叠床架屋"的感觉。主要原因是它们都紧紧围绕滕王阁这个中心来大胆用笔，让它们发挥出众星拱月的作用，使人感到确实是唐诗的风格。

　　从内容上看，诗人先叙眼前之事，然后状目前之景，最后抒心中之怀，文脉非常清晰。从结构上看，诗的首句笼罩全篇，第三、四句中"朝云""暮雨"的景象变化，巧妙地引出了第五、六句中"日悠悠""几度秋"的岁月不羁的感慨；而"几度秋"一问又带出了"阁中帝子今何在"一问，诗意过渡婉转自然，不露斧凿痕迹。诗人恰到好处地借助咏叹山川楼阁之美，道出了郁积在心中的愤懑之情。

　　这首诗对唐诗的发展也有一定的影响。首先，王勃生活的年代，五言律诗已开始成熟，而七言律诗则仍在发展之中。《滕王阁诗》虽是七言古诗，但"画栋朝飞南浦云，珠帘暮卷西山雨"两句已是对仗工稳的一联，对近体诗的发展，无疑是有贡献的。其次，该诗的结尾采用了串对（又叫"流水对"）的手法，读者只能感觉到语意的流动，却感觉不到它是对偶句。后来杜甫的七言律诗，甚至七言绝句，也常常采用这种手法，如"即从巴峡穿巫峡，便下襄阳向洛阳"（《闻官军收河南河北》）、"流连戏蝶时时舞，自在娇莺恰恰啼"（《江畔独步寻花》）等。因此我们也可以看出，《滕王阁诗》在唐诗发展史上确实是占有一席之地的。

　　　　（1992年6月20日16：30湖南人民广播电台《文学欣赏》节目首播）

介绍刘长卿的两首诗

刘长卿，字文房，是我国唐代中唐前期的著名诗人。他的山水诗写得很有特色：字句很洗练，技巧非常纯熟，着墨虽然不多，形象却十分突出。他还善于以画入诗，五言绝句《逢雪宿芙蓉山主人》就是他在这方面具有代表性的作品：

日暮苍山远，天寒白屋贫。

柴门闻犬吠，风雪夜归人。

这首诗用极其凝练的白描手法，描绘出一幅旅客旅途中遭遇大风雪，日暮被迫投宿，主人风雪夜归的寒山夜宿图。据今人考证，芙蓉山在今天的湖南宁乡市西南的青山桥镇。诗的第一句写诗人傍夜时分在山路上赶路时的所感，第二句写投宿在芙蓉山主人家时的所见，第三、四两句写的是入夜后在主人家的所闻。四句短诗，每一句都构成了一个独立的画面，像一部连环画。诗中有画，画中含情，下面我们就来做一番较为具体的剖析。

诗一开篇，以"日暮苍山远"五个字勾画出一幅暮色苍茫、山路漫长的画面。"日暮"表明天色已晚。"苍山远"是指前面的山路还很长。山中的道路本来就崎岖难行，天黑的时候就更艰难了。再加上风雪交加，高一脚低一脚的，诗人当然就会感到前路的遥远。他那种急于投宿的心情，我们也就不难想象了。

接下来，诗的第二句使读者的视线跟随诗人投向了借宿的人家。"天寒白屋贫"是对这户人家的写照，而一个"贫"字，应当是诗人叩门进屋后给他留下的印象。因为风雪的覆盖，在室外是难以得出"贫"的印象的。大山深处，地广人稀，单家独户，难以形成村落。封建社会住在深山老林的人家，多数都是为了逃避官府横征暴敛的贫民。"白屋"，固然有因风雪覆盖而呈现白色的意思，其实就是人们常说的茅屋，与下句的"柴门"都表明了屋主家境贫穷，再加上"天寒"，其境况就显得更加的凄苦了。投宿时屋主并不在家，但山村人家善良淳朴、热情好客，屋主虽然不在，但家人照样可以留客。诗人在芙蓉山投宿的就是这样一户人家。

以上介绍的前两句诗合起来只有十个字，虽然没有直接写到人，却展示出了从黄昏逢雪到投宿的整个过程。而且句中全用实词，景物描写和情感抒发达到了和谐统一，语言极其精炼。接着，诗的第三、四句可以看成是第二层，主要写的是主人夜归的情景："柴门闻犬吠，风雪夜归人。"在文脉上，"柴门"上承"白屋"，"风雪"紧扣"天寒"，而"夜"则与"日暮"相衔接。在写法上，诗人采用了绘画中的"空笔"手法，略去了进屋安顿、寒暄歇息等一系列具体的情节，既使诗篇显得格外精炼，又使承接显得更加紧凑。深山中特别沉寂，但有了凄厉的风声，就很难辨别其中有什么动静了。诗人却果敢地抓住"犬吠"这个具有特征的细节，生动、真实地表现了雪夜归人的情景，山村人家大多养狗防盗。狗的听觉特别敏锐，黑暗中一旦有异样的动静，就会叫起来。深夜狗叫，突然打破寂静的氛围，"白屋"里的人一定会猜测：应该是主人回家来了。

这猜测一点也不错。末句写主人风雪之夜归来，他就是诗中的芙蓉山主人。主人夜归这个场景虽然在末句才出现，但它给人留下的印象却是深刻的，能唤起人们许多具体的联想。比如：诗人安睡以后，被犬吠声惊醒。顿时，风雪声、叩门声、柴门启闭声、家人的嘘寒问暖声、主人拍打冰雪的响声统统传入耳中，整个画面一下子活动了起来。尽管借宿之人不在院内，未曾目睹，但从这一片嘈杂的声音中足以构想出一幅风雪归人的画面。全诗结束在主人刚刚露面的那瞬间，这很像戏剧舞台上的亮相，十分精彩，让人觉得回味无穷。这么大的风雪，诗中的"夜归人"究竟为什么要到深夜才回家，使久盼主人归来的狗也兴奋得大叫呢？他从哪里来，外出做什么？诗中都没有说明。然而联系"天寒白屋贫"一句，读者不难想到，多半是为了生计而奔忙。所以，这首诗不但富于浓厚的生活气息，也隐约反映了诗人对笔下人物寄予了一定程度的同情。

统观全诗，诗人纯用白描手法，描绘了天寒日暮的山中景色和犬吠人归的画面。短短二十个字，字字派上了用场。虽然所选用的字并不奇特，但平淡的诗句中，却有很大的信息。譬如："日暮"指时间，"苍山"点出地点，"远"字写路途的遥远和跋涉时内心感受到的艰难。"天寒"指明季节，"白屋"交代投宿的环境，一个"贫"字，写出了主人的贫穷清苦，烘托了气氛。"柴门闻犬吠"，是再明白不过的语言了。诗中有了"犬吠"这个突如其来的声响，打破了沉寂，又给人惊喜。至于"风雪夜归人"这一句，则每个字都有着丰富的内容，充分表明了诗人使用语言文字的高超技巧。一首五言绝句，要容纳丰富的内容实在不易，而刘长卿在这方面却很有造诣，时人称之为"五言长城"是有一定道理的。

好，下面我们再来介绍刘长卿的一首七言律诗。刘长卿的七言律诗也写得清新洗练，情真意切。他的《长沙过贾谊宅》就是一首堪称唐诗精品的七律。"过"，访的意思，现在一般说"参观"或者"瞻仰"。诗是这样写的：

三年谪宦此栖迟，万古惟留楚客悲。

秋草独寻人去后，寒林空见日斜时。

汉文有道恩犹薄，湘水无情吊岂知？

寂寂江山摇落处，怜君何事到天涯！

这首诗的内容，跟诗人的迁谪生涯有关。唐代宗大历八年至十二年（773—777年）之间的某个秋天，刘长卿受到大官僚吴仲孺（郭子仪之婿）的诬陷，被贬到睦州（今浙江省杭州市淳安县）做司马。他在去睦州赴任路过长沙时，写下了这首吊古名篇。

贾谊是汉朝文帝时的政治家、文学家。他因为受到权臣的妒忌和诽谤，曾一度被贬为长沙王太傅。在长沙的时候，贾谊写了一篇流传千古的《吊屈原赋》。屈原是战国时代的伟大诗人，他一生热爱祖国，提出过许多进步的建议，由于受到权贵的迫害，被流放到了湘、沅一带。据有关专家考证，《怀沙》就是屈原在长沙写的一篇作品。贾谊被贬长沙，感到自己的不幸遭遇与屈原的很相似，便写了《吊屈原赋》来纪念屈原。时光荏苒，光阴飞逝。九百多年后，刘长卿被贬睦州路过长沙，很自然地感到自己的不幸遭遇与贾谊的非常相似，他便吟诵着贾谊的《吊屈原赋》，专程来到了贾谊的故居。一首借凭吊往古的人物事迹来感慨自己身世的七律，就这样挥写而成。

"三年谪宦此栖迟，万古惟留楚客悲。"古时候，对做官的有一种处罚叫"贬谪"。"谪宦"，就是把他们送到偏远的地方去做小官。"此"字，指的是长沙贾谊宅。"栖迟"，像鸟儿那样收起翅膀歇息，这里有逗留的意思。"楚客"，客居楚国的人，这里指贾谊。首联的意思是贾谊只在长沙过了三年的谪宦生活，可他那被贬的悲恨却长久地流传在后代当中。在这里，诗人用"三年谪宦""万古留悲"八个字，巧妙地把贾谊和自己连在一起，直截了当地表明贾谊的三年谪居，唤起了他这个后来人的无限同情。一个"悲"字，高屋建瓴，笼罩全篇，奠定了全诗凄怆忧愤的感情基调，不仅切合贾谊的不幸遭遇，也暗寓着作者自己贬谪的悲苦命运。

颔联"秋草独寻人去后，寒林空见日斜时"，画面上是一幅荒凉寂寞的景象。上句写刘长卿独自踏着秋风吹动的枯草，去寻访贾谊的旧宅。下句写他抬头仰望，只见斜阳冉冉，正擦着旧宅寒林的树梢慢慢西沉。这一联直接围绕诗题中的"过"字来展开描写。"秋草""人去""寒林""日斜"，渲染出贾谊旧宅的一派萧疏冷落。在这样的氛围中，诗人却要去"独寻"，可见他与贾谊有着相似的命运。这一联里还暗含了贾谊在长沙写的《鵩(fú)鸟赋》中的两句话，第一句是"庚子日斜兮，鵩集予舍"，庚子这天太阳西下的时候，鵩鸟（形似猫头鹰）停在我的房子里。第二句是"野鸟入室兮，主人将去"，野鸟到房间里来，主人就要离开。古人认为鵩鸟是一种不吉利的鸟，鵩鸟入室将会给主人带来灾难，贾谊写《鵩鸟赋》，是为了寄托心中的郁愤。刘长卿当时在流放途中，与贾谊的处境心情很相似。他想起《鵩鸟赋》，化用了这个典故，创造出"人去后""日斜时"的黯然气氛。由于未留痕迹，读者即使不知道典故的出处，同样也能理解诗的内容，这正是诗人用典的高明之处。

颈联是发议论，正面写对贾谊的凭吊。"汉文有道恩犹薄，湘水无情吊岂知？"意思是说，汉文帝算得上是个有道的皇帝，但他对贾谊的恩泽却比纸还薄。湘江水无情地滔滔北去，又怎能把贾谊凭吊屈原的一番诚意带去呢？这一联的出句很值得我们玩味。"汉文有道恩犹薄"，号称"有道"明君的汉文帝，对贾谊尚且这样刻薄寡恩，言外之意是，昏聩无能的唐代宗，把刘长卿贬到比长沙更远的睦州，更是刻薄寡恩了。诗人借古讽今，手法相当高妙。接下来的对句也写得很含蓄。"湘水无情吊岂知"，湘江没有感情，楚国的屈原早已死去，他哪能知道上百年后，贾谊会来长沙写下《吊屈原赋》凭吊自己呢？而西汉的贾谊也绝对不会想到九百多年后，刘长卿又会迎着萧瑟的秋风来到长沙凭吊自己。也就是说，诗人表面上说的是贾谊凭吊屈原，实际上指的却是诗人自己凭吊贾谊。诗人以贾谊自比，郁结于胸的悲愤感情，就在以古比今中表现得异常真切了。

最后请看诗的尾联："寂寂江山摇落处，怜君何事到天涯。""摇落"一词来自宋玉《九辩》中的悲秋诗句："萧瑟兮草木摇落而变衰"。"天涯"指很遥远的地方。这两句诗的意思是：山水寂寂，草木凋零，可怜您到底为了什么到这遥远荒僻的地方来呢？很显然，这是明知故问。因为前面对贾谊被贬谪到长沙的事已经写了很多。这里又问一个"为什么"，就有言外之意、弦外之音了：我和您都是无辜的呀，为什么要受到这样严厉的惩罚呢？诗中的"怜"字，既是怜贾谊，也是怜自己，含而不露地表达了诗人对唐代不合理现实的强烈控诉。

这首诗从内容上看是首怀古诗，这是唐诗中常见的一种题材，如果不加入少许诗人自己的情感，怀古诗往往会变成一篇史论。所以在写法上，作者巧妙地把历史人物和自身遭遇紧密结合，表面上是咏怀古人古事，实际上还是着眼于今人今事，字里行间处处有诗人自我的存在。总体来看，全诗几乎句句双关，字字含蓄。作者将自己的身世遭遇结合到诗歌的形象中，很好地抒发了诗人的沉痛心情。分开来看，首联直起切题，点明宅第；颔联紧承首联，渲染出一派凄迷的环境；颈联转入正题，明确吊古的主旨；尾联则抒发感慨，绾合全诗。起承转合，恰到好处。第三、四句于写景中融入贾谊《鵩鸟赋》的词语和意境，尤见诗人艺术功力，确实是一首七律精品。

（1989 年 1 月 30 日 16：30 湖南人民广播电台《文学欣赏》节目首播）

两句三年得　一吟双泪流

——介绍苦吟诗人孟郊和贾岛的诗

在我国中唐时期，有两位被人称为"诗囚"的苦吟诗人。他们醉心吟诗，为诗所拘囚，被传为千古佳话。这两位诗人就是孟郊和贾岛。

孟郊（751—814年），字东野，湖州武康（今浙江省湖州市德清县）人，早年隐居嵩山，中年三次赴考，近五十岁才中进士，做过溧阳县尉。孟郊作诗的态度严肃认真，用字造句力避平庸浅率，在当时的诗坛上别开蹊径而独具风格，著有《孟东野诗集》。下面，我们就向您介绍他的一首名诗——《游子吟》。

慈母手中线，游子身上衣。

临行密密缝，意恐迟迟归。

谁言寸草心，报得三春晖。

孟郊的诗，往往追求奇险，力避平俗。而这首《游子吟》却写得朴素自然，通俗浅近，表达的感情真挚动人。"游子"指远游旅居的人。"吟"是诗歌的一种名称，跟"歌"和"曲"差不多。诗的原标题下有作者的自注"迎母溧上作"，可见是作者在任溧阳县尉时写的。诗人巧妙地捕捉住生活中的一瞬，用简洁的语言勾勒出慈母为游子缝制衣裳的情景，使慈母对客居他乡的游子无比爱怜的感情款款而出，同时也流露了作者因多年漂泊在外而对母亲的深切思念之情。

"慈母手中线，游子身上衣。"诗人用身上的衣服这一感受最深的事物表现母亲对儿子的慈爱之情，从而将一位慈爱的母亲为将要远游的儿子缝衣的动人场景，像特写镜头一样推到了读者的面前，激起了读者对于母爱的丰富联想和深切感受：这位年迈的劳动妇女，过度的操劳、贫穷的生活使她显得格外衰老，头发白了，眼睛花了，皱纹布满了她的额头鬓角，甚至双手也不像年轻时那么好使唤了……然而，她还是那样仔细地、默默地在为要远游的儿子赶制衣衫。这慈母手中的线虽然细，但它给人的印象却是那样的突出！就在这根细细的线上，寄托着母亲对儿子深沉的爱。

以上就是前两句诗所包含的一些具体内容。但诗人并不是纯客观的描写，他要在这个寻常的场景里发掘出更深的东西，这就是情感的意蕴。作者接着写道："临行密密缝，意恐迟迟归。"母亲的心理是希望儿子长留在自己的身边，即使离开，也希望他早早归来。现在儿子要远游，母亲担心儿子这一去迟迟难归，所以，她缝了一针又一针，连了一线又一线，她要把衣服缝得更加结实，使之不容易损坏，为的是让爱子在外面不受寒冷的侵袭。作者就是这样抓住了母亲细腻而深沉的心理特质，通过"密密缝"的细节，惟妙惟肖地反映了母亲对儿子的无限疼爱。"临行"是"密密缝"的前提，"密密缝"则是母爱情感的一种表达方式。这"密密缝"虽是默默无声，却胜过了千言万语。这种表情达意的方式使得"意恐迟迟归"的担忧既有了外在的表现形态，内心上又有了暂时的精神寄托。这句诗不仅是上句诗情感的上升，更重要的是对母爱进行了提炼和升华。同时，也流露出诗人客居他乡，对慈母的关爱铭记不忘。

"谁言寸草心，报得三春晖。""寸草心"原指小草抽出的嫩芽，这里用来比喻儿子的心。"三春晖"原指春天的阳光，这里比喻母亲对子女的关爱如同春天的阳光一样温暖。诗人抓住了人们对母爱共有的体验，用小草和阳光作比较，形象生动地翻出一层深意：慈母之恩犹如春阳普照，子女如同小草般依赖春阳。心向春阳的小草对给予它生命的无限春晖是感恩的，是想报恩的。但即使竭尽自己的孝心，也难以报答母亲的爱。"谁言寸草心，报得三春晖。"诗人出以反问，意味尤为深长。它不仅倾诉了儿子对母亲的热爱和思念，而且表达了千千万万个子女想报慈母之恩，又不能报之于万一的这种负疚情怀。

读完全诗，我们觉得，诗人在肺腑中流露出来的母爱和母子之情超越了"小我"的藩篱，带有很大的普遍性，为人类所共有。具体点说，这首诗通过回忆，抒写游子离家时母子间的依依惜别，把人世间的爱子之情、敬母之意，用贴切生动的比喻喊出了"大我"共有的心声。这在精神上是一种尽善尽美的升华，以至千百年来经久不衰，赢得无数人共鸣，成为人们对母子亲情一种共同的富有哲理的艺术表达。

语浅情深是这首诗最大的艺术特色。这首诗是抒情诗，体例为乐府诗。诗人吸取了乐府诗的丰富营养，以朴素的白描、单纯的语言和动人的细节，表现和歌颂了博大深挚的母爱，抒发了母子间的至情至爱，读来亲切感人，令人难忘。全诗共六句：前四句写母爱是叙事，但在叙事中亦有抒情；后两句写子女对母亲的深情是抒情，但在抒情中亦有明理，融叙事、抒情、明理于一炉。全诗情深意切，形象生动，感人至深，堪称千古绝唱。

刚才向您介绍的是孟郊和他的《游子吟》。接下来，我们向您介绍贾岛和他的两首代表作。

贾岛（779—843年），字阆仙，一作浪仙，自号碣石山人，唐代范阳（今河北省涿州市）人。早年屡试进士不中，后因生计被迫出家为僧，法名无本。后因韩愈劝说还俗，但应试仍然落第。晚年任长江县主簿，人称贾长江。贾岛写诗特别注重铸字炼句，追求奇巧。诗的题材比较狭窄，多写自己困顿潦倒的生涯，情调凄寂，著有《长江集》。下面这两首诗很能代表他的特色。先请大家看第一首：《暮过山村》。

> 数里闻寒水，山家少四邻。
>
> 怪禽啼旷野，落日恐行人。
>
> 初月未终夕，边烽不过秦。
>
> 萧条桑柘外，烟火渐相亲。

"数里闻寒水，山家少四邻。"这两句的意思是：诗人路过一座小小的山村，远远便听到了山涧里潺潺的流水声。作者起句落笔于听觉形象，在"数里"之外就能清晰地听见细微的水声，可想而知，这山区是多么寂静凄冷。而"寒水"的"寒"字不仅点明了气候，似乎也暗示了旅人心中的凄凉之意。在这种氛围中，映在诗人眼帘的又是稀稀落落的人家。这一视觉形象和前面的听觉形象相互映衬，生动地渲染出山村的萧索。

第三、四句，作者又给这种凄清的氛围浓浓地涂上了一笔："怪禽啼旷野，落日恐行人。""怪禽",大概是指鸱鸮(chī xiāo)一类的鸟。"落日恐行人"的"恐"字,提炼得相当出色。这种怪禽在荒漠凄清的旷野上鸣叫,本来就令人心惊胆战,偏偏这时又碰上夕阳下山,暮色渐渐笼罩过来,孤独的行人此时此刻自然感到更加惶恐了。"恐"在这里是使动用法。"恐行人"是使行人惊恐、恐怖的意思。后人对这句诗评价甚高。欧阳修在《六一诗话》中引梅圣俞的话说:"必能状难写之景,如在目前,含不尽之意,见于言外,然后为至矣。……贾岛'怪禽啼旷野,落日恐行人',则道路辛苦,羁愁旅思,岂不见于言外乎?"

贾岛早年为僧,后来到长安还俗举进士,虽有韩愈等人为他鼓吹延誉,但长久不得志,生活很贫苦,反映到他的诗中,情调是寒苦、僻涩的,常见的景物往往是寒日、废馆、孤灯、枯树、破阶、苍苔和秋萤等。《暮过山村》的前四句也没有跳出这个范围。但下面四句却笔锋一转,使这首诗与他的大多数诗作不同,透露出了一种静穆、一种暖色。

诗人从数里外的旷野走向山村,一路走来,时间不知不觉地溜走,夜幕悄悄地降临:"初月未终夕,边烽不过秦。""边烽"指边境报警的烽火。"秦"指现在的陕西南部一带地区。这句的意思是说,初升的月亮用静谧的清光照亮了夜晚的大地,抚慰着行人的心。报警的烽火没有越过秦地,表明这一地区平安无事,"少四邻"的山区更显得凄清、寂寥。这时候诗人逐渐走近了山庄:"萧条桑柘外,烟火渐相亲。"走过萧疏荒凉的山区旷野,诗人终于隐隐约约地看见了村宅人家常种的桑树、柘树,还有茅舍上袅袅升起的一缕缕炊烟,内心不禁感到无比的温暖与亲切。作者对生活的感受相当敏锐,体验异常深刻。在这后四句诗里,他细致入微地描写了先前惊恐的心情如何逐渐转为平静,平静下来后转而产生一种欢欣喜悦之情的心理过程。特别是"烟火渐相亲"一句,充满了生活的温馨与情味。尽管作者为了照应前四句,加了"萧条"二字,但不仅压不住暖意,反而使这种过渡显得更加自然,因而也就更耐人寻味。

统观全诗,作者以"寒水"开始,以"烟火"告终,中间历叙旷野中的怪禽、落日、初月、边烽,生动细微地渲染了由凄寒至温暖,由惊恐至欣悦的景观转换和心理变化。山区景物采用移步换景法描绘。随着时间的推移和景物的不断变化,诗人的情绪也跟着波浪式地起伏与发展。整首诗既显得开阔自如,又显得富有波澜,毫无斧凿的痕迹。

《暮过山村》就介绍到这里。我们再来介绍一下贾岛的《忆江上吴处士》。

闽国扬帆去，蟾蜍亏复圆。

秋风吹渭水，落叶满长安。

此地聚会夕，当时雷雨寒。

兰桡殊未返，消息海云端。

这首诗是贾岛怀念自己的朋友吴处士而写的。古代将隐居不仕的文人叫处士。"闽国扬帆去，蟾蜍亏复团。""闽国"指现在的福建一带。首句按正常的语法顺序应该是扬帆去闽国，意思是说我的朋友吴处士乘船离开长安到闽地去了。"蟾蜍"即癞蛤蟆。古代神话传说月亮里面有蟾蜍，这里用来代指月亮。"亏"是缺的意思。这句说月亮缺了圆，圆了又缺，表明吴处士去福建已经好长时间了，可诗人却仍旧不见他的任何消息。

"秋风吹渭水，落叶满长安。"这两句写的是吴处士去福建后长安一带的秋天景色。句中的"渭水"是黄河的一条支流，长安城就位于它的南岸。这两句的意思是说，我自己居住的长安已是深秋时节了，强劲的秋风从渭水那边吹来，长安城落叶遍地，显出一派萧瑟的景象。

作者为什么要提到渭水呢？因为渭水是唐时长安送客出发的地方。当日送别朋友时，渭水还没有秋风。如今秋风吹着渭水，自然就想起了分别多日的朋友。

于是，作者回忆起了和朋友在长安欢聚的一段往事："此地聚会夕，当时雷雨寒。"意思是说，我那次在长安和这位姓吴的朋友聚首谈心，一见如故，相见恨晚。时至深夜，外面忽然下起大雨，电闪雷鸣，震耳炫目，使人有阵阵寒意。时间过得飞快，一转眼就是落叶满长安的深秋了。

以上六句，作者先写分别后的情景，然后触景生情，引起对往事的回忆，层层递进，顺理成章，并且紧扣了诗题中的"忆"字。最后两句，作者从写往事又回到了写现时的感受，抒发了作者对友人的怀念之情。"兰桡殊未返，消息海云端。""兰桡"原是用木兰树做成的船桨，这里是部分代整体，指船。而这"船"，又用来借指吴处士。"殊"作"犹"字解，指还是。吴处士是乘船去的，这里说船没有回来，也就是说吴处士没有回来。这种表现手法，在古典诗词中是很常见的。由于吴处士不见回来，自己也无从知道他的消息，作者只好遥望远天尽处那海上的云朵，希望从那儿得到吴处士的一些音讯。用"海云端"来表示消息渺茫，这与诗题中的"江上"以及诗歌里的"扬帆去"互相呼应，可以看到贾岛用词造句的严谨。

全诗怀念友人，在字面上却没有一处直说怀念，但在全诗中却处处是对友人深挚的怀念。这是因为作者把怀念友人的深情厚谊浸透在鲜明的艺术形象之中。

诗中"秋风吹渭水，落叶满长安"一联是传诵千古的名句。从意境上看，它用"吹"和"满"这两个动词，既写出了秋天长安城的典型景象和气氛，又形象地烘托出自己怀念朋友的凄冷心情；从章法上看，它上承秋月"蟾蜍亏复圆"，又从长安城引出"此地聚会夕"；从格律上看，它运用对仗简练地描绘出眼前的景物，同中有异，对称而不平板，语言生动，音节铿锵。以上原因，这一联后来曾为不少文人所引用。如宋代周邦彦《齐天乐》词中的"渭水西风，长安乱叶，空忆诗情宛转"，元代白朴《梧桐雨》杂剧中的"伤心故园，西风渭水，落日长安"，毛泽东同志《满江红·和郭沫若同志》中的"正西风落叶下长安"皆由此化出，赋予新意。可见其流传之广，影响之深。

关于这两句诗，还有一个传说。据《唐摭（zhí）言》一书记载，贾岛有一天骑着毛驴走过京城长安的朱雀大街，看到满街落叶，脱口吟出了"落叶满长安"这一句。接着他又苦苦思索，一心想吟出与这句诗相对的另一句来。想了老半天，终于又想出了"秋风吹渭水"这句好诗。他非常高兴，一路上反复吟诵这两句诗，不觉冲撞了当时京兆尹（首都的行政长官）刘栖楚的仪仗队，被抓去关了一夜，直到第二天早晨才释放出来。另据《唐遗史》记载，有一次，贾岛吟得"僧敲月下门"一句，他起初拟用"推"字，又想改为"敲"字，到底改不改，一时决定不下。他骑在驴背上一边念，一边用手比画推和敲，结果冲了京兆尹韩愈的道。韩愈不但不恼怒，还帮他确定了"敲"字，后来他们就成了很要好的朋友。今天我们把写文章时斟酌字句叫作"推敲"，就是从这个故事来的。这些传说可以说明一点，贾岛的创作态度是十分认真的。我们从"秋风吹渭水，落叶满长安"这两句诗中，特别是"吹"和"满"这两个字的运用上，也可以看到贾岛认真推敲字句的特点。真可谓"苦吟出妙句，工夫在诗外。"

（1991 年 7 月 27 日 20:30 湖南人民广播电台《文学欣赏》节目首播）

李商隐绝句两首赏析

李商隐是晚唐时期一位有独特艺术成就的诗人。他年轻时就负有"凌云一寸心"，渴望出仕做官，可惜生不逢时。当时阉党专权，牛僧孺和李德裕两党争斗，始终处于朋党倾轧的漩涡之中，只落得"虚负凌云万丈才，一生襟抱未曾开"的结局。因此，他的诗时时传出感时伤世的楚楚哀音。《宿骆氏亭寄怀崔雍崔衮》正是这组悲歌中的一曲。诗在哀婉缠绵中流露出对亲朋好友的诚挚怀念，对个人沉沦身世的无限感慨，表达出对腐败政治的不满。诗题中的骆氏亭，所在地址不详。崔雍、崔衮，是诗人表叔崔戎的两个儿子。崔戎在任华州刺史的时候，曾送李商隐到长安读书习业。李商隐和崔雍、崔衮两兄弟就是在那时候结识的。诗题的意思是：在骆氏亭借宿，思念崔雍、崔衮兄弟。下面，我们就来赏析这首七言绝句：

竹坞（wù）无尘水槛（jiàn）清，相思迢递隔重（chóng）城。

秋阴不散霜飞晚，留得枯荷听雨声。

诗中的"竹坞"是长着竹子的地方。"水槛"指靠水边的有栏杆的亭子。"迢递"指遥远的样子。"隔重城"是中间隔了重重叠叠的城池。"霜飞晚"意思是因为秋雨绵绵，所以降霜的日子往后推迟了。全诗的大意是：骆氏亭竹林环绕，明净无尘，邻瀲碧水，亭轩倒映。这么好的景致，要是表兄崔雍、崔衮也在这里，那该有多称心啊。可他们这时候偏偏远在重重城阙阻隔的地方，不禁叫我陡增相思之情。秋天的阴云连日不散，使得霜期姗姗来迟。霜期来得迟，所以草木就凋零得慢，连那荷叶还残留在茎秆上。在这思念友人的难眠之夜，秋雨不知不觉地洒了下来，我的耳中充满着枯荷承雨的滴答声，一直伴我到天明。

诗的第一句点明借宿地点骆氏亭的环境，以白描见长："竹坞无尘水槛清"。诗人用清词丽句勾勒出骆氏亭草木无尘、清穆寂寥的意境，渲染出了一种幽谧凄清的气氛。可以想见，长期处于党派斗争中的诗人一旦置身其间，是颇有远离尘世之感的。在通常情况下，清幽寂静的境界往往使人恬然自适，但对有所思念的人来说，它又是触发相思之情的一种媒介。所以，诗的第二句紧承第一句，水到渠成地引出"相思迢递隔重城"这一直抒胸臆的诗句。光从字面上看，这句仅仅是说思念着远隔重城的亲人。但我们分明可以感觉到，诗人的思念之情就像那随风飘荡的游丝，悠悠然越过遥远的路程，径直飞到了崔氏兄弟的身边。接着，诗的第三句又回到眼前的景物上来。从表面看，"秋阴不散霜飞晚"似乎只是为第四句作铺垫：由于"秋阴不散"，所以将要下雨；又由于"霜飞晚"，所以水塘里还有枯荷。而实际上，这一句还起着渲染气氛、烘托情绪的作用。连日天气阴霾，到处一片迷蒙，因相思而感到孤寂的人，不免更加"凄凄惨惨戚戚"，而这种心情又反过来增添那相思的分量。

最后一句"留得枯荷听雨声"是全诗中的警句，写得很有情趣。从秋阴不散到秋雨连绵有一个时间过程，而我们的诗人在这段时间内，却一直在那里思念着远方的亲友，根本就没有注意到天气的变化。直到雨点洒落到残荷上，发出阵阵脆响，才发现下雨了。对这一句，我们如果欣赏到这里就止步的话，那还没有咀嚼出它的情趣。在听雨这一情节之前，"秋阴不散"的天气带给人的只是一种低沉压抑的感觉，而秋雨的不期而至，恰好就给诗人长夜不眠的孤寂和愁绪带来了几分慰藉。这淡淡的喜悦让我们完全可以从"听"字中体味出来。可是，欣喜之后诗人不免更加惆怅。因为秋雨敲打枯荷的声音是那么的单调，又是那么的凄清。这单调而凄清的声音随着时间的推移，更增加了深夜里骆氏亭内外环境的寂寥，从而也就进一步加深了诗人对亲友的思念。晚唐诗人温庭筠在《更漏子·玉炉香》一词里曾这样写道"梧桐树，三更雨，不道离情正苦。一叶叶，一声声，空阶滴到明。"词中的"不道"是"不管"的意思。三更人静之时，雨点打在秋天枯槁的梧桐树叶上，声音特别响亮。这雨一点儿也不管离别之人正苦的情思，在空阶上一点一滴，一直滴到天明。李商隐写这首诗时的心绪，也许和温庭筠的一样，只不过李商隐没有明说罢了。另外，这一句中的丝丝秋雨，又补出了第一句里"竹坞无尘"的原因，可见诗人建构的造诣非常高。

在艺术上，这首诗以融情于景为主要艺术手段，因而十分重视景物的调度与选择。诗歌首先用鸟瞰的方式再现环境，接着以大全景描绘气候和勾勒景物，从而精心推出雨打枯荷这一特写镜头。诗人将自己鲜明的爱憎融入这幅画面，然后让情感自己"走出"诗来，传递给读者。这枯荷，曾经有过嫩绿的时光，有过婆娑的身影，但是风刀雨剑却使它迅速由盛变枯。这还不够，阵阵秋雨还要无情地、饶有兴致地折磨枯荷，让枯荷体验着躯体被吞噬的难熬滋味。是啊，一切受害者，包括诗人自己在内，不都是这枯荷吗？而摧残美好事物的邪恶势力不就是那阵阵秋雨吗？在比拟中，作者的思绪不断翻飞。他想到远方的崔氏兄弟，便会自然地怀念起他们的父亲崔戎。当年正是崔戎为了使诗人应举，曾送诗人习业南山，如今诗人的学业早已完成，但唐王朝日薄西山的现实让诗人屡次尝到的只是怀才不遇的苦楚。此时此刻，浮沉的身世感和无限的抑郁情一起涌上诗人的心头，再加上枯荷承雨，一夜不寐，他想把郁闷摆脱而不能如愿。想将苦楚倾诉一下，而亲人又被重重城阙所阻隔。这孤寂的心灵在暗自震颤，在悄悄悲诉。

整首诗，除"相思"二字之外，明处句句写景，暗处却字字抒情。明处"状难写之景如在目前"，暗处"含不尽之意见于言外"。明处屡屡换景而不埋没意绪，暗处曲折含蓄而不失于清新流畅。作者将情感浸润于景象之中，使主观情与客观景水乳交融，于景物萧森的境界中寄寓仕途坎坷的失意情怀，在"枯荷"索瑟受欺的特征中，潜伏着随意喷发的气势。正如清人纪昀所说："'相思'二句，微露端倪，寄怀之意，全在言外。"（《李义山诗集辑评》）他一语中的，揭示出了这首诗寓情于景，意主文外的艺术特征。

总体来说，这首诗写景丝丝入扣，抒情层次井然。全诗围绕"相思"二字进行层层的开拓。先即景抒情，意在振起"相思"二字，后又藏情于景，意在深抒相思之情。诗脉流畅自如，顺理成章，做到"前能留步以应后，后能回照以应前"，构思细密，诗味隽永。因此，虽然这首诗的创作年代已经久远，但它那绵长的情韵却还在艺术园圃中散发着馥郁的芬芳。《红楼梦》第四十回里，就描写了林黛玉特别欣赏"留得枯荷听雨声"这一诗句的情景。当然，这是诗句与林黛玉寄人篱下的身世、心境落寞的郁闷产生了共鸣的缘故。但也从一个角度证明：只要是寓意深邃而又形象鲜明的诗词，都会穿过岁月的风尘，久久地拨动着人们的心弦。

接下来，我们再向大家介绍李商隐的一首五言绝句《乐游原》：

向晚意不适，驱车登古原。

夕阳无限好，只是近黄昏。

这首小诗写得浑融概括，历来脍炙人口。

乐游原在长安城南，地势较高，四望宽敞，是有名的游览胜地。据史料记载，汉宣帝曾在此建立乐游苑。所以诗句中称它为"古原"。

诗的前两句点明登乐游原的时间和原因："向晚意不适，驱车登古原"。"向晚"是靠近傍晚的时候。"意不适"指心情不佳。古语说"愁因薄暮起"，傍晚时分，昏黄的天色往往容易引人怅惘，触动愁绪。古代诗歌中有大量描写薄暮生愁的例子。如孟浩然的"日暮客愁新"，崔颢的"日暮乡关何处是？烟波江上使人愁"等等。李商隐的"意不适"也是因为"向晚"而产生的，而"驱车登古原"则是"意不适"的结果。诗人采用单刀直入的写法告诉我们，这一天的傍晚，不知什么原因，他的心情很不舒畅，难以排遣。为了驱散心中的愁云，赶走满怀的苦闷，他乘着车子向游玩胜地乐游原飞驰而去。这两句虽然平平叙起，从容承接，但下两句所描绘的情景，却都与这两句密切相关。所以纪昀说"末二句向来所赏，实妙在第一句倒装而入，此二句乃字字有根"（《李义山诗集辑评》），这话很有见地。

正当薄暮时分，诗人驱车登上了古原。登高四望，美不胜收的景色不禁使他心旷神怡，锦绣似的彩霞铺在天边，黄金般的光辉镀遍大地。可是诗人却没有对美丽的自然景色做具体的描绘，而是放声吟唱道："夕阳无限好，只是近黄昏。"这是充满了强烈赞叹之情的诗句。它与首句里面的"意不适"相回应，集中而又凝练地表达出了诗人此时此地的内心世界，诗意到此便形成了波澜。看来，正是那一轮巨大的红日驱散了诗人胸中的郁闷和哀愁，使诗人"意不适"的心绪得到了暂时的满足。

对于这两句诗，过去不少的诗评家都认为蕴含着言外之意。如清朝著名学者何焯（zhuō）就曾经评说道："迟暮之感，沉沦之痛，触绪纷来，悲凉无限。"纪昀（yún）也说："百感茫茫，一时交集，谓之悲身世可，谓之忧时事亦可。"笔者认为这是一种误解。造成这种误解的主要原因就是把"只是"一词解释成为"只不过"或"但是"的意思，因而得出这是一种没落消极心境的反映的结论。其实，古代的"只是"并没有"只不过"或"但是"的意思，而有"就是""正是"的意思。这种用法在李商隐自己的诗中也出现过多次，他在《锦瑟》一诗中写有这么两句："此情可待成追忆，只是当时已惘然。"意思是说：这种理想破灭的悲伤之情，并非今天回忆起来才开始产生，而正是理想破灭的时候就已不胜怅惘了。造成误解的另一个原因大概就是因为李商隐写过一些情调较低沉的描绘夕阳斜照的诗句。如"回头问残照，残照更空虚""日向花间留晚照，云从城上结层阴"。评论家从而连类而及，认定这首诗中的"夕阳"也必然是带着没落情调的。但是我们只要仔细地品味一下"无限好"和"只是"这五个字，就不难想象出诗人望中所见的夕阳不可能是正在"烟柳断肠处"的残照。因为"夕阳无限好"流露的是无限赞叹和流连之情，诗人恐怕不会用"无限好"来比喻自己那充满了坎坷的不幸身世，也不会用它来形容千疮百孔、摇摇欲坠的唐王朝的。可见，认为此诗寄托着身世沉沦之感、国运衰败之痛，是有悖全诗的意境，很值得怀疑的。

李商隐一生也曾留下过一些热爱生活、坚持理想的诗篇。他除了在《晚晴》一诗中写有"天意怜幽草，人间重晚晴"的千古佳句以外，还在另一首《乐游原》中写出"羲和自趁虞泉宿，不放斜阳更向东"的诗句，表现了一种积极、乐观的人生态度。在自然界里，朝阳是美丽的，而夕阳也有它特别的美。对夕阳的流连和对朝阳的赞美一样，不应该分什么高下，更何况这无限美好的夕阳驱走了诗人心中的"不适"呢！因此，对第三句和第四句诗可理解为：正是黄昏日落的时候，太阳却更显出了它的雄浑之美。它驱散了我的忧愁，赶走了我的苦闷。我忍不住呼喊"多美啊，夕阳！"

总之，《乐游原》一诗内涵丰富，诗情绵邈。全诗没有任何文字雕砌，风格浅近清新，能窥见诗人的心灵深处，读来真实感人。特别是"夕阳无限好，只是近黄昏"这富有理趣的诗句，哲理与诗情融汇在一起，读后令人心驰神往，堪称千古佳句。

（1989年12月18日16：30湖南人民广播电台《文学欣赏》节目首播）

含不尽之意　状难写之景

——介绍温庭筠的诗《商山早行》

提起晚唐诗人温庭筠，大家一定不会感到陌生，只不过他的诗的名气经常被他的词的名气所掩盖。他的诗，总的来说，色彩浓艳、辞藻华美，然而内容较为贫乏，大多是表现贵族妇女生活的，风格也比较单调。但有些山水诗却写得清新自然，气韵清澈，跟那些充满脂粉气的作品截然不同。他最有名的诗就是《商山早行》：

> 晨起动征铎，客行悲故乡。
>
> 鸡声茅店月，人迹板桥霜。
>
> 槲叶落山路，枳花明驿墙。
>
> 因思杜陵梦，凫雁满回塘。

这首诗描写诗人在一个早春的清晨，从现在的陕西省商县东南的商山出发赶路，途中看到种种景色，因而思念起自己的第二个故乡长安。

"晨起动征铎，客行悲故乡。"首联概述启程的时间和当时的心绪。"铎"，原意是大的响铃，这里指车上的铃铛。"客行"不是指刚离家或赶路回家去，而是指长年累月在外奔波。"悲故乡"，这里是思念家乡的意思。早晨一起床，诗人就开始跋涉了。车上铃铛的鸣响引起了这位游子浓浓的思乡之情。在封建社会里，一般人由于交通困难、人情浇薄，往往害怕远行。我们今天还讲"在家千日好，出门一时难"，所以"客行悲故乡"这句诗是很能引起读者共鸣的。从下面的尾联"因思杜陵梦，凫雁满回塘"的描写来看，诗人思念的并不是他的真正故乡山西祁县，而是当时的京都长安。诗人在这一联点题后，马上抒写出上路时的心情，就为整首诗定下了基调，显得干净利落。

接下来的颈联"鸡声茅店月，人迹板桥霜"，写早行者清晨上路时的所见所闻，是全诗最精彩的地方，历来脍炙人口。鸡声"喔喔"，山村茅店中的旅客被啼醒了。"未晚先投宿，鸡鸣早看天。"听见鸡叫，旅客们就爬起来看天色，看见天上有月亮，就马上收拾起行装，接着他们便头顶着一轮残月踏上征程。村外，木板小桥上积着一层浓浓的白霜，上面清晰地印着一行行人的足迹。读到这里，我们不禁感到十分的惊讶：原来还有比诗人起得更早的人呢！

历来诗评家都夸这一联诗好，那么好在哪里呢？好就好在精炼和含蓄。我们上面叙述这个早行的景象时，用了那么多的话，但诗人只用了十个字！十个字中，不仅没有一个虚词，就是动词也没有一个！"鸡声""茅店""月""人迹""板桥""霜"，六个名词，也就是六种早行途中见到的最典型的事物并排在那里，不用一个动词，就组成了一幅异常工整、十分自然的对偶句。形成了一幅有情有景、有人有物、有声有色的画面，确实是再精炼不过了。如果我们用现代的艺术手法加以分析，诗人实际上是运用了电影艺术中的蒙太奇表现方法。诗中六个名词，六种景象，如果单独去看，谈不上有什么意境，可是，一旦将这六个"镜头"加以连接组合，就构成了一幅有声音、有物象的浑然一体的早行图，有了新的价值和意义。

我们欣赏这两句诗，如果到此为止，那还只是停留在表面。因为这一联不仅写景如画，而且画中含情、画外有音。我们不妨设想一下，起得那么早，霜气那么重，北国的早春，严寒的余威尚未减退，早行的人，手脚该被冻得有点儿发麻了吧？脸皮也该被寒风刮得发痛了吧？旅途的辛苦，心绪的苍茫，不都隐含在这幅画中吗？难怪诗人要情不自禁地联想起那安乐舒适、繁华富庶的第二故乡长安。因此，这一联已经隐伏了尾联所抒发的情绪，情与景偕，达到了如此水乳难分、不露痕迹的地步。这才是地地道道的精炼和含蓄！所以，当宋代的梅尧臣对欧阳修说，最好的诗，应该是"状难写之景如在目前，含不尽之意见于言外"的时候，首先就举出了温庭筠的"鸡声茅店月，人迹板桥霜"，并反问欧阳修说："道路辛苦，羁愁旅思，岂不见于言外乎？"（《六一诗话》）正是由于这一点，温庭筠这种描绘自然景色和情景交融的特殊表现手法，才很为后世的诗家词人所欣赏。南宋诗人陆游在他的《书愤》诗中写道："楼船夜雪瓜洲渡，铁马秋风大散关。"也是运用蒙太奇的手法，把地点、景象和人物结合在一起，构成一幅浩浩荡荡的军容画面。元代大诗人马致远在他的小令《天净沙·秋思（sī）》中，有"枯藤老树昏鸦，小桥流水人家，古道西风瘦马"的句子，也是典型的蒙太奇笔法，三个句子用了九个并列的名词，把九种不同的景物巧妙地组织在一个画面里，意象叠加，渲染出一派凄凉萧瑟的晚秋气氛，从而含蓄地烘托出征人的哀愁。语言上音节和谐，画面上色彩鲜明，给读者带来广阔的想象余地。这支小令无论是艺术构思上的特点，还是语言运用和句子结构的特殊手法，作者似乎是受到了温庭筠《商山早行》的启发。

我们现在回到《商山早行》的颈联上来。"槲叶落山路，枳花明驿墙。"这一联进一步描写旅途上所看到的景色。"槲"是一种落叶乔木。"槲叶"跟我们平时常见的樟树叶一样，凌冬不凋，次年春天嫩芽抽生的时候才脱落。"枳"是一种落叶灌木，早春时节开白色的花。这两句的意思是：山路上槲叶脱落，纷纷扬扬；驿墙边枳花盛开，一片洁白。这里的景物描写相当明丽，可见诗人的情绪已逐渐从苍茫凄凉转向了振奋愉快。并且，在景物的描写中还暗示着时间已经过去了很久，诗人已经走了不少的路程。因为刚才天色未亮，残月当空，景物模糊，现在则天已大亮，景物变得十分清晰了。所以，从这一联里，我们能进一步体会到诗人锤炼语言的功力。

尾联是这首五言律诗的主题所在。"因思杜陵梦，凫雁满回塘。""杜陵"是长安城南的一个地名。"凫""雁"都是水鸟。"回塘"指岸边曲折的池塘。这两句是说：春天到了，凫雁又该回到长安郊外的池塘里了吧。这里的梦境，其实是昨夜诗人头脑中残留的印象，放在这里点出，就更好地说明了诗人急于返回第二故乡长安的迫切心情。诗人梦中所见的长安很美，春天来了，春光明媚，回塘水满，凫雁自得其乐。而诗人自己呢，却离家一天比一天远，经常在茅店里歇脚，在山路上奔波，再加上景色萧条，又怎能不产生悲情呢？而这种思家的心情又与"客行悲故乡"构成首尾照应，互相补充，使得全诗结构紧凑，收束得很有力。在唐代，诗人写怀念长安，一般都是用以表现政治上的进取心，希望能在京城长安有所作为。温庭筠在诗中所表现的，应该也是这个意思。

　　总之，这首诗逼真地描写了旅途早行的情景，强烈地抒发了诗人急于回到第二故乡长安的迫切心情，用字精炼，结构谨严，色泽明丽，情景交融。确实是温庭筠诗歌中的一首佳作。

　　　　　　　　　　（1988年10月8日21：30湖南人民广播电台《作品欣赏》节目首播）

如诗如画写情思

——介绍张泌的两首《江城子》和赵师秀的《约客》

张泌是花间词派的重要作家，他主要生活在五代前蜀时期。《花间集》收张泌词二十七首，大多为闺情词。张泌的词作风格柔婉，清丽如画。这里向大家介绍的两首《江城子》，就是体现这种风格的作品。

这两首词所反映的内容，很可能与作者青年时代的一段恋爱生活有关。据今人刘永济先生《唐五代两宋词简析》介绍，张泌青年时代曾与邻家一位浣衣女相爱。没想到后来阴差阳错，浣衣女嫁给了别人。对此，张泌满怀伤感，挥毫写下这样一首诗寄给浣衣女："别梦依依到谢家，小廊回合曲阑斜。多情只有春庭月，犹为离人照落花。"诗歌以景衬情，表达了一种"人成各，今非昨"（唐婉《钗头凤》）的伤心意绪。浣衣女收到这首诗后，只能流泪而已。在封建社会，青年男女的婚姻没有丝毫的自由，像张泌和浣衣女这样的爱情悲剧是举不胜举的。而张泌的这两首《江城子》，大概就是追叙自己年少时跟那位浣衣女相爱的故事。下面我们分别来进行赏析。第一首的原文是：

碧栏杆外小中庭。雨初晴，晓莺声。飞絮落花，时节近清明。睡起卷帘无一事，匀面了，没心情。

　　这首词写的是早春的自然景色和女主人公闲得无聊的心情。其表现特点是先渲染环境，后描写人物动态，以自然界的盎然生机与人物的抑郁寡欢对照，写得含蓄深沉。第一句"碧栏杆外小中庭"点出女主人公的住处。"栏杆"是古代建筑物附加的木制栏栅，会被设计成各种式样，漆绘成各种颜色，以增美观。李白在有名的《清平调》中写道："解释春风无限恨，沉香亭北倚栏杆。"碧绿的栏杆暗示美人娇美的风姿。美人与栏杆相得益彰。张泌词中虽然没有对女主人公做正面的刻画，但我们仍可以想象得出她的美丽动人。这位女主人公居住的环境虽然很不错，但"碧栏杆外小中庭"实际上成了拘禁她年轻身体和热烈感情的牢笼，因为那时未婚女子被要求足不出户。"雨初晴，晓莺声，飞絮落花。时节近清明。""晓莺"指春天早来的黄莺。白居易《钱塘湖春行》写道："几处早莺争暖树，谁家新燕啄春泥。""飞絮"即柳絮。唐代罗隐《柳》诗云："自家飞絮犹无定，争解垂丝绊路人。"张泌的这四句，点明了具体的时令，即这是一个夜雨新晴、晓莺啼唱的早晨。在杨柳飘绵，落红狼藉，清明将近的大好春光里，词中的女主人公多想走出这狭小的庭院，去畅快地呼吸大自然的清新空气。可是，她却无论如何都办不到。除此之外，这四句诗还可以使我们产生如下几方面的联想：一是春天万物复苏，百花争艳，这正是阳气初动的时节，也正是少女春心浮动的时候。德国诗人歌德在《少年维特之烦恼》一书中就说过这样的话："哪个青春男子不善钟情，哪个妙龄少女不善怀春。"清明是古人很看重的一个节日。清明前后，春草初生，人们都要结伴到郊外野游、斗草，这是古代的踏青习俗。从古典文学里的描写来看，踏青的大多是青年女性。她们常常会换上绣花鞋，精心打扮一番去跟大好春光比美。因此，这四句对时令特点的书写，实际上暗示着女主人公春心的荡漾，折射出她独守"碧栏杆外小中庭"的孤寂。二是春天是美好事物的象征，诸如青春的韶华、快意的生活、繁荣昌盛的局面，等等。所以春光的逝去，往往引起人们的惋惜，使人产生悲伤的情绪。张泌词中的女主人公正值豆蔻年华，像春花一样灿烂，可她却只能生活在狭小的空间里，得不到爱的滋润。这是多么令人伤感的事啊。人们对春光是留恋的，但春光无情，流水落花弃人而去。人们对青春是珍惜的，但礼教无常，词中少女只好虚度岁月，压抑春心。南宋词人辛弃疾在他的《摸鱼儿·更能消几番风雨》词中写道："惜春长怕花开早，何况落红无数。"因为惜春，总怕百花提早开放，何况而已经满地落红！张泌词中的女主人公面对飞絮落花，必定也会产生同感。但是春归已成定局，并不会理会人们的深情厚谊，女主人公当然无力回天，最多只能在睡梦中寻找几分欢娱。而每当太阳升起来后，她便只好回到现实，顾影自怜。所以，词接下来写道："睡起卷帘无一事，匀面了，没心情。""匀面"就是在脸上涂脂搽粉，进行梳妆打扮的意思。又一个难熬的春宵终于熬过去了，她启户卷帘，一日之计已经开始，可今日不又得重复昨日的无聊吗？因此尽管刚起床，她却感到无事可做。实际上，有的事，如老一套针黹（zhǐ）女红（gōng）之类，是有得做的，但她却不愿意再做；而那些她感兴趣、渴盼做的事，如前面提到的赏春踏青，还有诗题红叶等，却又不允许她做。所以，尽管她照常梳妆抹粉，可是内心深处却感到生活毫无意趣，异常苦闷。常言道："女为悦己者容。"（见《战国策·赵策一》）既然没有知己，匀面后，当然也就没心情了。

这首小令用语明快，含意深长。特别是"睡起卷帘无一事，匀面了，没心情"三句，纯以女子口吻直接吐露她的心事，语言直白，口语风格明显，体现了五代时期长短句与民歌的密切关系。

下面，我们再来分析一下张泌的另一首《江城子》。原词是这样写的：

浣花溪上见卿卿。脸波秋水明，黛眉轻。绿云高绾，金簇小蜻蜓。好是问他来得么？和笑道，莫多情。

这首词写的可能是作者与那位浣衣女的邂逅和对那次相见的美好回忆。作品所写的时间比前一首稍晚，地点也转移到了蜀人在春天常爱游玩的浣花溪畔。词是用第一人称的口吻写的。开头一句先交代了事情的起因："浣花溪上见卿卿。""浣花溪"在四川成都西郊，是游赏的好地方。"卿卿"，这里指姑娘，含有爱慕之意。接着，作者用大量的篇幅描绘出姑娘的美貌，从她的脸一直写到她的装束。"脸波秋水明"一句，正好与"浣花溪"呼应。姑娘的眼睛是那样的明亮，那样的动人。古人常用流波、脸波、秋波等语汇来形容妇女目光清莹，如同水波一样清澈。汉代枚乘的《七发》中就有"揄流波，杂杜若"这样的名句，而唐代白居易的《天津桥》也写道："眉月晚生神女浦，脸波春傍窈娘堤。"张泌词中的这幅美人图一经作者点睛，人物可爱的形象便立刻生动地展现在读者面前。只见她目光清朗，神气俊秀，犹如明净澄澈的秋水一般。然后，作者又用工笔细绘，进一步衬托她那动人的秀丽。黛是一种青黑色的颜料，黛画之眉谓之"黛眉"。"黛眉轻"是说那姑娘的眉毛用青黑色的颜料画得又细又长。"绿云"形容女性头发的美丽，浓密而乌黑发亮。杜牧《阿房宫赋》有句云："绿云扰扰，梳晓鬟也。""高绾”指词中女主人公梳着当时流行的高高的发髻。“金簇小蜻蜓”是形容她头上戴着打成蜻蜓模样的钗饰。这一连串的描写层次分明，表明了作者观察的细致，同时也揭示了他对这位女子的爱慕之心。在作者眼里，这是一位最美的、最可爱的女子。所以，词的最后两句在前面为女主人公画像的基础上引出。作者抑制不住自己的感情，很想约姑娘幽会一次。“好是”是五代时的俗语，是短句“最好是”的略写。“好是问他来得么？”意思是：最惬意、最值得怀念的，我曾经不失时机地主动跟她约会，问她下回还来不来。“和笑道，莫多情”是浣衣女的回答。虽说是“和笑”道出，但作者却仿佛从浣衣女矜持的神态中看到了她对作者的轻率的善意批评。作者借助想象中俩人的对话来描写自己的内心活动，这在唐宋词中很不常见。对话中，女主人公的形象被烘托得愈加亲切、可爱、完美。她的话语表面带有拒绝的味道，可是这样的拒绝当然不会让作者生气，因为作者是明白个中原委的。至于作者自己的窘态，虽然没有出现只字片语，但读者似乎觉得，这个小伙子一定为自己多情而大胆的举动脸红了。

统观全词，这首小令虽然只有短短三十五字，却包含着丰富的情韵，男女主人公的心理、情态都刻画得十分细腻，主次繁简得体，格调轻快活泼，对女主人公形象的塑造尤为成功。作者先写她的外表美，靓丽而不轻佻；然后再想象她拒绝时的神情和语气，更显示出她那端庄大方的仪态和得体的话语。至此，女主人公的美已不再停留在作者所看到的装束上，而是深入到她的性格中，揭示了她的内在美，使她在词中的美好形象得到了完美的展现。张泌词中还有一些同样题材的作品。如《浣溪沙·晚逐香车入凤城》中的“东风斜揭绣帘轻。慢回娇眼笑盈盈”等，也体现出作者擅长描写人物情态的特点，但都写得过分风流调笑，思想性和艺术性都不如这首《江城子》。

以上我们分别介绍了张泌的两首《江城子》，现在我们再把它们的一些共同特点合起来说一下。我们知道，词在民间初起的时候，本来是抒情文学，后来这种文学传入宫廷、豪门与文人之手，便成为娱乐调笑的工具。张泌是当时花间派的重要作家，从总体上看，花间派的词主要以醇酒美人为描写对象。若具体分析，《花间集》中也还有一些别开生面的作品，不可一概而论。张泌的这两首《江城子》就是颇有新意之作。首先，这两首词既是在给人们讲一位男子和一位女子的爱情故事，又从侧面反映出古代女子的生活情况并刻画出一位可爱完美的女子形象，很富人情味。第一首用白描的手法来描绘人物的神态和心理，景物也为衬映心理而设。对于容颜和服饰等一概略去，集中塑造出一位因为独守小庭院而只能妆罢自怜的女子形象。第二首则用简练的手法，生动地记述了一个有趣的生活片断。作者见到了一位可爱的女子，很想和她约会，却又怕被女子拒绝，终于不敢开口。同前一首词相比，这首词有个明显不同的地方，即用了不少充满柔情的笔调描写女主人公的形貌，结尾写男女双方的对话，这在词中实不多见。

其次，这两首词在语言上具有明白晓畅的特点，富于民歌风味，笔调轻快灵动，把人物刻画得非常成功，让人有如闻其声、如见其人之感。

总之，张泌的这两首《江城子》以婉约的语调抒发细腻的情思，如诗如画，柔情似水，既绮丽又带有几分伤感，确实别有情味。从中，我们可以看出花间词人的一些词作确实值得一读。

刚才介绍的是五代词人张泌的两首词。下面我们再介绍宋代诗人赵师秀的一首小诗——《约客》。

约会的一方失约，而另一方久候不至，是生活中常有的事。候人不至的心情是焦躁不安的，于是或左顾右盼，搔首踟蹰（chí chú），或来回溜达，坐立不安。南宋诗人赵师秀的《约客》一诗表现候人不至的心情，则可谓独辟蹊径，别有风味。诗是这样写的：

黄梅时节家家雨，青草池塘处处蛙。

有约不来过夜半，闲敲棋子落灯花。

诗的前两句以清新流畅的语言描写江南水乡梅雨时节夜晚的雨景：五月黄梅熟的夜晚，江南水乡，整个儿笼罩在烟雨之中，青草池塘的蛙声连成一片，与雨声相映成趣。诗人抓住颇具时令特征和地方特色的"梅雨"和"蛙声"，诉诸视听，给人身临其境、如见其景、如闻其声之感。

"梅雨"连绵，这在古典诗词里常用来比喻"闲愁"，宋代贺铸便有"试问闲愁都几许？一川烟草，满城风絮，梅子黄时雨"的名句。《约客》一诗前两句描写江南水乡梅雨之夜的雨景，也是为下文抒写"闲"情作铺垫，只是它不露痕迹罢了。

后两句由写景转为叙事、抒情，揭示诗人候人不至的心情。

"有约不来过夜半"一句点明诗题，叙述客人先约一事。"过夜半"既表明时间的推移，又暗示诗人候客很久，诗人候客恐怕是从傍晚就开始的吧。他左等右等，直到深夜，还不见客人的踪影，此时他的心情如何呢？这正是结句所要抒写的。

　　"闲敲棋子落灯花"是写人物的举动,更是抒写人物的心情。"闲敲棋子"是一特写镜头,以具有鲜明个性的动作巧妙地揭示了候客不至时的寂寞心情。着一"闲"字,境界全出。唯其"闲",诗人才能细察并且绘出"黄梅时节"那撩人愁绪的景色;唯其"闲",诗人方可能独坐敲棋,聊以自遣。这句诗在"闲敲棋子"后继续以"落灯花"三个字来照应"过夜半",进一步衬托了人物的心情,恰到好处。能被下意识的"敲棋"动作轻易震落的灯花,自然是因灯芯久燃所结成的,这就形象地揭示了候客时间之长和候人者惆怅失意的情绪。闲敲棋子震落灯花这个艺术细节,使全诗更为深蕴含蓄,有无尽的韵味。

　　　　　　　(1994年9月24日15:30湖南人民广播电台《文学欣赏》节目首播)

少女画蝴蝶　双双对对飞

——张泌词二首赏析

　　爱好古典文学的朋友一定都知道，在词的发展史上，出现的第一个流派名叫"花间派"。"花间派"的得名，是因为五代蜀人赵崇祚编了一本《花间集》的词选，一共选词五百首。欧阳炯作的《花间集序》说："则有绮筵公子，绣幌佳人，递叶叶之花笺，文抽丽锦；举纤纤之玉指，拍按香檀。不无清绝之辞，用助娇娆之态。"这是说，豪门贵族的公子、佳人们将词写在花笺上，用纤纤的玉指按着板拍来唱。他们所写的都是清丽的文辞，用来配合娇柔的舞姿。可见这派作者作词的动机是为了配合歌唱的。《花间集》所选的作家，从温庭筠、皇甫松、韦庄到和凝、孙光宪、李珣等，共有十八位。欧阳炯的序文作于后蜀广政三年（即940年），那时温庭筠已经过世七十年左右了，皇甫松、孙光宪也都不是后蜀人，之所以把他们选在一处，其原因是他们与后蜀词人有一些共同的特点：讲究字面的华丽，多用婉约的表现手法，内容多写女性的美貌、服饰以及她们的离愁别恨，这样就构成了"花间词派"。

　　在这次节目里，我们要向大家介绍花间词人张泌的两首词。

　　张泌，前蜀时人，又称"张舍人"，生卒年不详。《花间集》收其词作二十七首，大多为艳情词。下面我们先来赏析他的一首《浣溪沙》，词是这样写的：

马上凝情忆旧游，照花淹竹小溪流，钿筝罗幕玉搔头。

早是出门长带月，可堪分袂又经秋，晚风斜日不胜愁。

张泌共有十首《浣溪沙》词，这是其中传诵最广的一首。内容是写一位羁旅行役之人在旅途中追念旧游的情怀。

上片首句"马上凝情忆旧游"，高屋建瓴，引领全词。一位骑在马背上离乡远行的游子，鞍马劳顿之际，集中思绪，凝神远想，追忆起了他旧日的游踪和往昔的伴侣。这一句对词中抒情主人公当下的生活状况、感情世界以及他所思念的对象做了一番概括描述，笔墨简练省洁，既规定了下文将要叙写的内容，又为全词定下了一个深沉感伤的感情基调。"照花淹竹小溪流，钿筝罗幕玉搔头。"这两句紧承"忆旧游"而来，追思旧游之地和旧游之人。"筝"是古代的一种弦乐器。用金、银、贝等贵重物镶嵌的筝名叫"钿筝"。"罗幕"是用轻软的丝织品所做成的帐篷，古人郊游有设置帐幕的习俗。"玉搔头"即古人用来搔头的玉簪子。据《西京杂记》记载，传说汉武帝用李夫人的玉簪去搔头，所以叫"玉搔头"，后来玉搔头便成了贵族妇女佩戴的首饰。"照花淹竹小溪流"是词中抒情主人公追忆的旧游之地。一条潺湲流淌的小溪，碧水澄澈，波平如镜，映照着岸边的奇花异卉，滋润着涧边的千竿翠竹，环境十分幽美静谧，充满了诗意的情调。这正是情人幽会的最佳处所。当然，他更为思念的则是旧游之人，一位令他倾心相恋的女子。所以，词接着写道："钿筝罗幕玉搔头。"在风物如画的小溪旁，他曾与相爱的女子在此踏青，在此欢娱。他们张设起丝织的帷幕，依傍着摇曳的花竹。面对这一良辰美景，他的恋人用纤纤玉指拂筝按弦，弹奏出一支支美妙动人的乐曲。华贵的簪饰轻贴他恋人的发髻，其姿容显得更加秀美。人物情态特别诱人，情怀意绪无限风流。这样的赏心乐事怎不叫词中的主人公难以忘怀呢？这两句先铺写自然景物，后刻画人物细节，非常真切地描绘出了饶有诗情画意的生活片段。两句都是侧面着笔，虚中有实。作者上句写了三个自然事物，分别用了"照""淹""流"三个动词来进行刻画，而且写花竹避实就虚，不直接进行描写，而是写其被澄澈的溪水所映照、所浸润的情形，使人倍觉姿态摇曳、灵动有味。下句写人，仅仅叠用了三个名词，就像影视画面中用蒙太奇手法组接的三个镜头，让人真切地感受到了一股甜润温馨、深挚缠绵的依恋之情，可见作者艺术技巧的高超。然而，这种回忆愈是美好，就愈是反衬出主人公这天羁旅行役的孤凄。词意便从上片的回溯旧游，自然而然地转入下片的伤今。

过片遥承"马上凝情忆旧游"一句，叙写与旧游之人分离后的浪迹景况。"早是出门长带月，可堪分袂又经秋。""分袂"是离别的代名词。南朝诗人谢惠连在《西陵遇风献康乐》（其二）中说："饮饯野亭馆，分袂澄湖阴。"张泌词中的主人公当时轻别意中人后，一直行役在外，总是披星戴月，辛劳奔波。令人想起温庭筠《商山早行》诗中的名句"鸡声茅店月"，道路辛苦、羁旅愁思这些不尽之意，全都见于言外。不同的是，张泌词中的游子风尘仆仆间，不觉又是一年，"早是……可堪……"是一个固定结构，相当于现代汉语的"已是……哪堪……"的句式，具有递进、加倍的作用。是啊！漂泊浪游已让自己备尝艰辛，更哪堪，分别日久的相思之苦呢！此外，这里的孤身奔波，与上片"旧游"时成双成对的情景形成了鲜明的对照。相比之下，浪游人的哀伤情绪更加明显。在此基础上，作者最后再度做了一番渲染："晚风斜日不胜愁。"古人常用黄昏的意象来表达相思和孤独寂寞，这里的"斜日"表达的就是这种审美情感。晚风萧瑟，斜阳惨淡，寂寞苍凉的景色，令人触目伤情，愁绪无穷。词以景结情，既回应开头"马上凝情忆旧游"的情境，使首尾相贯，浑然一体，又借暗淡苍茫的暮色，将无形的愁思和盘衬托出来，起到了语深意长、含蓄不尽的艺术效果。

张泌的这首《浣溪沙》词抒发的是追忆旧游的感情，可表面上却不着一句情语，而是纯用叙述手法，精心选择和描述了与旧游分别后几个不同的生活场景。选例力求典型而不细屑繁碎，描绘叙述又极为形象真切，做到了事中见意，景中含情，使画面鲜明而情味浓郁，这是这首词的重要特色。此外，作者以"马上凝情忆旧游"一句领起全词，统管上下两片，结句又呼应开头，起承转合，脉络分明，构思精巧，古人称为"章法极妙"（李冰若《栩庄漫记》），堪称切中肯綮（qìng）的评价。

接下来我们再赏析张泌的另一首词《蝴蝶儿》。全词如下：

蝴蝶儿，晚春时。阿娇初著淡黄衣，倚窗学画伊。

还似花间见，双双对对飞。无端和泪湿胭脂，惹教双翅垂。

《蝴蝶儿》的词调不知是什么时候创制的，唐宋作家很少用这个词调填词。现今流传的只有张泌这一首。早期的词，词调往往也就是题目。它除了确定音乐上的曲调外，一般还限定了词的创作内容。张泌的《蝴蝶儿》便有这个特点，写的是一位少女在描画蝴蝶过程中的情思。

　　"蝴蝶儿，晚春时。"词一开头从蝴蝶写起，虽然和刚才向大家介绍的《浣溪沙》一样，采用的是叙述的方法，但作者却把蝴蝶翩翩飞动的轻盈姿态活灵活现地写了出来。之所以产生这种效果，是因为"晚春时"三个字唤起了我们丰富的联想。尽管它只点明了特定的时节，却可以让我们想象出百花争艳、草木丰茂、莺歌燕舞的暮春三月风光。这是一幅色彩绚丽的立体画面，成双成对的蝴蝶正是这时候出现的，它们驾东风，采花粉，扇起灵巧的双翅，给蓬勃的春天增添了新的活力和气息。

　　接着，词人撇下蝴蝶，运转笔锋来写人。"阿娇初著淡黄衣，倚窗学画伊。""阿娇"是汉武帝陈皇后的小名，即成语"金屋藏娇"里的娇，这里用来借指词中女主人公——一位美丽的少女。"淡黄衣"是指夏天的装束打扮。说"初著淡黄衣"，便写出了春夏之交、季节更替的特点，但主要还是为了表现这位少女天然的风韵，充满青春活力的形象。面对三春芳华、彩蝶纷飞的自然美景，她心里充溢着无穷的喜悦，情不自禁地借助绘画来表达自己的感受。于是她凭倚着疏窗，手挥彩笔为蝴蝶写真。歌德曾经说过："英俊少年哪个不善钟情，妙龄少女哪个不善怀春。"（《少年维特之烦恼》）词中少女由面对花间成双成对、翩翩飞舞的蝴蝶到倚窗学画蝴蝶，与其说是艺术创作的冲动，不如说是情苗的萌动。"学画伊"三个字宛然少女口吻，"倚窗"的情态更描写出了少女凭窗握管的风姿。

　　词的下片换头处就少女"学画"运笔，转写画上的蝴蝶。自然界的蝴蝶本来就是双双对对飞舞于花间的，倚窗写生画蝴蝶，当然会是"还似花间见，双双对对飞"的了。"双双对对"既是同字重叠，又是近义词的反复，强调了所画蝴蝶的特点。粗略一读，或许会觉得这只不过是表明少女画得栩栩如生，妙通造化，犹如真的蝴蝶一样。实际上，它所蕴含的感情颇为复杂微妙。我国古典诗歌中，写蜂蝶成双成对的情景往往是表现男女相思相爱的感情。词中的少女这么爱画双蝶，透露了她内心的感情活动。她触景生情，借物寓情，一种热切的怀春感情从画面中自然地透露了出来。"还似"二字很值得玩味。画中的蝴蝶，恰似自然界中的蝴蝶。画中虽然渗透了自己对青春欢乐的向往和追求，但自己的心事毕竟虚幻成空。自己到底能不能像这画中的蝴蝶一样，嫁一位称心如意的郎君双双对对而飞呢？这就自然地引出了词的结尾两句。

　　"无端和泪湿胭脂，惹教双翅垂。"深闭幽闺的妙龄少女，尽管向往着幸福的爱情和自由的生活，但是不能像春天的蝴蝶那样，双双对对，自由轻盈地飞舞在花蕊间，充分享受那一份明媚春天的欢乐。因此，这充满青春气息的花间蝶戏图无端触动了少女对自身境遇的感伤，勾起了伤春的苦闷。她禁不住泪如雨下，沾湿了脸上的胭脂，真是伤心透了。"无端"二字真切而传神地把少女从充满青春向往到充满青春苦闷的心理变化描绘为连她自己也不知其所以然的微妙过程。少女伤春情怀的萌动，往往就是在瞬息之间，由于外物的触动而不自觉地发生的，所以这一描写又显得含蓄而有韵致，很耐人寻味。

结句更显婉曲，更耐咀嚼。作者没有明说究竟是少女因心情沮丧，自己的胭脂沾湿了笔下的蝴蝶，致使画面上的蝴蝶失去了写真的生气，变形为双翅下垂；还是由于苦闷心理的潜在支配，不由自主地在未完成的画幅上画出了垂下双翅的蝴蝶。而从"惹教"二字来看，又像是说蝴蝶灵犀一点，关怀同情女主人公，自己垂下了双翅。总之，这一句极为深刻细腻地表现了人物的感情世界，把女主人公青春苦闷的心理状态曲折地揭示了出来。小小的一幅画面，却充满了生活的气息。

在写作上，张泌的这首《蝴蝶儿》，写得切题但又不粘题。词从开始的晚春蝶舞的天然图画，到少女充满喜悦地倚窗实景描画蝴蝶，再到对画自赏自伤，在画面上出现了"双翅垂"的蝴蝶，经历了一个由物到人，由人到画，由画生情的曲折变化过程。几乎笔笔不离蝴蝶，笔笔关合着作画少女的情感。到最后，那"双翅垂"的蝴蝶简直叫人真假不辨，已经和人物融为一体。词虽属小令，气势却能一波三折，极富变化。另外，这首词的语言浅白通俗、清新朴素，颇具民间词的特色，而表情达意，则又不乏文人词的含蓄蕴藉、隽永有味的特征，体现出词在初创阶段的特色。

（1992 年 11 月 7 日 16:30 湖南人民广播电台《文学欣赏》节目首播）

五代文学作品赏析

自然平实　别具一格

　　——介绍毛文锡的两首《醉花间》词

　　五代词人毛文锡，字平珪，高阳（今属河北）人。他十四岁即登进士第，不久便到了成都，先后在前蜀、后蜀两朝做官，是《花间集》的重要作家之一。在后蜀时，他与欧阳炯、鹿虔扆（yǐ）、韩琮、阎选被时人称为"五鬼"，其小词常为蜀后主孟昶称颂。毛文锡著有《前蜀纪事》二卷、《茶谱》一卷，《花间集》和《全唐诗》均收录了他写的三十一首词。

　　毛文锡的词善写闺情，词语艳丽。但今天我们要向你介绍的他的两首词——《醉花间》，却写得自然平实，在章法上也别具一格，备受词评家的推崇。下面我们就来具体赏析这两首小令。

　　第一首《醉花间》是这样写的：

　　休相问，怕相问，相问还添恨。春水满塘生，鸂鶒（xī chì）还相趁。

　　昨夜雨霏霏，临明寒一阵。偏忆戍楼人，久绝边庭信。

　　这是一首思妇怀人之作，《全五代诗》题作《闺怨》。词中以一位女子的口吻来抒写她对久戍边庭的丈夫的思念。词的上片，突兀而起："休相问，怕相问，相问还添恨。"首句说她不想别人询问自己的丈夫戍边归来没有，可见这一句实际上隐含着别人的询问。为什么要别人"休相问"呢？第二句"怕相问"便作了回答。原来是因为怕所问之事重新触及自己感情上的伤痕。在写法上，这两句先述结果后述原因，本已产生曲折婉转之妙，可作者却又在第三句用"相问还添恨"再度一转，进一步把感情推向极点。今天既然承蒙别人惦念而相问，那她心上的幽恨又不得不因此而增加几分。这开头短短的十一个字，三句三转折，将曲折复杂的内心情感及人物对话，叙述得详尽真切，思路清晰，颇见艺术功力。其中有许多情和事，虽然没有明白说出，却已从字里行间传达了出来，绵绵幽怨，不绝如缕，可谓言短情长，耐人寻味。

小令用字少，应该避免重复用字，而毛文锡的这首《醉花间》的开头，则以重复用词为特色，可见填词也没有什么定法。闺中思妇的幽恨缠绵，都是因为别人"相问"而起。因此，作者就以"相问"为叙述主线，将"相问"的前因后果加以反复描写。而只用"休""怕"和"还添恨"五个字加以辅助，竟使这平时生活中常见的普通询问，生出许多波澜，让人感到语言艺术的奇妙。

思妇既然怕问及相思之苦，便想旁顾左右而言他加以掩饰，这无疑是暂时逃避痛苦的一种办法。谈什么呢？当然不妨谈谈眼前的景物，聊以转移怕引起的久别相思之苦。所以，词在接下来写道："春水满塘生，鸂鶒还相趁。""鸂鶒"是一种水鸟，也叫"紫鸳鸯"，常成双成对地在水中游戏，所以人们常用来比喻人世间的恩爱夫妻。为了逃避相思之恨，思妇特地转移视线，举目四望，只见春水横生，满塘凝绿，迷人的春景似乎可以暂时忘记忧思，可没料到在盈盈绿水之上竟有紫鸳鸯在活动，更没想到这些紫鸳鸯在水上相逐相趁，对对双双，是那么惬意，那么令人欣羡。本来思妇心中原有一段苦处，她极力想逃避烦恼，可烦恼却处处逼人，真乃"别是一番滋味在心头"（李煜《相见欢·无言独上西楼》）。作者驾驭语言文字的功力，确实使人惊服。"趁"有就的意思。"相趁"即彼此靠近，彼此相就，既不是以此就彼，也不是以彼就此，而是两两相就，你靠我我靠你，千种风情，万般恩爱。词的上片四处用到"相"字，表现出的都是一种双边活动，不过首韵是说的人事，次韵是写的鸂鶒这种动物，人怕相问，"相问还添恨"。可动物却不同，恩爱情缘重，"鸂鶒还相趁"。一个"还添恨"，一个"还相趁"。两个"还"字，起到了一种鲜明的对照作用。本来，"相问还添恨"以后，忽接春水，文字似乎被拦腰斩断，但内容却在"鸂鶒还相趁"这句暗连。布局起伏突兀，忽开忽合，文字简短而变化莫测。

上片作者全从虚处落笔，读者终究不知思妇所恨的是什么事，所以词的下片直叙事由："昨夜雨霏霏，临明寒一阵。""雨"这个意象在古典诗词中时常可以遇到，而且往往与春愁连在一起。像"无边丝雨细如愁"（秦观《浣溪沙·漠漠轻寒上小楼》），"一川烟草，满城风絮，梅子黄时雨"（贺铸《青玉案·凌波不过横塘路》），等等。回到原词上来，我们可以想象出这么一幅听雨图：闺中，因为思念远戍边关的丈夫，一位少妇长夜难眠。窗外，潇潇春雨毫不理会闺中少妇深夜怀人的苦情，只管让雨飘飘洒洒下个不停。天明时分，阵阵寒意袭进室内。既无人问暖又无人嘘寒，思妇不免肤凉心更寒。窗外连绵不停的春雨，正如思妇连绵无尽的离情。女词人李清照在《声声慢·寻寻觅觅》词中说："梧桐更兼细雨，到黄昏、点点滴滴。这次第，怎一个愁字了得。"毛文锡词中的思妇彻夜不眠，当然更非"一个愁字了得"。况周颐在《餐樱庑词话》中说："《花间集》毛文锡三十一首，余只喜其《醉花间》后段'昨夜雨霏霏'数语。情景不奇，写出正复不易，语淡而真，亦轻清，亦沉着。"这话说得很有见地。对思妇而言，春日夜雨已是恼人，而黎明时分侵扰梦境的春寒更催人泪下。为什么会有这种感触呢？是因为戍楼人远，很久未接到边庭的来信了。所以词的结尾写道："偏忆戍楼人，久绝边庭信。"前边直接写夜雨的时候，是间接写思妇，暗示思妇整夜不眠，但语句始终没有点破，使作品在直接表达中有含蓄之处。而结尾这两句写思妇彻夜不眠和上片开头叙写请别人"休相问"的原因有共同的特点，那就是"曲径通幽，耐人寻味"。本来解铃还须系铃人，边庭的来信断绝很久了，思妇横下一条心不去想就成了。可她却"偏忆戍楼人"。都云作者痴，谁解其中味？一个"偏"字，实在是令人回味无穷。

从内容上看，这首词从开头直叙"休相问，怕相问"后，绕了一个大圈子又回到了它的出发点。是因为戍楼人"久绝边庭信"，思妇才会"休相问，怕相问"。这首词的巧妙之处在于，绕了这么大的圈子，熟事生写，曲折有致，这正是作品的又一特色。

刚才我们介绍的是五代词人毛文锡的《醉花间·休相问》词。下面我们就来介绍另一首词《醉花间·深相忆》。词是这样写的：

深相忆，莫相忆，相忆情难极。银汉是红墙，一带遥相隔。

金盘珠露滴，两岸榆花白。风摇玉佩清，今夕为何夕。

这首词是以一位青年男子的口吻来抒写他因婚姻不幸，不能与自己相爱的人厮守的悲叹情怀。上片开头反常合道,奇趣横生:"深相忆,莫相忆,相忆情难极。"同前一首开头叠用"相问"一词一样,作者在这首词的开头连续叠用了"相忆"一词,将忆念爱人的浓情渲染了出来。"深相忆"和"相忆情难极"这两句,直言不讳地展现了自己的情怀,可中间的"莫相忆"一句却令人深思。如果自己的爱情一帆风顺,或者尽管有不少挫折,但终归结为连理的话,回忆起来应是充满了甜蜜的滋味的。现在居然一方面道出"深相忆",另一方面又反常地吟咏出"莫相忆",无奈之中含着一种不绝如缕的绵绵幽怨。究竟是什么人用什么力量使他们相爱不成、相忆不能呢?词中并没有明说,而是既形象又含蓄地予以点出:"银汉是红墙,一带遥相隔。""银汉"即天河。秦观在《鹊桥仙·纤云弄巧》中写道:"纤云弄巧,飞星传恨,银汉迢迢暗度。"相传农历七月初七,是分居银河两侧的牛郎和织女一年一度相会的日子。牛郎和织女的遭遇令人同情,但他们毕竟每年还能相会一次,而且这次相会能"胜却人间无数",抵得上人间的千万遍。而毛文锡词中的男女主人公却根本不可能有这么一个良宵。"银汉是红墙,一带遥相隔",这是一个残酷的现实,这一现实就是开篇"莫相忆"的根源。从修辞上来分析,"银汉是红墙"是一个倒喻。本体是"红墙",喻体是"银汉"。作者之所以这么写,除了格律的需要外,更主要的恐怕是容易唤起读者对牛郎织女的联想,使词意更为丰赡,给读者提供更为广阔的思维空间。尽管词人写得比较含蓄,但我们仍然可以从"银汉是红墙,一带遥相隔"这两句中,看出这是一种外在力量迫使他们隔河相望。中国的封建社会,除了汉代的青年男女在爱情、婚姻上比较自由外,其他朝代都基本上受到了禁锢。毛文锡所处的五代时期概莫能外,可以这么说:《醉花间·深相忆》词中所写的爱情悲剧,就是当时某些青年男女婚恋生活的反映。

词的下片深入一层,抒写这对青年男女的刻骨相思。前两句写出时间的变化,以暗示相思之久:"金盘珠露滴,两岸榆花白。""金盘"即铜盘。汉武帝曾在长安神明台建造了一尊"高二十丈,大十围"的铜人。铜人头上顶有承露铜盘,传说汉武帝想饮用承露铜盘里的"仙露"求得长生不老。毛文锡词中的"金盘珠露滴"是暗用这一典故来写时间的推移。"榆花"是一种落叶乔木榆树上开的小花,一般开在农历三四月间,正当暮春时节。这两句表面上是写时令物候,而实际上却含义深邃。"金盘珠露滴"看似平淡,其实男女主人公的青春就在这单调重复的滴答声中流逝了过去。铜人让珠露滴下盘来,苦恋的情人却将眼泪流进心里。苦恋的人儿有情不能成眷属，虽然"深相忆"，却要祈祷"莫相忆"，这是怎样的一种悲哀啊。"深相忆""相忆情难极"，他们虽有"银汉"的阻隔，却仍然那么执着地恋着对方，就这么日复一日，年复一年地等待着，站成了星汉的风景线。如今"两岸榆花白"，又是一年芳草绿，春天来了，榆花白了。春光是美好的事物，春天是怀春的季节，洁白的榆花是纯洁爱情的象征，榆花的盛开又昭示着春光的离去。"年年岁岁花相似，岁岁年年人不同"，一种"流水落花春去也"的伤春之感就这样在平淡的叙述中流露了出来。最后，作者在词的结尾以实带虚地写道："风摇玉佩清，今夕为何夕？""玉佩"指古代女性衣饰上的玉饰。"今夕为何夕"化用了《诗经·唐风·绸缪》中的"今夕何夕，见此良人"。《诗经》中并非问今天是什么日子，而是抒发"见此良人"后的一种赞美之情。毛文锡词中的"今夕为何夕"与《诗经》中的"今夕何夕"刚好形成了一种鲜明的对照，表达的是一种异常复杂的情绪。这里面当然有询问，但更多的却是企盼。这两句的意思大概是说：这对相爱的男女一直站在银河的两岸，执着地等了一年又一年。不知今晚是什么日子，上天是否会像成全牛郎织女那样成全他们，让他们在片刻的欢娱中"胜却人间无数"吗？听，微风中传来了女方衣带上玉佩的碰击声，那么清脆，那么揪心。当然，这里的"银河"，正如我们前面所述，是喻指一带"红墙"，说穿了，阻止他们结合的并不是一堵有形的"红墙"，而是一堵人为的无形的"红墙"。说"红墙"，说"银河"，无非是形象些罢了。正如汤显祖说的："创语奇耸，不嫌高调。"这一结尾，一方面控诉了封建礼教的罪恶，另一方面又歌颂了这对青年男女对爱情的执着追求，有一石二鸟的作用。所以陈廷焯在《白雨斋词话》中是这样评价这首小令的："起笔虽与上章合拍，结笔尤胜上章。"指这首词的结尾比前一首词的结尾要好。

以上我们分别介绍了五代词人毛文锡的两首《醉花间》小令，现在我们再把这两首词的一些共同特点揭示一下。首先在内容上，这两首词一首写闺怨，一首写恋情，都没有脱离《花间集》的主题。但在章法上，这两首词却别具一格，自成一体。特别是两首词的起笔三句，劈空而来，耐人寻味。张德瀛在《词徵》（卷五）中说："《醉花间》云：'休相问，怕相问，相问还添恨。'其又一阕云：'深相忆，莫相忆，相忆情难极。'……皆欧阳永叔所谓陡健之笔。"欧阳永叔所谓的"陡健之笔"，就是起笔突兀，令人捉摸不透，给读者留下悬念，然后在后面的词句中加以回答。在短短的一首小令中"尺水掀波"，这是要费一番功夫的。其次，这两首词在语言上都有浅白通俗的特点，几乎没有什么典故，也没有堆金砌玉，正如天然雕饰的清水芙蓉，这在《花间集》中也是屈指可数的。

　　总之，毛文锡的这两首《醉花间》语言浅白，章法特别，是《花间集》中的两首精品词。

　　　　　　（1994年10月22日15:30湖南人民广播电台《文学欣赏》节目首播）

话说"敦煌曲子词"

敦煌曲子词，是指清朝光绪年间在甘肃省敦煌县的一个石窟里发现的几百首唐、五代词。其写作年代大约在公元八世纪到十世纪之间，除了极少数可考知作者姓名的文人词之外，绝大多数是无名氏的作品，也包含了部分民间创作。敦煌曲子词所反映的社会生活面相当广泛。它的形式也多样，既有小令，也有长调。风格朴素，语言清新。它在词的初期历史上，有着重要的地位。

我们从中选了四首，给大家介绍。请先听《鹊踏枝·叵耐灵鹊多谩语》，原词是这样写的：

叵耐灵鹊多谩(mán)语，送喜何曾有凭据。几度飞来活捉取，锁上金笼休共语。

比拟好心来送喜，谁知锁我在金笼里。欲他征夫早归来，腾身却放我向青云里。

上片第一句中的"叵耐"，即"不可耐"，也就是不能忍耐的意思。"谩语"是谎话的意思。下片第一句中的"比拟"即打算的意思。

这首词通过对灵鹊和思妇的描写，突出表现了闺中少妇盼望征夫归来的急切心情。它在一定程度上反映了封建统治者穷兵黩武，破坏人民的家庭生活，给人民带来了生离死别的苦难的社会现实，因而具有一定的思想意义。

借物写情，灵活运用灵鹊报喜的民间传说是这首词的主要特色。全词采用拟人的手法，赋予灵鹊以人的思想感情和行为动作，并且采用对话的形式，塑造了灵鹊和思妇这两个艺术形象。

这种独特的艺术手法，甚至在唐宋名家词人的作品中也很少见到。

在我国古代的诗歌里，鸟类鸣禽常常被用来抒写情怀。我们可以看到唐宋诗词中有很多作品或用杜鹃、鹧鸪的悲啼来抒写人物的悲哀凄凉的心境，或以凤凰、鸳鸯的比翼双飞来比喻男女之间的情爱，或拿孔雀、黄鹂的盘旋徘徊来表现人物缠绵悱恻的心情，或将莺儿、燕子的鸣叫来描写少女思春的情怀，或借青鸟、鸿雁的携信带书来传递亲人之间的思念。而灵鹊也不例外地常见于诗家词人的笔下。《鹊踏枝》的作者就是借助灵鹊来表现人物心情的。

"叵耐灵鹊多谩语，送喜何曾有凭据。"对灵鹊的多谎话，"送喜"无"凭据"，这个思妇已到了"不可耐"的程度。在这首词里，"灵鹊报喜"的传说被否定了，这是作者大胆的想象。作者张开想象的翅膀，运用拟人手法，使灵鹊人格化，真切而自然地表达了思妇的思想感情。词中的"多"和"几度"说明思妇一而再、再而三地受到了欺骗。灵鹊来向她报告丈夫归来喜讯的希望成了泡影。因此，她烦躁，她恼怒……经灵鹊多次的捉弄，思妇对嘈杂的鹊声再也不能忍耐了，于是她把再度飞来啼叫的灵鹊捉进了金笼里，以此来惩罚它的胡乱报喜，不想再与灵鹊说话了。

词的上片，从思妇的角度，描写了她因愿望不能实现而迁怒于灵鹊的全过程，深刻地表现了闺中思妇对征夫日夜想念的真挚又急切的感情。写得形象生动，情趣横生。

词的下片，作者直接让灵鹊说话，侧面衬托思妇的心境。当灵鹊被囚禁在金笼里的时候，调皮的灵鹊对思妇说："我本是好心来给你送喜的，谁知你反倒把我锁在金笼里。"这是它对思妇的抱怨。但它了解这位思妇的心情，并不十分埋怨思妇，却希望思妇的丈夫早日回来。"到那个时候，他们夫妻团圆，过着和平幸福的生活，一定会高高兴兴地把我放出金笼，让我高飞，直上青云的。"写得绘声绘色，充满了生活气息。

那么，思妇有没有把灵鹊放了呢？征夫有没有回来呢？如果思妇放了灵鹊，征夫当真能回来吗？如果不放，征夫就一定回不来了吗？……作者没有再写下去，而是就此作结，恰到好处地表达了人物的心情，耐人寻味。这首词构思的精巧正在于此。

接下来，我们来谈《菩萨蛮·枕前发尽千般愿》。这是一首表现男女间真挚爱情的词。词是这样写的：

枕前发尽千般愿，要休且待青山烂。水面上秤锤浮，直待黄河彻底枯。

白日参辰现，北斗回南面。休即未能休，且待三更见日头。

"直待"指一直等到。"参辰"就是参、商二星。参星在西方，商星在东方，两颗星此出彼没，互不相见。"休即未能休"意思是：想要休弃，但是不能休弃。

这首词是一篇青年男女相爱的誓词。词中连说了六件绝不可能成为现实的事情：青山腐烂，水面上浮起秤锤，黄河干得见底，白天同时看见参星、商星，北斗星跑到了南面；有了这五件还不算数，最后还要加强语气说，即使这五件事都实现了，而我们的爱情还是不能中断，除非是三更半夜里出现了太阳！

作者在词中用六种根本不可能实现的自然现象，来表达他们之间忠贞不渝的爱情，又连用许多重复的字如"休"和"且待"。都是用急切的口吻表示热烈的心情。而结尾的两句，写得那么波澜曲折，所以更显出了他们态度的坚决。

下面，我们再来欣赏一首《望江南》，全词如下：

天上月，遥望似一团银。夜久更阑风渐紧，与奴吹散月边云，照见负心人。

这是一首被遗弃的女子对负心情人的怨情词。唐末五代花间派词人的怨情词，往往写得过于浓丽，当然也有含蓄之感。像温庭筠的《菩萨蛮·蕊黄无限当山额》就写道："翠钗金作股，钗上蝶双舞。心事竟谁知？月明花满枝。""月明花满枝"就是团圆的象征。"敦煌曲子词"中的怨情词也有含蓄的妙处，但它却以朴素明朗的风格，写得清新别致，而显得与文人词有所不同。这首《望江南》就说明了这一点。

这首小令，单调二十八字，本来只有二十七字，因为第二句加了衬字"似"而多出一个字。这表明民间词较为自由而不刻板。

第一句，"天上月，遥望似一团银。"作者巧妙地从月写起，用银盘似的圆月来激起人们的联想，先让人们的思绪在茫茫的大千世界里纵横驰骋。这就可以使人们想到，这轮圆月一定隐隐刺痛了这位少女的心，也预示着下一句写她的愿望。值得我们注意的是，在魏晋以来的文学作品里，月亮就是象征相思的。如梁代简文帝萧纲的《望月诗》就说："今夜月光来，正上相思台。"北周的王褒在《咏月赠人》中也写道："月色当秋夜，斜晖映薄帷……对此益相思。"毫无疑问，这首《望江南》中的圆月，也是表明相思的，但它却妙在并不直接点出"相思"二字，比上面两首文人词明说"相思"显得略高一筹。它用的是谐音的方法，"遥望似一团银"的"银"是谐"人"的音。这一谐音法的运用就使词句表达的感情显得较为深沉，含而不露。此外，"圆"字也可以从"团"字中看出来，象征团圆。所以"团""银"的紧密结合，就使含蓄中又见含蓄。由此可见，这首民间词，第一句中所表现出来的艺术功力是相当深的。

接下来的第二句是："夜久更阑风渐紧，与奴吹散月边云。""夜久更阑"表明此刻已经是深夜了，时间已经很晚了，"阑"就是晚、尽的意思。这句是描写少女对月默默祈祷的情景。月夜，她凭栏远眺，不见情人的踪影。茫茫的夜空，明月高挂，使她怅然若失。在这风起的月夜，她多么希望情人来到自己的身边，所以她祈祷着："风啊，快快吹散那月边的乌云吧！"此刻，月亮由于云的遮掩，正如茫茫的"一团银"。这就更加牵动了这位少女此刻的情怀，因为失去了情人的爱，在这寂寞的夜晚，面对此景怎能不引起她的伤感呢？这一句充分写出了这位少女百感交集的心理状态。"吹散月边云"既象征她与情人感情的明朗化，祈求幸福的生活，也与下句相连，讲出她要说的话"照见负心人"。这是全词的最后一句，也写得极为含蓄，成功地刻画了那种"欲爱不成，欲恨不能"的复杂心理状态。"照见负心人"不仅有谴责那位情人的意思，也有"但愿人长久，千里共婵娟"之意，实际上是希望借月亮的帮助，能够看见那负心人的心。

这首词在艺术上也有明显的特色。第一，借景抒情，取得了强烈的艺术效果。这首词由于采取的是象征的手法，围绕月亮来表达感情，使感情的表达既不失直接坦率，又同时具有委婉、含蓄的特点。从表面上看来，这首词是写一个被遗弃的少女对负心人的怨情，但由于紧紧抓住借景抒情，以月寓情这一艺术构思，所以从全篇来看，却又是景中有情，含而不露，也可以说是"道似无情更有情"。这个痴情少女对那位负心人的无限眷恋，都寄寓在圆月之中，更显得相思的情真意切，同时也更能激起读者的同情。不由得使人发出"其女可怜！其情可悲！"的感叹。第二，这首词是运用民间通俗的口语写成的，所以显得格外清新别致。特别是那个"奴"字，用得极好。"奴"是唐代民间俚语俗词（口语），女人称"奴"有谦卑感，意味着女主人公社会地位的低下。

最后，我们来说说另一首词——《望江南》：

莫攀我，攀我太心偏。我是曲江临池柳，这人折了那人攀。恩爱一时间。

词中的"者"，同"这"。这首词是用妓女的口吻叙述了她们被侮辱的生活。词中的主人公并不是表示自甘堕落，而是对封建社会逼良为娼的残酷现实表现满腔的悲愤。

妓女把自己比作曲江池畔的杨柳，任人攀折，不能自主。没有人真心地爱过她。男人们所谓的"恩爱"，只不过是一时的玩弄而已。词中较为深刻地反映了封建社会中妓女受到摧残的残酷事实，使人不禁同情那位受到摧残的妓女，憎恨那个不合理的社会制度。

以上介绍的四首民间词，是敦煌曲子词中写真情实感的好词。它们以清新朴素的风格影响着当时的诗家和词人，比起后来那些文人清客的游戏消遣的作品来，价值要高得多。虽然有些词章在文字上还存在着缺点，但是我们仍然应该重视它。因为它是唐宋词反映现实的萌芽，对研究词的发展有重要意义。

（1987年6月21日16：30湖南人民广播电台《作品欣赏》节目首播）

北宋文学作品赏析

阳关三叠的新制

——试析晏殊的两首离别词

晏殊是北宋词坛上的重要词人。他很早就进入仕途,过着"花团锦簇"的贵族生活。因此他的词作内容大都是吟风弄月、离愁别恨之类,其特点则是笔调闲婉,词语雅丽,有《珠玉词》传世。今天,我们特地挑了他的两首词——《踏莎(suō)行》,给大家做一番粗浅的赏析。

我们知道,古典诗词有一个"镣铐",那就是格律的限制。由于写格律诗有一些拗救措施,所以"镣铐"比较容易打开。而词却不同,词的格律变化多,每调要求按规定的乐谱填写,不容易掌握。所以词人每填一调,往往不以一首为满足,而同时填至数首甚至更多。如温庭筠就填了十五首《菩萨蛮》,欧阳修则填了十首《采桑子》等。由于是同一时期填写的,因此内容上有一致性。晏殊词中的这种情形更为普遍。《珠玉词》中有五首《踏莎行》大致就是如此。这五首词的共同点是表示分别与思念的内容,各词中交错使用杨柳、莺歌、楼台、斜阳等景物渲染离情;区别点是分别写春、夏、秋、冬四时之景,春景又分初春和晚春。所以这五首词可以看作歌咏离别相思的组诗,是阳关三叠的新制。下面,我们具体来看看其中的两首。

第一首是这样写的：

小径红稀，芳郊绿遍，高台树色阴阴见（xiàn）。春风不解禁杨花，濛濛乱扑行人面。

翠叶藏莺，珠帘隔燕，炉香静逐游丝转。一场愁梦酒醒时，斜阳却照深深院。

这首词按时令顺序应该是第二首，因为写的是暮春的景色。词的上片写郊外暮春景色，开头两句便展开了一幅美丽素淡的画面："小径红稀，芳郊绿遍。""红"指花儿。"红稀"是说花儿少了。"绿遍"意思是说遍地都是绿草。在不久前那落红成阵的日子里，曾经铺满鲜艳花瓣的小路上，如今花少香残，郊外的原野上一片碧绿，芳草连天。这是暮春初夏时候特有的景色。"高台树色阴阴见"，"高台"指高大的楼台。这一句抒情主人公已经出现，人物形象逐渐鲜明起来。他走上一座高大的楼台，凭栏四望，远远近近的树木，幽幽阴阴，浓绿满眼，春天真的快要逝去了。但春归人却未归，一种对春风的怨恨之情便油然而生："春风不解禁杨花，濛濛乱扑行人面。""解"，懂得的意思。"行人"，这里是指游子。这两句字面上的意思是说：春风不懂得约束杨花，以致杨花放纵、任性，漫天飞舞，扑到游子的脸上，可实际上却抒发了游子的一种怨恨之情。既怨春风不禁杨花而引起春去的感伤，更怨春风不禁杨花而触动自己的离怀。杨花的濛濛，在古典诗词里向来就是春天消逝、游子离别的象征。所以这两句表面上是写景，实际上是言情。它通过游子的目之所见、神之所驰，曲折地剖析出了游子的心怀。从字面上看，并无一字言愁，亦无一言诉苦，但一种幽怨的离情别绪，却巧妙地借春风传达了出来。

这是词的上片。下面我们再说词的下片。词的下片转写院落景象和怨妇的相思，境界、人物都有了不同。"翠叶藏莺，珠帘隔燕。"这是一幅似动实静的画面。对照上片的"小径红稀，芳郊绿遍"，是由远到近，从大景到小景，从郊野到庭院。浓绿的树叶把黄莺的活动都遮掩了起来。但之所以知道有黄莺，是因为它的鸣声婉转于叶外。燕子早就定居在这位女主人公的檐廊之间，因为有珠帘相隔，所以不能飞入室内，但屋内之人却可以听到它们的鸣叫。这两句既用莺燕的活动衬托出了女主人公所处环境的幽雅，又用"珠帘"二字点明了她的贵族少妇身份。紧接着，作者用"炉香静逐游丝转"一句，进一步写深闺的寂寞愁苦和百无聊赖的生活情状。蜘蛛、青虫之类的丝飞扬在空中，叫作"游丝"。这句是说，香炉里点燃的香料，烟雾缭绕，徐徐上升，像游丝一样在空中飘转。闲愁里的光阴一点一点地逝去，却正如这袅娜的炉烟，逐渐消失在空虚之中。从这寂静得令人窒息的气氛里，我们分明可以看出女主人公的凄苦心情，设想出她那种无法排遣的寂寞来。接下来的两句收得很巧："一场愁梦酒醒时，斜阳却照深深院。"本来是伤春，因伤春而想起饮酒来，借酒消愁。这本是常见的事，小酌以后醺醺睡去，也非常自然。不过，"酒入愁肠，化作相思泪"（范仲淹《苏幕遮·怀旧》），因此也就"酒未醒，愁已先回"（秦观《满庭芳·碧水惊秋》）。所以最使人害怕、最令人难以排遣的，是像现在这般梦断酒醒的时候，更何况当一觉醒来，夕阳一抹，正斜斜照在这座空洞洞的深宅大院中呢！一天的光景就这样悄悄地溜走了。一天既是如此，一春难道不也是这样？时间又过去了一日，远行的游子也该走得更远了吧，真可谓"一种相思，两处闲愁"（李清照《一剪梅·红藕香残玉簟秋》）啊！

在艺术手法上，这首词最大的特点就是词人巧妙地运用景物的暗示来烘托作品的主题，让读者去细细寻味它的含意。全词除"一场愁梦酒醒时"一句外，其余都是写景，委婉细致，景中寓情，达到了不露痕迹的程度。上片写景采用常见的移步换景之法，自"小径"而"芳郊"，再由"芳郊"而"高台"，自近而远，由低到高，境界不断拓宽并渐趋空灵，感情色彩也逐步为之加深。不过游子的感情不是直接披露，而是寄托于对春风的怨恨曲折地显示出来的。下片词人把镜头转向庭院，自外而内，由远及近，自然的景物逐步转换为人物的环境，炉香之"逐"，游丝之"转"，表面上是写动态，实际上却反衬出整个室内的寂静、凄清。"斜阳却照深深院"一句则妙在看似写景，而万种闲愁却隐约可见。另外，这首词上片从游子落笔，下片却从怨妇着手，曲径通幽，回肠荡气，将离情别绪多角度地传达给了我们读者，这不能不说是它的第二大妙处。

好，接下来，我们再向您介绍北宋词人晏殊的另一首词《踏莎行》。原词是这样写的：

碧海无波，瑶台有路。思量便合双飞去。当时轻别意中人，山长水远知何处？

绮席凝尘，香闺掩雾。红笺小字凭谁附？高楼目尽欲黄昏，梧桐叶上萧萧雨。

这首词按时令顺序应该是第四首，因为写的是秋日的景色。开头两句"碧海无波，瑶台有路"，描写的是秋高气爽的景象。最后两句"高楼目尽欲黄昏，梧桐叶上萧萧雨"因为含有白居易《长恨歌》里"秋雨梧桐叶落时"的意境,所以无疑也是写的秋景。

　　这首词的上片写当年的轻别,开篇三句直接抒写愁苦胸臆:"碧海无波,瑶台有路。思量便合双飞去。""碧海",原是蓝色的大海,这里借指海上的仙山。"瑶台"是古人想象中神仙的居处,传说在昆仑山上。"思量"就是考虑。"合",应该的意思。这三句是说:要往海上神山,没有波涛的险阻,欲去瑶台仙境,也有道路可通。既然考虑好了就应该和自己的意中人双飞同去,但当时却没有这样做,现在回想起来,感到实在不应该,因而异常后悔。所以词人紧接着写道:"当时轻别意中人,山长水远知何处?"这两句的意思是:当时放弃双飞仙境的机会,让自己的意中人轻易离开,虽然已经后悔,但已无法挽回。现在即便有万般的思念,可"山长水远",哪里才是他的投身之处呢?不但不能重聚,而且连消息也都十分的杳茫。说到这里,我们要着重指出来一下:这首词与其他写离恨的词不同之处,就是"轻别"一事。南朝梁代文学家江淹在《别赋》中说过:"黯然销魂者,唯别而已矣!"晏殊在他自己的《浣溪沙》词中也说过"等闲离别易销魂",更何况是轻别呢?一时的轻别,造成长期的思念,它是这首《踏莎行》词中产生离愁别恨的特殊原因,是词的感情症结所在。因此,值得我们特别重视。

　　词的下片写意中人离开后的情况。"绮席凝尘,香闺掩雾。""绮席"指华贵的筵席。卢照邻《登封大酺(pú)歌》中有云:"繁弦绮席方终夜,妙舞清歌欢未归。""凝"是凝聚、积累。"香闺"就是我们平时讲的闺阁。可见全词是托一位女子之口述说出来的。"掩",遮蔽的意思。"多少事,昨夜梦魂中。"也许当年他们就是在这闺阁里发尽千般誓愿,也许当年他们就是在这张绮席上轻易分手,可如今,人隔千里,景物依旧,只不过由于时隔太久的缘故,尘凝雾掩,遗迹凄清。"红笺小字凭谁附?""红笺"是一种精美的小幅信笺,上有红线格。据《开元天宝遗事》等书记载,唐代长安城内有平康坊,为妓女所居之地,京都侠少萃集于此。每年的新科进士都用红笺名纸游谒其中。所以,此后的许多诗人都以"红笺"代指情书。唐代诗人韩偓在《偶见》中就有"小叠红笺书恨字,与奴方便寄卿卿"的诗句。"凭",指请。"附",即捎带、传递。词中的女主人公使用那种精美的小幅信笺,写上密密麻麻的小字,说尽了平生的相爱相思之意。但因为山长水远,不知自己的所爱今在何处,请谁替她捎去这份浓浓的情意呢?谁又能替她捎去这份情意呢?既然这样,那么就只好借助于登高遥望了。所以作者最后写道:

"高楼目尽欲黄昏,梧桐叶上萧萧雨。""欲"指将要。古时候人们怀人念远往往寄希望于登楼。如欧阳修的《踏莎行·候馆梅残》写道:"楼高莫近危阑倚。平芜尽处是春山,行人更在春山外。"温庭筠的《望江南·梳洗罢》也写道:"梳洗罢,独倚望江楼。过尽千帆皆不是,斜晖脉脉水悠悠,肠断白蘋洲。"同晏殊的这首《踏莎行》相比,欧阳修词中登楼所望,还有绿色的春山。温庭筠词中的女主人公也还看到了"千帆过"的热闹场面。而晏殊这首词中的女主人公,登楼所见只是满目凄凉的景象,因而她的心情也就不仅仅是失望,其伤感也比"断肠"更深更重。我们之所以会产生这样的感觉,是因为在这两句里边,词人既选取了日暮之景,又用妙笔使情景相生,创造出了一种感人的意境,与李清照"梧桐更兼细雨,到黄昏、点点滴滴。这次第,怎一个愁字了得。"(《声声慢·寻寻觅觅》)极为相似。所以,我们读后会感到余味无穷。

　　以上我们对这首词逐句进行了赏析,下面我们再总体来说一下。首先,这首词写离愁别恨,侧重于"轻别",有它的独到特征。其次,它从内心的懊悔和近乎发痴的行动来表现深情,既婉转含蓄,又不脱晏殊词的风格。"碧海无波,瑶台有路"都是不可能的事情,可抒情主人公却说只要相亲相爱就可双飞而去,看似无理,实则多情,一开始就把思念之情写得非常炽烈。过片"绮席凝尘,香闺掩雾"又进一步加以渲染轻别后的苦闷。而上下片的结尾两句都写得非常含蓄。这样就使得整首词显得顿挫有致。"山长水远知何处"一句,读来明白如话,却为下文留下了很大的容量。结句虽然承上面书信无托,所以只好登楼凝情痴望而来,却不说如何悲愁,只用"梧桐叶上萧萧雨"作结,神韵独具,留有余味。正如沈义父在《乐府指迷》中所说:"结句须要放开,含有余不尽之意,以景结情最好。"

　　　　　　(1991年5月20日20:30湖南人民广播电台《文学欣赏》节目首播)

形神兼备　情韵悠然

——介绍王琪三首《望江南》词

北宋词人王琪，字君玉，华阳（今四川省成都市）人，后移居安徽徙舒州（今安徽省合肥市庐江县）。进士及第后，曾任江都（今扬州市）主簿多年。他创制的乐府《谪仙长短句》，今已失传。在唐圭璋先生辑录的《全宋词》里，收有王琪的十首《望江南》词。这十首《望江南》词都是双调五十四字体，一首咏江南一物，下面请大家欣赏其中的三首。

第一首：

江南雨，风送满长川。碧瓦烟昏沉柳岸，红绡香润入梅天，飘洒正潇然。

朝与暮，长在楚峰前。寒夜愁欹金带枕，暮江深闭木兰船，烟浪远相连。

这首《望江南》在《唐宋诸贤绝妙词选》里题为《江景》，通过写江南雨景，寄远怀人。上片"江南雨，风送满长川"，写春末夏初之际，风送梅雨，洒满了长川。"川"指平原。"长川"指广袤的长江中下游平原。一开始，作者便大肆渲染，以高屋建瓴之势领起全篇。一个"满"字，写出了梅雨时间之长，声势之盛，范围之广。接下来作者继续扣住一个"雨"字做细腻的描绘："碧瓦烟昏沉柳岸，红绡香润入梅天。"作者在这里用了一个"沉"字来写梅雨的程度，显得特别传神。只见青翠的柳树，掩映着江南的碧瓦楼阁，一起沉进那迷蒙的烟雨里。真是"黄梅时节家家雨"（赵师秀《约客》），到处都被蒙蒙的雨雾笼罩着。真可谓烟雨蒙蒙，极富江南特色。一入黄梅天，那潮湿的空气，便无孔不入地将染香的红绡都湿透了。"红绡"指用生丝织成的红色绢绸制品，一般都是用来作女子的服饰、头巾之类。白居易《琵琶行》里有"一曲红绡不知数"的句子。诗人在这里用"红绡"这个特殊的意象，为下面写雨中的闺怨埋下了伏笔。上片结句"飘洒正潇然"五字，生动地写出了梅雨随意飘飞的情态：任情自在，潇洒悠然。"潇然"二字，在这里形容雨势的急骤，将江南梅雨的特点和盘托出，可见作者用词的精妙。

词的下片先暗用"巫山云雨"的典故："朝与暮，长在楚峰前。"这一典故出自战国时候楚人宋玉的《高唐赋》。《高唐赋》的序文里说，宋玉陪楚襄王游云梦泽的高唐台时，给楚襄王讲了这么一个故事：过去，先王也曾游览过高唐台。有一天，他感到困倦，便在大白天睡了一觉，梦见一位女子对他说："臣妾是巫山的女儿，在高唐台做客。听说您游览高唐台，我愿意为您做铺枕席的工作。"先王高兴地答应了这位女子。这位女子在离开的时候又对先王说："臣妾在巫山之阳，高丘之阻，旦为朝云，暮为行雨，朝朝暮暮，阳台之下。"后人常用"巫山云雨"来比喻男女之情的执着。如大家所熟悉的"除却巫山不是云"（元稹《离思》），"云雨虽亡日月新"（郑畋《马嵬坡》）等等。而王琪的"朝与暮，长在楚峰前"可以说是一语双关。既是实写梅雨持续时间之长，又顺便带出了下面的怀人词句。江南的梅雨，朝朝暮暮都飘绕在楚峰前后。"楚峰"，这里泛指楚地某处的山峰。无情之物似多情，有情之人反无情。云雨紧紧依偎着楚峰，柔情难断，而人却隔离在风尘之外，音讯难通。人不如物，多么恼人！那独守空闺的女子尽管物质生活很优裕，但精神生活却十分空虚落寞："寒夜愁敧金带枕，暮江深闭木兰船。""木兰"是一种木料的名称，质地较硬，多用来造船。这两句是作者给我们拍下的一个特写镜头：清寒孤寂的夜晚，窗外阴雨绵绵，闺阁中的女子心中乌云密布，只好一个人愁绪满怀地斜倚在金带枕上。痴然的神情，慵懒无聊的情态，宛然在目。日暮烟昏的江面上，已经再也看不见令人牵挂的木兰船的帆影了，只剩下一幅"烟浪远相连"的凄迷画面。"烟"指雨雾。在那渐去渐远、波波相连的烟浪之中，寄寓了思妇对远方情人思念的深情。正如欧阳修《踏莎行》词里所说："离愁渐远渐无穷，迢迢不断如春水。"

王琪的这首《望江南》，咏物写景都十分生动形象，而且体物精微，状物细妙。"红绡香润入梅天"就是这样的好句子。词人在咏物写景中又加以抒情,巧借绵绵梅雨,抒发了离别后的绵绵情思。结句"烟浪远相连",以景结情,含蓄蕴藉,余味无穷。

下面,请您接着欣赏王琪的第二首《望江南》。

江南水,江路转平沙。雨霁高烟收素练,风晴细浪吐寒花,迢递送星槎(chá)。

名利客,漂泊未还家。西塞山前渔唱远,洞庭波上雁行斜,征棹宿天涯。

这首词在《花草粹编》(卷五)中没有词题。虽然没有题目,但第一句"江南水"却点明了题意。全词通过叙写江南水乡的风物,抒发了浪迹天涯的游子的思乡之情。"江南水,江路转平沙。""平沙"指江边的大沙滩。如南朝何逊的《慈姥矶》就有"野岸平沙合,连山远雾浮"的诗句。王琪这首词的前两句是说:在江南水乡,水网密布,水是司空见惯的景物。江回路转,不时可以看到大片大片的沙滩。无须细考,一读便知,词人曾经在江南水乡生活和漫游过。江南水乡的景物给他留下了永远也不能忘怀的记忆。"路"字前面用一"江"字进行修饰,可见江水与江南人的生活密切相关。一个"平"字,使词的境界骤然开阔,较好地逗出了词的下两句。"雨霁高烟收素练,风晴细浪吐寒花。"雨后新晴谓之"霁"。"素练"本指白色丝绸,这里喻指天上的白云。这两句是眼中即景,再现水乡的风物。江南多雨,特别是每年春夏之交的五、六月间。雷雨一到,白云便被乌云收拢,雨瓢泼而下。不久,又烟消云散,雨过天晴。微风拂过江面,泛起了粼粼细浪,阳光一照,万点金光一齐闪烁,好似寒花万朵,景象十分奇特。所以,一路行来,便有"迢递送星槎"的快感。"迢递"指遥远的祥子。嵇康《琴赋》里说:"指苍梧之迢递,临迥江之威夷。""槎"是竹木编成的筏子,可以渡水。王琪在词中不说游子为生计而奔走江乡,而是巧妙地运用拟人手法,从客体落笔,说一路行来,江南水乡的风物都以自己独特的风貌迎送着这些远道而来的嘉宾。把船前行时的特有感觉写了出来,使得词作平添了几分耐读的情趣。

词的下片承上片句意,抒写游子的思乡之情。"名利客,漂泊未还家。"作者认为,漂泊天涯的游子,无非都是为了名利。这同司马迁《史记·货殖列传序》中"天下熙熙,皆为利来;天下攘攘,皆为利往"的观点如出一辙。其实这是有失偏颇的。因为无论什么时代,总有为人民、为社稷而操劳奔波的人在。王琪词中的那些游子,也肯定不乏这一类人。虽说我们不能苛求古人,但在欣赏文学作品中必须具备这种批判的眼光。接下来，作者仍旧扣住"思乡"二字做文章："西塞山前渔唱远，洞庭波上雁行斜"。"西塞山"，当指湖北大冶县东的道士矶。据《水经注·江水》记载："（黄石）山连延江侧，东山偏高，谓之西塞。"苏轼谪居黄州时，曾游其地，他还在张志和《渔歌子》的基础上增添一些词语作了一首《浣溪沙·渔父》词，其中前两句说："西塞山边白鹭飞，散花洲外片帆微。"散花洲在长江之中，与西塞山相对。王琪词中则把西塞山与洞庭湖对比，巧妙地融情于景，暗示出游子的思乡浓情。西塞山前渔歌互答，怡然悠闲的气氛氤氲其中，传得很远很远。与此形成鲜明对比的是洞庭湖上北飞的候鸟。这空中的大雁，正象征着漂泊的人生。大雁尚能成群结队，游子却只能孤身倦游，悲伤隐含于字里行间，很能打动读者的心灵。在此基础上，作者用重拙之笔，猛然一收："征棹宿天涯"。"征棹"代指游子乘坐的船只。这句也是以景结情，与上片开头遥相呼应，首尾绾合，天衣无缝。

这首《望江南》以通俗生动的语言，自然朴素的笔致，从一个局外人看到和感觉到的角度，写江南水乡江回路转的特点以及泛舟江上的游客的思乡情绪，从侧面反映了古人为生计而奔忙的民俗图画。

好，下面我们再来欣赏王琪的第三首《望江南》：

江南岸，云树半晴阴。帆去帆来天亦老，潮生潮落日还沉，南北别离心。

兴废事，千古一沾襟。山下孤烟渔市远，柳边疏雨酒家深，行客莫登临。

这首词用"江南岸"作为起句，词牌下另有"江乡"二字为题。但所写内容并不局限于咏"岸"，而是从岸头所见的江乡景物写开去，抒发怀古之幽情。词的第二句"云树半晴阴"是写江岸的景物。江天云树，时晴时阴，使人捉摸不定，有变幻莫测之感。中间七字对句"帆去帆来天亦老，潮生潮落日还沉"，表面也是写站立江岸所见到的景物，但实际上却寓有怀古情思。历来诗词中借"帆"与"潮"来抒发伤时怀古忧思的很多。如刘禹锡诗"沉舟侧畔千帆过"（《酬乐天扬州初逢席上见赠》）、"潮打空城寂寞回"（《石头城》），都是很有名的。"帆去帆来天亦老，潮生潮落日还沉"，其意思是说：江上船帆来来去去，阅历了古往今来的人世变幻。天若有感情，也一定会为人世的变迁而感到悲伤。岸边的江潮时起时落，几经沧海桑田，可太阳却还是同昨天一样东升西沉，一种怀古之情就这样带了出来。"天亦老"三字，巧借李贺《金铜仙人辞汉歌》中"天若有情天亦老"的成句而达到了入化的境地。歇拍以"南北别离心"暂作收束，看上去与前两句无关，其实并不如此。因为古往今来的世事变幻里边，包含着许许多多人间的悲欢离合。所以这里已由怀古转到了抒情。"南北"曾是方位词，一般是从横的方面区分地域。而联系前面寄寓怀古之感的"天亦老""日还沉"等词语，又可以从纵的方面去展开联想，意象丰赡，将"别离"的感慨抒写得很别致。这种从虚处摄神的构思用笔，含蓄深婉，耐人寻味。

词的下片，转笔落实。过片"兴废事，千古一沾襟"，从正面点明了题旨。但从字面上看，又由上片结尾的"别离"转到了怀古的实处。从文气上看，这两句"大气包举"，情在其中，令人读后有回肠荡气之感。下面紧接着又是描写景物，词作表现出很大的跳跃性。怎样看待这种做法呢？清代词评家况周颐说："作词须知'暗'字诀。凡暗转、暗接、暗提、暗顿，必须有大气真力斡旋其间。"(《蕙风词话》)这首词构思用笔的转、接、提、顿，就是深得暗字诀的奥秘的。下面的七言对句不仅转为写景，而且是从远处着眼，"山下孤烟渔市远，柳边疏雨酒家深"，把江乡的景色刻画得如诗如画。可是"行人别有凄凉意"(陆游《月上海棠》)，在想起千古兴废事而忍不住"一沾襟"的情况下，是无论如何也无心弃舟登岸、沽酒烹鱼以为乐的。"渔市远""酒家深"的"深"和"远"两个字就曲折地表达了这种意绪。词的结句"行客莫登临"，用语极哀怨沉痛。对于"行客"来说，"帆去帆来""潮生潮落"，江乡美景索然寡味，形同虚设。尤其是在凝想千古兴废事的时候，只能更添惆怅而已。其实，"渔市远""酒家深"，明明已是远眺所见，为什么又反过来说"莫登临"呢？原来这里的"莫"字是重笔，用作反跌，以便词意更深一层。韦庄词"未老莫还乡"，李煜词"独自莫凭栏"，晏幾道词"清歌莫断肠"，这些词句中的"莫"字都具有同样的妙处，值得我们再三体味。

王琪的这首词，用平易之语巧妙地通过写景来寄情。景物都著上"我之色彩"，将怀古情思巧妙地表述了出来，显得含意深远，耐人咀嚼。

上面我们对王琪的三首《望江南》词分别做了鉴赏，下面我们再把它们的一些共同特点揭示一下。首先，在景物的描绘上，无论是潇然的梅雨，转悠的江路，还是云树半晴阴的江岸，都突现了江南水乡的特色。作者久居庐江，进入仕途后，又曾任江都主簿，庐江和江都虽地处长江以北，但离长江很近，因此他所写的江南诸景诸物，都不是泛泛之笔。如果没有游历江南，有过实际的生活体验，恐怕很难将江南风物摹写得如此生动逼真，形神兼备而又情韵悠然。其次，在句法上，中间七言四句以对偶为宜，王琪的这三首词恪守了这一声律要求。"碧瓦烟昏沉柳岸，红绡香润入梅天""寒夜愁欹金带枕，暮江深闭木兰船""雨霁高烟收素练，风清细浪吐寒花""西塞山前渔唱远，洞庭波上雁行斜""帆去帆来天亦老，潮生潮落日还沉""山下孤烟渔市远，柳边疏雨酒家深"，或正对，或串对，匀称工整，音韵优美，增强了词作的耐读性。再者，三首词虽然都在咏物之外或寄远怀人，或抒思乡之情，或寓怀古之意。但在章法上都首尾照应，妙合无垠。第一首以"雨"开头，以"烟浪远相连"结尾。第二首以"水"起笔，以"征棹宿天涯"结束。第三首以"岸"起句，以"行客莫登临"绾合，针脚细密，令人叹服。

总之一句话，王琪的这三首《望江南》形神兼备，情韵悠然，是歌咏江南风物的佳作，有着较高的美学意义。

（1993年9月18日16:30湖南人民广播电台《文学欣赏》节目首播）

因物起兴　即景抒情

——介绍王安国的两首词

　　王安国（1030—1076年），字平甫，北宋江西临川人。他是宋代大文豪、著名改革家王安石的亲弟弟。宋神宗熙宁元年（1068年），经友人韩绛推荐，王安国得到皇帝的召试，赐进士及第。历任西京国子教授、崇文院校书和秘阁校理。王安国虽然是当朝宰相的弟弟，但对王安石推行新法却颇不同意。不过，王安国尽管政治主张保守，却并不想凭借哥哥的权势去猎取高官厚禄，而是为人耿介持节，嫉恶如仇。有一次，王安石因阅读晏殊写的小词而笑道："做宰相的，也可以写这种小词吗？"王安国听到后，马上顶了一句："晏宰相不过在高兴的时候偶然玩玩罢了，难道他的事业就只有这些？"可见他不以为写词便是有损大臣的风度，倒觉得哥哥过分固执了。王安石也填过词，但数量很少。至于这个传说，它的真实性可能不大。因为当时很多人反对王安石变法，加在他身上的谣言实在太多了。王安国的诗文大多已佚，今仅存《王校理集》一卷，《全宋词》第一册收其词三首。下面我们来剖析一下其中的两首。

　　我们先欣赏第一首——《减字木兰花·春情》。全词如下：

　　画桥流水，雨湿落红飞不起。月破黄昏，帘里余香马上闻。

徘徊不语，今夜梦魂何处去。不似垂杨，犹解飞花入洞房。

我们知道，古典诗词都是入乐的。词的曲调虽然有定格，但在歌唱的时候，可以对音节韵度略作增减。《减字木兰花》就是在《木兰花》词调的基础上减少歌词字数得来的。王安国的这首《减字木兰花·春情》写的是一位少年的相思之情。词以描写暮春景象开端："画桥流水，雨湿落红飞不起。""画桥"指装饰华丽的小桥。"落红"即落花。龚自珍《己亥杂诗》（之五）里有脍炙人口的诗句"落红不是无情物，化作春泥更护花。"王安国词中具备的并不是这类带有哲理性的抒情，而是用清丽之笔描绘出的一幅风光旖旎的立体画面：画桥如虹，流水似带，春雨潇潇，落英缤纷。好一派暮春景象！"月破黄昏，帘里余香马上闻。"这时候，恰好夜幕降临，云破月来，词中的风景都笼罩在牛乳般的月光中，好似披了层轻柔的薄纱，显得更加清幽淡雅，美妙和谐。这正是情人幽会的最佳时刻。就在这样一个月白风清、如诗如画的夜晚，在画桥流水的旁边，在落红成阵的小路上，词中踽踽独行的主人公与他倾心爱慕的女子不期而遇了。这一相遇，也许是一次很偶然的天赐良机，他对少女一见钟情；也许是用心良苦，好不容易等到的一个机会，少年如愿以偿。总之，在他的马儿接近香车的那一刻，他内心的兴奋和激动是不言而喻的。尽管他们一个在车内，一个在马上，俩人既无法交谈，更难通心曲。但能与心爱的人如此接近，能闻到帘子里飘出的幽微芳香，已使他心旌摇拽，不胜陶醉了。在这里，作者虽然没有对香车内的女子做正面的刻画，但透过传出帘外的"余香"，读者可以想象出这位伊人娇美的容貌和绰约的风姿。赏心乐事使良辰美景显得格外迷人，原本十分美好的月夜也变得更加令人销魂了。可是好景不长。当他沉浸在甜蜜的心境之中，当车中女人那温馨可人的芳香还未有消散，却已是香车远逝，芳尘杳然，只剩下他孤零零的一个人。他万般无奈，陡生惆怅、失之交臂的沮丧。

词的下片顺着上片的句意，写主人公在车去人离之后的心绪。他先"徘徊不语"，想追捉美人的芳尘；继而怅然若失，"今夜梦魂何处去"，语气极为哀婉。毫无疑问，他是因佳人离去而"徘徊"，因自己有情无处倾诉而"不语"，自今宵相思难遣而不安。所以，此时此刻，周围的一切美景，诸如画桥流水，春花明月，一下子便黯然失色。真可谓"应是良辰好景虚设"，再也唤不起他半点兴致。只有眼前飞过的片片杨花引起了他的注意。看着这无拘无束、飞来飞去的杨花，他不禁触景生情，联想到了自己的命运，发出了"不似垂杨，犹解飞花入洞房"的深沉叹息。"解"指能够。是说杨花能够穿过窗帘进入室内，追随自己的意中人飞进洞房，而自己却连梦魂都不能进入。词中的主人公为什么会自愧不如四处飘零的杨花呢？答案不难寻出。《孟子·滕文公（下）》有言："丈夫生而愿为之有室，女子生而愿为之有家，父母之心人皆有之。不待父母之命，媒妁之言，钻穴隙相窥，逾墙相从，则父母国人皆贱之。"可见，在漫长的封建社会里，封建礼教限制了青年男女在爱情和婚姻方面的合理要求和强烈愿望。所以我们词中的主人公也只能一厢情愿地单相思，目送自己的意中人飘然而去。

诗词总不外"情""景"两字，然而"情"与"景"在作品中各占的比重，以及怎样组合与表现，却是千变万化的。王安国这首词的最后两句"不似垂杨，犹解飞花入洞房"，既是写景，又是抒情。作者通过奇特的联想和看似无理的比喻，含蓄委婉地传达出主人公一往情深的细微心理，设想极痴而蕴意极厚，这正是此词有别于其他同类作品的鲜明特色。

刚才向你介绍的是宋代文人王国安的词《减字木兰花·春情》。下面我们再向你介绍王安国的另一首词作《清平乐·春晚》。词是这样写的：

留春不住，费尽莺儿语。满地残红宫锦污，昨夜南园风雨。

小怜初上琵琶，晓来思绕天涯。不肯画堂朱户，春风自在杨花。

词题为"春晚"，顾名思义是写残春景象。自古以来，伤春悲秋的诗词多得不可胜数，这类被人嚼烂了的题材，历代却仍然不乏佳篇佳作，不但不使人感到老一套，相反，倒永远有新鲜之感。王安国的《清平乐·春晚》就正是这样的好词。

词的上片着重写景，寓情于景，作者是采用倒装手法推出来的："留春不住，费尽莺儿语，满地残红宫锦污，昨夜南园风雨。""残红"指落花。白居易在《微之宅残牡丹》中写道："残红零落无人赏，雨打风摧花不全。""宫锦"是宫中精制的锦缎。李商隐《隋宫》诗云："春风举国裁宫锦，半作障泥半作帆。""南园"泛指园圃。晋代张协在《杂诗》（之八）中说："借问此何时，蝴蝶飞南园。"由于王安国的《清平乐·春晚》一词因为格律的需要，采用了倒装手法，所以我们应该将上片的四句倒过来进行理解，否则会有悖词意。下面我们用现代汉语把这四句词的意思说一下：昨夜又是刮风又是下雨，在风雨的淅沥声中，春光流逝了，春色衰残了，南园枝头上的花朵受到摧残，全被打了下来。所以今天早上残花败蕊，满地狼藉，就像一幅被人给弄脏了的宫锦。词人面对这百花凋零的景象，自然不胜伤感。正在这时，耳边传来了黄莺儿不停的啼唱声。于是诗人仿佛感觉到多情的黄莺鸟也正在为落花发愁，费尽巧舌苦劝春天不要归去。但大自然仍旧无动于衷，黄莺毕竟还是没能挽留住春天。

以上便是这首词上片的大意。开端"留春不住，费尽莺儿语"两句的构思十分新巧。莺语间关，谁也不会想到为的是挽留春光。平常的自然现象，在词人丰富的想象中，被赋予了非同寻常的含义。从表面上看似乎是写实，即黄莺殷勤留春，但从深层语义去理解，实际上是作者用拟人化的手法，借黄莺殷勤挽留春光来表达自己的惜春深情。因为花开花谢，春去秋来，是与黄莺没半点关系的自然现象。大概是词人有一种"无可奈何花落去"的失落感，但又不好直说自己无计留春的苦处，才赋予禽鸟以人的感情，借黄莺之口加以表露。而这个奇特的构思经过倒装，又放到了词的开端，就给人以别开生面的新鲜感，并造成了强烈的抒情效果。所以唐圭璋先生在《唐宋词简释》一书中说，"起句言莺语留春"，新巧而又饶有"韵味"。

这首词的下片紧承上片句意抒情，将惜春惜花的深情，借助歌女小怜，托之琵琶倾诉了出来。"小怜初上琵琶，晓来思绕天涯。不肯画堂朱户，春风自在杨花。"清晨，正当词人目睹那如花似锦的春天匆匆消逝，心中无限惆怅的时候，远处传来了歌女小怜弹奏琵琶的声音。只听得"弦弦掩抑声声思"，以弦代歌，歌哭无端。那弦弦声声流露出的都是一种浓郁的惜春惜花之情。"小怜"即北齐后主高纬宠幸的冯淑妃。因为她"慧黠能弹琵琶"，后代词人常用以借指歌女。王安国词中的"小怜初上琵琶"，是化用李贺《冯小怜》"湾头见小怜，请上琵琶弦"两句诗而来的。这琵琶乐声是一曲伤春的哀歌，它打动了许多追踪春光者的心弦。使那"剪不断，理还乱"的思绪飞向远方，萦绕天涯海角。可大好春光毕竟已经过去，正像悄悄流逝的锦瑟年华一样，是绝对不可能再度追回来的。在这里，作者抒写的是由春天的匆匆归去而引起的年华虚度之感，但字里行间却隐隐寄托着一种美人迟暮、英雄末路的悲慨，有着丰富的社会人生内容。

"不肯画堂朱户，春风自在杨花。""画堂朱户"指达官贵人的宅第。最后，词人又从伤春的琵琶声写到眼前触目皆是的杨花。再现于我们再造想象中的，是这么一种暮春特有的景象：只见春光已去，只有那洁白的杨花仍有流风余韵，它随风飘舞，自由自在，飞向山坡，飞向河畔，飞向田野，飞向茅屋，可始终不肯飞入那些权贵人家的画堂朱户，不肯附丽于达官贵人以求飞黄腾达。美好的事物即使行将结束，也依然保持它的美质，真可以说是"质本洁来还洁去"，这景象颇费读者深思。前面我们介绍过，王安国是王安石的弟弟，为人耿直，不随意和当宰相的哥哥去求青云直上。他不但没有受到朝廷的重用，而且相反，在过了多年的冷署闲曹生活以后，被当朝的吕惠卿（一个先是谄媚逢迎王安石，得势后又反过来陷害王安石的小人）借事加以陷害，被夺去官职，放归田里，一生很不得志。可他并没有因为受诬被罢而奔走权门。联系这些事实，是有助于我们理解这首词的。王安国惜春留春，心随春去，思绕天涯，慨叹美好年华随水而去，不仅因为春天是美好的，在"流水落花春去也"中寄托着个人的身世之慨，而且还因为春归之时的杨花保持了高洁的品性。这种品性其实就是作者的自我写照。结尾"不肯画堂朱户，春风自在杨花"，写的是杨花，实际上是一种人格的象征。《谭评词辨》（卷二）中称此词"结笔品格自高"，是说得很有见地的。古人论诗讲究风骨，认为"文章须自出机杼，成一家风骨，何能共人同生活也！"（《魏书·祖莹传》）王安国这首《清平乐·春晚》在众多的伤春词中能出类拔萃，就是因为它融进了自己的生活，写出了自己的性情，颇有大家风骨。

这首词交叉地写听觉与视觉的感受，从音响和色彩两个方面勾勒一幅暮春图画。开头从听莺语写起，紧接着诉诸视觉形象：一夜风雨过后，园花凋谢，残红败蕊，遍地狼藉。百花盛开时节，灿烂似宫锦，可惜如今给糟蹋得不成样子了。下片开头又从视觉转到听觉上来：铮铮哀音，令人整夜不眠。随着乐声，词人忍不住思绕天涯海角。这时候，读者眼前又出现了高洁的杨花形象。这种声画交错的好处是能最大限度地调动读者多种感官，便于体会出词的优美意境。

上面我们先后介绍了王安国的两首代表词作，下面我们再把这两首词相同的写作技巧揭示一下。首先，在写作手法上，这两首词都是因物起兴，借景抒情，设置特定的意象，创造特定的氛围，让读者用心灵去感受。这是我国古代诗词中常用的技巧。不过，第一首词人采用了让主人公自诉衷肠的方法，写看见杨花飞入洞房而自愧不如，读者读起来也倍感亲切。第二首词人则借在春风中自在翻飞的杨花自喻，构思、联想都在新巧之中见出匠心，在相同的拟人化手法中又各自曲尽其妙，这是其他类似的词作难以媲美的。其次是语言明白如话，清丽流畅。作者不在字句上进行雕琢，似乎是不假思索地信手拈来。但第一首却把失恋男子的情态刻画得极为细腻，深刻而准确地传达出一个钟情男儿的内心苦楚，很耐人寻味。第二首由于上片采用倒装手法，全词显得笔致曲折，婉转多姿。但由于词意明朗显豁，文气仍然舒展，较好地抒发了作者的惜春之情，产生了感人的艺术力量。

（1993年2月7日16:30湖南人民广播电台《文学欣赏》节目首播）

写深秋之景 抒悲凉之情

——晏幾道《阮郎归》二首赏析

　　晏幾道，字叔原，号小山，北宋初年大词人晏殊的小儿子。他虽然出身官宦之家，但不肯攀附权贵，也不肯随波逐流，性情孤傲耿介，所以一生仕途坎坷，只做过卑微的小官。加上家道中落，屡遭变故，经受了人情世态的炎凉冷暖，因此在他所擅长的小令中，多半抒写爱情离合和人生聚散无常的悲欢，缠绵悱恻、凄婉动人。他的词和他父亲晏殊齐名，号称大小"二晏"，有《小山词》传世。今天，我们特地选了晏幾道的两首《阮郎归》小令略加赏析，献给听众朋友。

　　第一首是这样写的：

　　天边金掌露成霜，云随雁字长。绿杯红袖趁重阳，人情似故乡。

　　兰佩紫，菊簪黄，殷勤理旧狂。欲将沉醉换悲凉，清歌莫断肠。

　　这首词是在汴京重阳节时候的宴饮之作，是晏幾道晚年的作品。

　　起首两句从秋景写起："天边金掌露成霜，云随雁字长。"词中的"天边金掌"即唐代诗人李贺《金铜仙人辞汉歌》中的"金铜仙人"的手掌。据《三辅黄图·台榭》篇记载，汉武帝刘彻曾在长安建章宫前造了一座神明台，立有二十多丈高的铜柱，铜柱上面铸一铜仙人，手托承露盘以接云端的露水。汉武帝用这露水和玉屑服用,想以此求得长生不老。这是汉代的铜仙人。后来北宋都城汴京有没有类似的铜人呢?据《宋史》记载,钦宗靖康二年(1127年),金人南侵,俘虏了宋徽宗和宋钦宗,还把许多珍宝掠夺到了北方,这些珍宝中就有"铜人"。既然北宋在汴京也曾建立过求仙长生的承露铜人,那么小晏词中的"天边金掌"就是写实了,点出这次宴饮的地方是汴京城。"金掌"指仙人托露盘的手掌。词中的"露成霜"三字取自《诗经·秦风·蒹葭》中的"蒹葭苍苍,白露为霜"两句,借指汴京已到了深秋。这一景象,本身就能让人从悠远的历史记忆中生出秋天萧瑟之意,再加上"金掌"之上本是高寒之处,白露成霜更能给人以冷凝之感。"云随雁字长"一句紧承"天边"二字写秋日的天空。秋天是大雁南飞的季节,雁群在飞行时组成一定的行列,形状如字,所以词中说"雁字"。李清照《一剪梅·红藕香残玉簟秋》词中有"雁字回时,月满西楼"的句子。秋风多厉,秋云易散,天上飘的就自然而然的是长条形的云了。唐代诗人王勃在《滕王阁序》中有"落霞与孤鹜齐飞"的名句,晏幾道的"云随雁字长"可谓异曲同工,这是诗的一种奇妙的语言,令人回味无穷。值得我们注意的是,晏幾道是临川(今江西省抚州市)人,这首词的上片结句又有"人情似故乡"之句,可见他在重阳节这天思乡情切,正所谓"独在异乡为异客,每逢佳节倍思亲"。"雁足传书"是诗词中滥熟的典故。眼前的这"雁字"怎能不牵动着他绵绵的思乡之心呢?云朵变长了,他的心无疑也被拉长了。我们知道,秋云只能因秋风劲吹而变幻,绝对没有随雁阵而变幻的道理,这里大概是写作者仰视夜空,目送雁阵直到天边,只见有"雁字"的地方就有云影,所以才有"云随雁字长"的说法。显然,此处云随雁字长,也正是秋云与思乡情绪相互交织的意思。这开头两句一出,已满纸悲凉,暗示出他乡离索、秋水伊人之感。

第三、四句由秋天写到重阳:"绿杯红袖趁重阳,人情似故乡。""绿杯"指美酒。"红袖"指歌女。"绿杯红袖趁重阳"意思是说:趁重阳佳节尽量喝酒、唱歌。这一句起着承上启下的作用,连接紧密而自然。承上,点出上面所写之景是重阳佳节的。启下,引出"人情似故乡"一句。因为"绿杯红袖"写出了物品人情的丰厚,是"人情似故乡"的基础。时值佳节,有美酒,有佳人,应当可以尽欢了,而突然带出一个"趁"字,足见作者参加这次饮宴无非是随俗应景,借以打发时光而已。他乡作客,本来无聊,而今都在"绿杯红袖"之间过重阳,为什么不拒绝参加这次饮宴呢?作者回答说,是因为虽属客居,而主人情重,使人感到很像在故乡。

正如陈匪石先生在《宋词举》中解释的："本不萦情于'绿杯红袖'，而姑趁重阳节令，一作欢娱，满腔幽怨，无可奈何，一'趁'字尽之。其所以然者，以'人情'尚'似故乡'也。"总之，这两句将客居心情与思乡之情交织来写，吞吐往复，感情真挚深厚。一方面思乡心切，一方面又珍惜友人之情，一个"似"字，既赞美了故乡人情之美，也称颂了重阳友情之美。

过片处紧承上阕的意思来写。上阕中"绿杯红袖"是指他人他物，而"兰佩紫，菊簪黄"则写到了自己。"兰佩紫"出自《离骚》"纫秋兰以为佩"以及《九歌·少司命》"秋兰兮青青，绿叶兮紫茎"之句。"菊簪黄"则出自杜牧《九日齐山登高》"尘世难逢开口笑，菊花须插满头归"两句。作者化用其意，不仅切合秋景与重阳佳节，同时又为下句作了铺垫，将"殷勤"二字具体化。"绿杯红袖""佩紫""簪黄"，人物之盛，服饰之美，色彩之繁，尽情尽意，都说明这个节日安排得很好。自己虽然客居无聊，但也表达了已经属于过去的疏狂情态。因为仕途坎坷，更因为如他自己所说："我盘跚勃窣（sū），犹获罪于诸公。"他不得不委屈处世，夹着尾巴做人，难得放任自己的疏狂情态。正由于这种情态在多年被压抑之后，都收敛了起来，现在并不具有，所以要鼓起兴致来才行，即所谓"理旧狂"。但由于客居多感，情绪不佳，能否鼓起兴致还不一定，所以又不但要"理旧狂"，而且要"殷勤理旧狂"才行。自己的处境真可谓无可奈何，此间友人的盛情又实在难却。这一句申述出作者"趁重阳"的内心活动，极写出他满腹牢骚，排遣无方。所以《蕙风词话》解释说："'殷勤理旧狂'五字三层意。狂者，所谓'一肚皮不合时宜'，发见于外者也。狂已旧矣，而理之，而殷勤理之，其狂若有甚不得已者。"试想，一个本来狂放好饮的人，如今要唤起旧情酒兴，还得"殷勤"去"理"才行，这中间层层挫折，重重矛盾，必有不堪回首、不易诉说之处，感情的曲折，自然把意境推向更为峭拔的高度。

结尾两句，在意思上来了一个大转折，再次引发出许多层次："欲将沉醉换悲凉，清歌莫断肠。"《蕙风词话》说："'欲将沉醉换悲凉'，是上句注脚；'清歌莫断肠'，仍含不尽之意。"所谓"注脚"，表明"理旧狂"的结果只是"悲凉"而已，有人情的温暖，有过节的兴致，"悲凉"还是排遣不了，可见"悲凉"的来历之久、潜藏之深、力量之大。既然排除不了，那就只好借此"绿杯红袖"，把"悲凉"换成"沉醉"，也就是把"旧狂"再次埋葬掉。可问题还有更为复杂的地方，是这个主观想"换"的事，在客观上不一定真正换得了。作者虽未明言，但内心是完全没有自信的。正因为没有自信，所以感觉连"沉醉"也不容易做到，只好期盼席上的"红袖"歌女，不要唱出"断肠"的歌声，否则，不但"悲凉"忘却不了，而且怕连"沉醉"也做不到。所以"清歌莫断肠"一句，将回环曲折的感情再度加深了一层，将前面所写的情意推到了一个更为深广的心理世界，留下余意给读者去填补。

这首词的妙处，首先是写景叙事文笔洗练，化用古诗名句几乎不露痕迹；其次是写情转折起伏，步步深化。《蕙风词话》说"此词沉着厚重"，待到最后两句，"便觉竟体空灵"。实际上，作者是用欲吐不吞之笔，写无可奈何之情，是由"趁重阳"的"空灵"转入"悲凉"的"厚重"。结尾一句更显悲凉，最为"厚重"，只是厚重而不凝滞，做到了言有尽而意无穷，所以仍有"空灵"之感罢了。这首词感情悲凉，只有联系作者的生平仔细体味其意境，才能加深对其妙处的理解。

好，下面我们再来赏析晏幾道的另一首《阮郎归》，全词如下：

旧香残粉似当初，人情恨不如。一春犹有数行书，秋来书更疏。

衾凤冷，枕鸳孤，愁肠待酒舒。梦魂纵有也成虚，那堪和梦无？

这是一首居者思念行者的词，也是一首悲叹人情变化的词。在欣赏这首词之前，先要解答这么一个问题：词中的居者到底是男方，还是女方？有人认定行者是女方，而居者为晏幾道本人。这当然不失为一种解释。但是，写男女之间别后相思，这是诗词中常见的题材。这类题材的作品，往往写居者是女方，行者是男方，现实生活中也多半如此。所以我们不必坐实这首词就是作者本人忆念离去的情侣，而应看成作者虚拟的一对情人。

词的上片写怨情，怨的是行者的薄情。首句就从"旧香残粉似当初"的怀旧写起。词中的女主人公精心保留了当初用过的"香""粉"等旧物，以便睹物思人，说明她难忘旧情。然而，香是"旧香"，粉为"残粉"，早已是人去楼空，只留下旧影踪迹，行者已经芳踪难觅了。可女主人公虽然明知往事已经风流云散，却仍深情眷恋，难以忘怀。在她看来，余香剩色，永远"似当初"。层层写来，追念之深情毕现。第二句"人情恨不如"，由物转为写人，与第一句形成强烈对比。自己睹物生情，可见情爱之深切，而行者却经不起空间与时间的考验，逐渐淡薄，今不如昔了，这种惊人的变化，怎不叫人悔恨，使人心伤？"一春犹有数行书，秋来书更疏。"这两句是前两句的补充和延伸，具体写行者的薄情，"一春"之中，盼来盼去，总算盼到一封信来了，这书信虽然不过"数行"，可见人情不如当初，但有总胜于无，寥寥"数行"，还能从中获得几许安慰，几丝希望。而入秋以来，书信减少，"数行"也已难见，证明对方的感情越来越冷淡，关系越来越疏远，"人情恨不如"得到了进一步的坐实。

以上介绍的是词的上片，写词中女主人公晨起梳洗时，触及旧时的化妆用品，不禁因物思人，感昔伤今，勾起了自己的一腔怨情。词的下片则专就自己一方来写，倒叙漫漫长夜的愁思，述说自己处境的孤冷、相思的痛苦。

下片"衾凤冷，枕鸳孤"两句，写女主人公的主观感受。按理说，"衾""枕"本是无知之物，被上绣的凤凰、枕上绣的鸳鸯也应该同"旧香残粉"一样仍"似当初"。当初是那样，现在还是那样。人去前是那样，人去后仍然是那样。既无所谓冷，也无所谓孤。只有在独眠之人的眼中和心上，才产生了这样孤冷的感觉。这正如王国维在《人间词话》中所说："以我观物，故物皆着我之色彩。"这里写"衾"与"枕"而点出"凤"与"鸳"，还有一种比喻意义，是女主人公因见枕上绣的凤凰、鸳鸯而想到现实中情侣的分离，以凤凰失偶、鸳鸯成单来暗示自己的处境已经"人成各，今非昨"了。自己并没有移情别恋他人，当时的信誓自己是坚守着的。可一方情深，一方却情薄，这就自然逼出了"愁肠待酒舒"一句。女主人公愁肠千折，难解难舒。"何以解忧？唯有杜康。"她想到了酒，希望自己的愁肠能在酒醉中获得暂时的解脱。但这里只说"待酒舒"，还没有开始浇酒舒愁，而这酒也未必真能舒愁。联系词的最后两句来看，她的愁肠不仅未舒，更可能为范仲淹《苏幕遮·怀旧》词所说："酒入愁肠，化作相思泪。"其结果反倒是加深了相思之愁。

以上三句写衾冷枕孤，解愁无法，应是入夜后就寝前的感触。下面"梦魂纵有也成虚，那堪和梦无"两句，则写到了一觉醒来时的空虚和惆怅。既然人已成各，今已非昨，而又往事难忘，后会难期，那就只有在入睡之际，寄希望于梦中与相思之人重温旧情了。尽管梦境幻而非真，虚而非实，梦后反而会令人更添惆怅，但终因情深意切，仍寄予希望。然而，最可悲的是，夜来空有相思，难以成梦，连这短暂虚无的慰藉也得不到，就更令人难以释怀了。

这首词和前面那首词一样，语言都非常浅近，洗尽了铅华。内容上虽然写的是恋情变故，感慨人情的翻覆，没有注入深广的社会内容，但在写法上采用了层层深入的手法，颇具特色。唐圭璋先生在《唐宋词简释》中指出："上下片结处文笔，皆用层深之法，极为疏隽。"这一评语，对我们体味个中的艺术三昧极有启发。还是让我们回过头来看看下片的结句吧。"梦魂纵有也成虚",表明女主人公已经看穿了梦境的虚幻,但她仍希望能在梦中与情人相见。而下句一转,"那堪和梦无",把意思又推进了一层:连梦也做不成,这不是最为凄凉的吗?上片结句"一春犹有数行书,秋来书更疏"表达效果也是这样。这种层层深入的手法,小晏词中经常运用。例如《清平乐·暂来还去》中的"纵得相逢留不住,何况相逢无处",《木兰花·初心已恨花期晚》中的"欲将恩爱结来生,只恐来生缘又短",都以笔势回环,语词重复,层层深入取胜。后来的一些词人曾竞相仿效这种写法,大家十分熟悉的柳永《雨霖铃·寒蝉凄切》词中有"多情自古伤离别,更那堪,冷落清秋节",苏轼《江城子·乙卯正月二十日夜记梦》词中有"纵使相逢应不识,尘满面,鬓如霜",辛弃疾《摸鱼儿·更能消几番风雨》词中有"惜春长怕花开早,何况落红无数",可见小晏词对后人的影响之深。

(1992年12月19日16:30湖南人民广播电台《文学欣赏》节目首播)

清新婉丽　情意缠绵

　　——简介魏夫人和她的三首小令

　　在宋代词坛上，有三位著名的女词人。她们是李清照、朱淑真和魏夫人。对李清照和朱淑真，听众朋友一定不会陌生，而对魏夫人，大家可能就缺乏了解了。在今天这次节目里，我们就为大家介绍一下魏夫人和她的三首小令。

　　魏夫人，名玩，字玉汝，生卒年月不详，只知道她是湖北襄阳人，北宋文学家魏泰的姐姐，当朝宰相曾布的妻子，封鲁国夫人。时人一般称她"魏夫人"。魏夫人现存词十四首，内容多写男女之情，语言清丽，音调谐婉，风格与秦观相近。后人对其词评价甚高。如朱熹就曾在《词林纪事》中把她与李清照并提，说是"本朝妇人能文者，唯魏夫人及李易安二人而已。"下面请大家先欣赏她的两首《菩萨蛮》词。第一首是这样写的：

　　溪山掩映斜阳里，楼台影动鸳鸯起。隔岸两三家，出墙红杏花。

　　绿杨堤下路，早晚溪边去。三见柳绵飞，离人犹未归。

　　这是一首描写思妇盼望远行丈夫归来的小令。虽然题材比较陈旧，但它写得清新自然，不落俗套，而且饶有情趣，耐人寻味。整首词的艺术构思都是以一个"溪"字作为契机，无论从画面的构图、着色来看，还是从感情的寄托来看，都紧紧围绕着"溪"字做文章。

上片四句，句句点出相思情深。首句"溪山掩映斜阳里"是写景，写斜阳映照下的溪山，侧重点落在"溪"字上，小溪与远山的景物全部被笼罩在西斜的晚霞中。日影西斜之时，正是"鸡栖于埘""牛羊下来"的时候，也正是有思想的人"如之何勿思"的时候。所以说这开篇虽然是写景，却很自然地包寓了一种相思之情。次句"楼台影动鸳鸯起"补足上文，进一步写溪中景色。"楼台"指高大的台榭。在夕阳斜照里，溪中不仅有青山而且还有楼台的倒影，鸳鸯也在溪中嬉水。如果说上句"溪山掩映斜阳里"是专写静景，那么"楼台影动鸳鸯起"这句写的就是动景，是化静为动。"楼台影动"是说微风吹动水面，泛起层层涟漪，水榭楼台的倒影也在随之荡漾。如果溪中只有山光楼影，画面仍显单调，而词人添上"鸳鸯起"一笔之后，整个画面便灵动了起来，一下子就充满了盎然生趣。鸳鸯是一种情鸟，雌雄相依，形影不离，如同佳偶。所以这句写的虽然是景，却分明寄寓着相思之意。魏夫人"溪山掩映斜阳里，楼台影动鸳鸯起"两句，上句置静意于动中，下句置动意于静中，以动衬静，自然浑成，无半点"作意为之"的痕迹，值得我们再三品味。

第三、四两句写的是两岸景色，仍未离开"溪"字。"隔岸两三家"表明在溪水的对岸，只住着两三户人家，人烟并不稠密，环境自然显得清幽了。读了"隔岸两三家"这句，也就知道了上面所说的楼台原是这几户临水人家的住宅。可见意脉的连贯，行文的缜密。从章法上看，作者在这里采用了虚实相生的写法，"隔岸两三家"是实写，"出墙红杏花"是虚写，这第三、四句的虚实相生与第一、二句的动静相宜，恰好相称，妙不可言。深院高墙，关不住满园春色。几枝红艳欲滴的杏花，带着娇美的姿态，硬是从高高的围墙上探出头来，给人们带来了充满春意的春日景色。读到这里，不由使人联想到南宋诗人叶绍翁《游园不值》中的名句："春色满园关不住，一枝红杏出墙来。"诗人故用小景写大景，先概括大地"春色"于"一园"，然后强调春色不但满园，而且满到"关不住"的程度，确实是经过锤炼的语言的精华。非常明显，"一枝红杏出墙来"是脱胎于魏夫人的"出墙红杏花"，只不过很少有人知道罢了。清人王国维论词主"境界"之说，指出北宋宋祁《玉楼春》词里"红杏枝头春意闹"一句，"着一'闹'字而境界全出"。魏夫人词中"出墙红杏花"里的"出"字又何尝不是这样呢？一个"出"字，给人以动感，给人以生机，那杏树像一位娇美调皮的小姑娘，从墙里好奇地伸出红扑扑的脸来，把春的消息告诉人们。诗情画意，隽永耐读。而且，盎然春光带着春意、春情，更加撩人相思。所以词的下片紧承上片，写自己思夫心切，每天都要到溪旁柳树下盼望远人早日归来。

"绿杨堤下路，早晚溪边去。""早晚"并非指时间的早和晚，而是指每日、每天。在溪水旁边，有一道长堤，堤上长着一行杨柳。暮春时节，嫩绿的柳丝笼罩着长堤，轻拂着溪水。境界虽然幽美，可思妇却无心欣赏。她不是到溪边消遣的，而是来回味昔日与丈夫折柳送别、依依不舍的情景，是在盼望外出的丈夫能快快回来。"三见柳绵飞，离人犹未归。""柳绵"又叫"柳絮"，是成熟了的柳树种子。因上面有白色茸毛，随风飘舞时如绵似絮而得名。北宋词人周邦彦在《兰陵王·柳》中就有"隋堤上、曾见几番，拂水飘绵送行色"的句子。一年一度柳絮飞，现在三年已经过去了，离人却还没有回来。热切的期待中满含离别之情，而一次次的失望又反过来加重了她的相思之意。

这首小令除了在构思上借写景以抒情，除有情因景生、刻画细腻等特点外，在声律上也极具特色。八句中，两句一叶（xié）韵。如上片的"里"与"起"，"家"与"花"；下片的"路"与"去"，"飞"与"归"。押韵全都工整，而且两句与两句之间又平仄交错。上片四句"里"与"起"是仄声韵，"家"与"花"则是平声韵；下片四句"路"与"去"是仄声韵，"飞"与"归"则是平声韵。平仄相间，读来十分谐婉，恰好表现了贵族妇女温柔敦厚的感情。再加上这首词语言晓畅，词句清丽，不失为借春景抒写离情这类词中的珍品。

好，下面请大家再来欣赏一下魏夫人的另一首《菩萨蛮》词。先请听原词：

红楼斜倚连溪曲，楼前溪水凝寒玉。荡漾木兰船，船中人少年。

荷花娇欲语，笑入鸳鸯浦。波上暝烟低，菱歌月下归。

这是一首正面抒写青年女子在婚姻生活上自由选择对象的情歌。它充分体现了古代妇女追求幸福爱情的大胆精神。

词的上片是对那位美男子的形象刻画。作者并没有进行直接的描绘，而是采用了烘云托月的手法，把少年置于一个富有诗情画意的幽美环境中去加以表现。"红楼斜倚连溪曲，楼前溪水凝寒玉。""红楼"泛指华丽的楼房，多为富贵人家的妇女所居。"寒玉"，这里比喻溪水的清冷雅洁。词中女主人公住在一条溪水旁边的红楼里，曲曲折折的溪水从楼前缓缓流过，将楼台倒映在明净的水面上。这是一幅骀（dài）荡美丽的画面，但这仅仅是这幅风景画的背景。在背景前，女主人公斜靠着红楼，正在观赏另一幅动的风景："荡漾木兰船，船中人少年。""木兰"是一种木料的名称，质地较硬，多用来造船。女主人公之所以成了别人眼里风景中的人物，是因为溪水中漂来了一条船，船中站立着一位风流倜傥的少年。这位少年是凭自己的潇洒来吸引女主人公，还是用歌声来传情，词中并未言明，反正他成功了。所以，词的下片紧承上片，写这对青年男女的幽会。

"荷花娇欲语，笑入鸳鸯浦。"这两句巧妙地运用双关语，写荷花即是写人，将女主人公和周围的自然环境组成一个和谐统一的整体，很容易使人想起王昌龄的《采莲曲》："荷叶罗裙一色裁，芙蓉向脸两边开。乱入池中看不见，闻歌始觉有人来。"不过，这里不是闻歌，而是听到两位青年男女的欢声笑语。他们采莲"笑入鸳鸯浦"，玩得好开心好尽兴，直到"波上暝烟低"的时候，才哼着"菱歌""月下归"。"暝"指昏暗。"暝烟"相当于我们今天所说的暮霭。"菱歌"，本指采菱之歌，这里所唱的应当是"爱你天长地久"之类的情歌了。

这首小令不仅在内容上值得我们珍视，在形式上也较好地体现了魏夫人词的高超艺术技巧。首先是语言明畅自然。似乎是作者不假思索地信手写来，但既有行文流水般的婉转多姿，又有月下乐曲一样的轻柔活泼，给读者以深刻的印象。其次是形象鲜明生动。作者很善于结合人物的心理活动，描画出使人身临其境的氛围，把两位大胆追求爱情自由的人物情貌描绘了出来，不愧是大家手笔。

接下来，我们再向你介绍魏夫人的一首《点绛唇》。全词如下：

波上清风，画船明月人归后。渐消残酒，独自凭栏久。

聚散匆匆，此恨年年有。重回首，淡烟疏柳，隐隐芜城漏。

这首词抒写的是离愁别绪，是有感于人生聚散无常后写的。词的上片由景物引出人物："波上清风，画船明月人归后。""波上""画船"点明他们曾泛舟作游。"清风""明月"交代了泛舟时的风光。四个极富特征意象的并列，构成了一个清丽纯净、沁人心脾的意境。良宵美景，好友相见，本该欢娱喜悦，可叙谈后马上又要分手，在这既是聚会又话离别的宴席上，美酒先落欢肠后入愁肠，直到月亮爬上中天，画舫才荡离江岸，驶向远方。"波上清风""画船明月"之后，突然接上"人归后"这三字，使意脉陡转，气氛骤变，顿时给主人公带来了无限的惆怅和空虚。"人归后"三字含蕴丰富，既点明行人已走，又暗示送者独留，从而引出下文对居者的描写。"渐消残酒"是说浓浓的酒意渐渐消失了，酒醒之后，白天宴席间的缱绻（qiǎn quǎn）叮咛，傍晚时分的依依难舍之情尽数涌上心头，思绪更难平静。"独自凭栏久"一句化用了南唐后主《浪淘沙》中"独自莫凭栏"的句意，当然也就把李煜那种"别时容易见时难"极为低沉的情调和伤感色彩一起带了进来。一个"久"字告诉我们，此时此刻词中人正被离愁包围着，无法摆脱，痴痴地倚着栏杆不忍离去。她的满怀愁绪，读者是不难想象的。

下片换头写"独自凭栏"的思绪。"聚散匆匆，此恨年年有"两句九字，恰当地抒发了主人公对人生聚散无常但又无可奈何的伤感。"重回首"三字不仅遥接"人归后"，而且也是连接后句的枢纽。紧承首句，指人归后思绪纷纭，自己几乎年年都经历过的离别情景，这时都一起涌上心头，悲苦之情难以承受。后句"淡烟疏柳"，则指回顾身后的远方景色，暮霭四合，云烟沉沉，天边柳树，稀疏隐约。这景色正与人物的内心世界相交融，充满了悲凉的意味。在这种心情的重压之下，又加上远处传来"隐隐芜城漏"，心境更为凄清。"芜城"是扬州的别称。南朝宋竟陵王刘诞作乱，使得城邑荒芜，因鲍照写过著名的《芜城赋》而称为芜城。作者在这里不像是实指，而是借指刚分手的友人所去的偏远地方。"漏"即更漏。古人曾用铜壶滴漏当作报时的器具。铜壶滴漏一点一滴，想象中很像离人流下的点点泪珠。漏声并不能传得太远，所以"隐隐"二字说明这漏声只是词中人的幻觉而已。当然这一幻觉的出现，已表现了怀念之情的深沉。

这首词写月夜送别，侧重点都在居者的忧思和凝想。词中对女主人公自我形象的描写着墨不多，而是摄取清风、画船、明月、淡烟、疏柳等清丽秀逸的景物来映衬烘托，达成一个幽美的意境，从而使词中女主人深沉执着的心宛然毕现。吴蘅照说："言情之词，必藉景色映托，乃具深婉流美之致。"（《莲子居词话》）魏夫人这首小令正具有这种特色。

总之，魏夫人的词虽然多写男女之情，但在风格上都能以女词人特有的清新婉丽、蕴藉缠绵见长。所以她在词史上颇负盛名。

（1993 年 5 月 8 日 16:30 湖南人民广播电台《文学欣赏》节目首播）

一篇精美的送别词作

——介绍周邦彦词《兰陵王·柳》

周邦彦（1056—1121年），字美成，号清真居士，钱塘（今浙江省杭州市）人，北宋末年的著名词人。他的词多写男女之情和离愁别恨，也有咏物，写作技巧上注重篇章结构和字句雕琢，成为北宋婉约派词人的集大成者，著有《清真居士集》。

周邦彦最擅长于写景和咏物。《兰陵王·柳》是一首情景交融的送别词，篇幅较长，但刻画工细，结构严谨，表现了作者缠绵婉转的复杂感情，很能代表周邦彦词的主要特色。全词如下：

柳阴直，烟里丝丝弄碧。隋堤上、曾见几番，拂水飘绵送行色。登临望故国，谁识京华倦客？长亭路，年去岁来，应折柔条过千尺。

闲寻旧踪迹，又酒趁哀弦，灯照离席。梨花榆火催寒食。愁一箭风快，半篙波暖。回头迢递便数驿，望人在天北。

凄恻，恨堆积！渐别浦萦回，津堠（hòu）岑寂，斜阳冉冉春无极。念月榭携手，露桥闻笛。沉思前事，似梦里，泪暗滴。

这首词题为咏柳，而实际上却抒写离别之情。咏物而不说物，专说与物相关的事，并扩展开去，深入到人的内心世界，这也是托物起兴的写法。

全词共分三片，每一片有两层意思。上片的前五句写柳，后五句写自己的倦游心情。

"柳阴直，烟里丝丝弄碧。"开头点题直起。柳树的阴影连成一条直线，一个"直"字描写出一道长堤、两行垂柳的画面。虽不是写柳树行直，却说柳荫端直，别出心裁，自有特色。"烟里丝丝弄碧"的意思是：笼罩在烟雾里的杨柳丝丝飞舞，在卖弄它的姿色。这里的"烟"其实是说柳树的浓阴好似笼罩的烟雾，如韦庄就有"无情最是台城柳，依旧烟笼十里堤"的诗句，不是指真正的烟雾。柳条"丝丝弄碧"，并且在"烟"里，这就不仅写出了杨柳的飘动之态，而且还给人以茫茫如幻的感觉。一个"弄"字把微风中摇曳多姿的柳条写活了。秦观词句"西域杨柳弄春柔"，与此有异曲同工之妙，都传神地写出了柳丝在微风中轻轻飘拂的动态，好像有依依惜别的深情一样。

"隋堤上、曾见几番，拂水飘绵送行色。""隋堤"指隋炀帝时修筑的汴河堤。"飘绵"指柳絮飞扬。"送行色"指送客出发时的情景。在这里"拂水"的是柳条，"飘绵"的是柳絮，都是紧扣着柳来写。"拂水飘绵"是修饰"送行色"的，写杨柳依依惜别的姿态。"送行色"的"色"，其实还是"丝丝弄碧"的碧色，但在惜别人的眼里看来，这上面也好像有黯然销魂的别意，连颜色也仿佛显得惨淡了。"曾见几番，拂水飘绵送行色"是作者由眼前回忆到过去，点出自己曾多次来到这里送行，也多次看见别人送行。但作者的这种意思并没有直接陈述，而是变换了一种表达方式，说柳树曾经无数次抱着同情，"拂水飘绵"地送走行人。把人的感情融于景物，使作品更富有韵味和情致。

"登临望故国，谁识京华倦客？""登临"指登临隋堤。"故国"指故乡。"谁识"指谁能理解。"京华倦客"指久住京城，感到厌倦了的人。这里是作者自指，点明送行者也是远离家乡的人。一个"望"字，可见作者的思乡情切。为什么这样思乡情切呢？因为"倦"，不仅久住京城感到厌倦，而且年年送客，老是重复同样的事情，也更加使人感到厌倦。词中的主人公虽然身处京都，却是一名"倦客"，他那不得意的情况就可想而知了。杜甫有诗句"冠盖满京华，斯人独憔悴"，如果作者春风得意，青云直上，就不会自称什么"倦客"了。正是由于作者仕途坎坷，所以才对久客京城感到十分厌倦。"京华倦客"之前，又冠之以"谁识"二字，这就更加流露出无人理解的寂寞和怀才不遇的悲伤。这种哀怨，都是从"登临望故国"而引发和加深的。既为"倦客",则倍增思乡之情,因此不得不"登临望故国";既登临而望,又厌倦京华而不能归去,所以平添怅恨凄苦。登临和哀怨互为因果,互相绾(wǎn)合。

以上五句,作者先写"隋堤上、曾见几番,拂水飘绵送行色",故作模糊之语,使读者很难辨别是在说柳还是在说人,然后以"登临望故国"劈空而来,再接以"谁识京华倦客"落到自身,但又在这里突然停住,转折到送别上。这种写法,既有波澜,又见放收之妙。"登临望故国"一句极度加深了离情别意,是作者哀怨的根由。"送行色"三字则是整首词的主眼,以下各句都是由此派生出来的。

"长亭路,年去岁来,应折柔条过千尺。"古时驿路上十里一长亭,五里一短亭,都是给行人休息和送别的地方。"柔条"指柳枝。古人送行,多折柳赠别。长亭是送别的地方,折柳是送别的习俗。在这长亭边,杨柳岸,年年送客,岁岁惜别,为了表达深长的情意,不知要折下多少柔嫩的柳枝啊!一个"应",既表明这是设想,又暗示这是真实生活的反映。写实事而用虚笔,就使得作品有空灵俊逸的风格,而不显得呆板。"应折柔条过千尺"是用夸张手法,极写折柳之多,以寓离情之深,又说明送行的频繁和送行者的众多。以上三句是"隋堤上、曾见几番,拂水飘绵送行色"的补充发挥,充分写出了年年送客、岁岁作客的游子悲情。

以上介绍的是词的上片。词的中片前四句写送别,后四句设想朋友离别后的旅途情景。

"闲寻旧踪迹,又酒趁哀弦,灯照离席。""趁"指逐,追随。"哀弦"指离别时所奏的音乐。"离席"指送行的筵席。"闲寻旧踪迹"是寻找过去作者在隋堤长亭路常常去送客的地方。一个"闲"字写出了作者百无聊赖的心情,既紧承上片,又开启下文。作者再次登临长堤送行,不禁触景生情,感慨万千,自然陷入对往事的回忆。那几番在隋堤上的踌躇送别,那多次的"登临望故国",那经常的把酒长亭、折柳话别,那些旧日踪迹当然令人追怀。接着,作者用一个"又"字将意思推进一层,迅速过渡到眼前的离别。"酒趁哀弦,灯照离席"是饯别时的情景。灯光照着送别的筵席,作者和他的朋友随着哀伤的乐曲,共饮离杯,执手牵衣,哽咽话别,互道珍重,相约后期。这种种情状,都在这八个字中概括写出,可见用笔的精炼。

"梨花榆火催寒食",这一句点明了时令。旧历清明节前两天为寒食节,有禁火的习俗,节后另取新火。唐宋时期,朝廷在清明节取榆柳的火赐给近臣,民间也取榆柳作柴烹煮熟食，这就是所谓换新火。梨花大约也是在这个时候开放。这一句的意思是：正值梨花盛开，快要到寒食节的时候，作者又在送别朋友了。虽然面对良辰美景，却只能倍添忧愁。这里的"催"字，不仅有节气催人的感觉，更有别期紧近的意思，增强了艺术效果。另外，这句没有说到柳，但柳树"拂水飘绵"也在这个时候，实际上还是写了柳。不过为了避免字面上的重复，明写"榆火"而包括柳条，明写"梨花"而暗含柳絮罢了。

"愁一箭风快，半篙波暖。回头迢递便数驿，望人在天北。""半篙"指撑船的竿没入水中的部分。因为时令已经接近暮春，所以说"波暖"。"迢递"指遥远的样子。这四句是说，离别的朋友担心水急风快，南行之船急如飞箭，一转眼就过了好几驿路程，回望送行的人，已留在远远的北边了。这是作者想象中的离别情景，用一个"愁"字领起，一直贯穿到底。"愁"字以下四句是词人在离席上的预愁。而"望人在天北"的"人"与"离席"又是互相关合的。值得称道的是，作者不从送别者方面来写，而是用虚拟之笔，预先替离去的人设想，生出一番波澜曲折，跌宕多姿而不平实呆板。并且，这片又不说离别时的感情，留待下片去抒写。由此可见作者安排的匠心和周密。

以上介绍的是词的上片和中片。词的下片前五句写送别朋友后的孤寂心情，最后五句追忆过去与朋友一同夜游的情景。

"凄恻，恨堆积！""凄恻"指悲伤的样子。这两句直叙别恨的深重。"凄恻"二字紧接中片的"愁"字而来，愁而至于凄恻，反映出情绪的发展。因为那时还不过是愁朋友离去，而这时竟然已经离去，无可挽回了。作者在"愁"字之后，连用"凄恻""恨堆积"，进一步深化了愁的意思。宋代秦观有词"砌成此恨无重数"，与"恨堆积"都是写离愁之多，别恨之重，手法同中见异。

"渐别浦萦回，津堠岑寂，斜阳冉冉春无极。""别浦"指江河支流入水口。"萦回"指水波荡漾。"津堠"和"长亭"差不多，指码头附近可供住宿的房屋。"岑寂"指寂静，这里有冷冷清清的意思。"渐别浦萦回，津堠岑寂"两句，紧接中片"愁"字下四句，由虚摹转入实写。停靠在江岸的船开走了，江面上只剩下水波在荡漾着，码头上一派冷落景象，送行的人不禁怅然若失！作者巧妙地借景抒情，融情于景。江面上水波的回环暗喻别情的萦绕，津堠里环境的清冷衬托出心绪的凄凉。由"萦回"到"岑寂"，层次很分明，所以用一"渐"字领起，既与"恨堆积"的"堆积"呼应，又反映出景色、事态和作者心情的演化过程。"斜阳冉冉春无极"写送别时的情景。作者在怅惘之际、岑寂之中极目四顾，只见春色一望无边，夕阳缓缓西下，春光虽好而时近黄昏，伤春又加上伤别，一种美人迟暮之感自然而然地融入景物描写之中。词人在这里又将笔墨回归到垂柳的无边春色里。字面上是讲"斜阳"，实际却在说斜阳中的垂柳，与上片的"拂水飘绵"遥相关合。"春无极"三字，实际上既是写柳色，又是写离恨。春光无限，正是反衬离思的无穷，是"恨堆积"的落实。

"念月榭携手，露桥闻笛。""月榭"指月光下的楼台。"露桥"指被露水沾湿的桥头。这两句，词人用个"念"字一转笔锋，开始回忆过去和朋友一起夜游的情形。客中结伴，友情十分可贵。月榭携手，更是情深。露桥闻笛，则必有同感。李白《春夜洛城闻笛》中写道："此夜曲中闻折柳，何人不起故园情？"周邦彦词中的"闻笛"就是用的这个典故。既然有故园之思，友情的温慰就很珍贵了。过去和词人相与携手、共闻笛音的人，也该是"京华倦客"吧！不然的话，友情为何那样深厚呢？离别之际，所念的内容固然很多，但作者只择取"月榭携手，露桥闻笛"加以抒写，就将情意全盘托出，收到了"以一当十"的艺术效果。

"沉思前事，似梦里，泪暗滴。"这几句词的意思更进了一层。"沉思前事"四字将所历、所感、所忆、所想囊括无余，但又没有说破，故园之思、京华之倦、旅途之苦况、友情之温慰、离别之伤情，都集中在这里面。"似梦里，泪暗滴"是沉思的结果。本来，"前事"能再次得到，也不一定会感到欢乐，因为他们都是在羁旅中度过的，当时就感到厌倦。但在这"酒趁哀弦，灯照离席"之际，想到朋友马上就要离去，陪伴自己的将只有萦回的别浦、岑寂的津堠、无边的柳色的时候，那些在当时令人感到厌倦的"前事"，反倒像美梦一样值得怀念了。面对冷清的现实、凄苦的离别，词人禁不住泪流满面。情绪发展到这里，已经达到了顶峰。作者便用重拙之笔戛然收住，不再画蛇添足，给读者留有回味的余地。所以，清代词论家陈廷焯在《白雨斋词话》中论及这首词的结语时说："才欲说破，便自咽住，其味正自无穷。"

综观全词，作者运用白描手法将久客淹留、客中送客之情做了充分的抒写。时而写景，时而抒情，时而回溯旧踪，时而替离人设想，时而为自己悲伤。曲折往复，跌宕萦回，沉郁婉转之至。

这首词的语言十分形象生动，且精妙自然。譬如不写两行垂柳之直，而写柳阴之直，这样就别开生面；不说碧柳舞动，而说"丝丝弄碧"，就让色彩飘动起来了。又如"拂水飘绵送行色"一句,"拂水飘绵"自然是寻常景象,而"送行色"则是作者以有情之眼,观无情之物,移情入景,既增强了诗意,又开拓了境界。再譬如"梨花榆火催寒食",用一"催"字,不仅写出了自然节序的转换推移,更含有时间紧迫,催人离别的意思。"闲寻旧踪迹"的"闲"字,反映出客居寂寞、百无聊赖的状况,这时很容易牵动情怀,去寻找旧日踪迹。"渐别浦萦回,津堠岑寂",用一"渐"字,描绘出行人渐去渐远,送行者渐散渐稀的景象。最后描画出荡漾的水波,冷寂的津堠,展现出送别的过程,有了情景逼真的动态。以上这些都可以看出作者用字的精工。这确实是一篇精美的送别作品。

(1982年9月15日12:30湖南人民广播电台《作品欣赏》节目首播)

清丽疏隽 赏心悦目

——简介北宋词人谢逸和他的两首《江神子》

在宋代词坛上，有许多不大为人们所注目的词人。我们今天要给大家介绍的北宋词人谢逸，就是其中的一位。

谢逸，字无逸，号溪堂，抚州临川（今江西省抚州市）人。生平屡试不第，以布衣告终，但他却因为工诗能文而名噪一时。曾作蝴蝶诗三百首，多有佳句，被时人称为"谢蝴蝶"。谢逸的词作，既具花间派的浓艳，又有晏殊、欧阳修的婉柔，长于写景，风格清丽。有《溪堂词》传世，存词六十余首。下面我们将通过欣赏他的两首《江神子》，具体体会一下他那清丽疏隽的词风。

"江神子"这个词牌，又有"江城子""村意远"等名称，最开始见于《花间集》中的韦庄词。五代词里均为单调，三十五字，押平声韵。到宋代才开始改为双调七十字，上下片都是八句五平韵。谢逸的这两首《江神子》就是这个特点。现在，我们先来赏析一下其中的第一首：

一江秋水碧湾湾。绕青山，玉连环。帘幕低垂，人在画图间。闲抱琵琶寻旧曲，弹未了，意阑珊。

飞鸿数点拂云端。倚栏看，楚天寒。拟倩东风，吹梦到长安。恰似梨花春带雨，愁满眼，泪阑干。

古典诗歌中，常有内容或题材相近的作品，但是那些不朽的杰作总是独具特色，有不同的艺术构思。谢逸的这首《江神子》是一首抒发离愁别恨的词作，题材并不觉得新鲜。但就其艺术表现手法说，可以称得上是别具一格之作。作者纯以工笔手法着力于正面描绘少女的生活剪影、风姿情态和细微的心理活动，让读者直截了当地看到一个满怀离愁的思妇形象，同她一起活动，共同忧伤。含蓄固然有含蓄的妙处，但直白也有直白的优点。因此，我们不妨仔细品味一番。

词的上片先造境，描绘出思妇所处的优美环境："一江秋水碧湾湾。绕青山，玉连环。"时令在一个深秋，地点是江南一处依山傍水的地方。青山隐隐，"秋尽江南草未凋"；碧水湾湾，"潦水尽而寒潭清"。优美的环境不仅使我们联想到了杜牧和王勃的这些名句，更能激发我们对词中思妇的种种美好想象。"玉连环"本是一种玉制的玩饰，这里用以比喻环绕青山的一江秋水。当然，如果细加体味，把它和山的关系看成一种比兴，即山在恋水，水在恋山，可谓"连环"，似乎也未尝不可。因为这种理解与整首词的词情是协调统一的，"诗无达诂"，鉴赏诗歌当然得允许见仁见智。词从第三句开始，空间由大缩小，内容则由景及人，出现了一个特写镜头："帘幕低垂，人在画图间。"绿树掩映着居室，窗上的翠色帘幕低低地垂挂着。这可能是闺中思妇因"怕人儿瞧见"而做的遮掩。但透过帘栊，我们可以隐约看见她那布满愁云的脸庞。"画图"一词虽简单，未作任何具体的描摹却将室内所有美的陈设概括无遗，其妙处在于以环境的美衬托出人物的美，给人留下许多思索和回味的余地。

在前面一系列景物描写的基础上，上片第三句接写人物的活动："闲抱琵琶寻旧曲，弹未了，意阑珊。""寻"，在这里是"重温"的意思。这三句不仅带活了上片，使前面的景物有了生气，而且在用词上也达到了炉火纯青的程度。首先，一个"闲"字将思妇因没有事情做而闲得无聊的生活传达了出来；其次，一个"寻"字则表现出她对往日生活的留恋之情，这真是以少胜多的典范。按常理说，旧曲最能引起自己对过去美好时光的回忆，应当百弹不厌。可这位思妇却"弹未了，意阑珊。""阑珊"指低落的样子。白居易《咏怀诗》中有这样的诗句："白发满头归得也，诗情酒兴渐阑珊。""意阑珊"相当于我们今天的"情绪低落"。之所以乐曲还没弹完就没了情绪，恐怕是因为琵琶旧曲勾起了她的离愁。过去的美好时光，可惜今天难以再度拥有；旧曲虽然好听，如今却无人欣赏，一种相思之苦便从字里行间浓浓地流露了出来。

以上介绍的是词的上片。词的下片笔意不断，紧承上片，寄远怀人。"飞鸿数点拂云端。倚栏看，楚天寒。""飞鸿"指鸿雁。李白《送裴十八图南归嵩山》一诗中有云："举手指飞鸿，此情难具论。""倚栏"，指靠着栏杆。古代作品中多表示人物心情的抑郁无聊。如温庭筠《更漏子·星斗稀》词中写道："虚阁上，倚栏望，还似去年惆怅。""楚天"指楚地的天空。因古代楚国拥有现在两湖和江浙等地，所以诗词中的楚天常常作为南方天空的同义语。杜甫在《暮春》诗中就有"楚天不断四时雨，巫峡常吹千里风"的句子。过片这两句的意思是，思妇因思念情浓，琵琶旧曲还没有弹完，便顶着深秋的寒风走出户外，靠着栏杆翘首遥望远方，但除了空中的数行鸿雁在云中飞过之外，其余就什么也看不见了。鸿雁是遵守时令的候鸟，古代诗文中又有鸿雁传书的故事，所以过片句实际上还寄寓着思妇对丈夫的思念和信赖的真挚感情。而鸿雁的成双成对又反衬出了思妇的孤独无趣，起到了一石三鸟的艺术效果。

看到寒风中南来的鸿雁，思妇不禁又增添了几分惆怅。惆怅之余，她便产生了这样的幻想："拟倩东风，吹梦到长安。""拟"指准备、打算。"倩"是请求、央求的意思。她真想请东风捎封信，把自己的思念带给远在长安的丈夫。可这是怎样一个梦想啊？梦醒之后当然会更哀伤。因此，作者最后写道："恰似梨花春带雨，愁满眼，泪阑干。"这也是一幅特写镜头。其中"恰似梨花春带雨"一句，由唐代白居易《长恨歌》中的诗句"梨花一枝春带雨"化用而来。这个比喻确实用得好。梨花带雨的形象为我们大家所熟悉和喜爱，把这个形象同思妇带泪的容貌联系起来，不仅表现了她容貌的娇美胜似梨花，而且表现了她泪珠的晶莹犹如春雨，既新颖又贴切。"泪阑干"指泪水纵横。如白居易《琵琶行》中有"夜深忽梦少年事，梦啼妆泪红阑干"的诗句。常言道，眼睛是心灵的窗户，从"愁满眼，泪阑干"里，我们不是可以窥见词中思妇那令人同掬一把辛酸泪的愁苦心情吗？

这首词在写作上的特色，除了我们前面说过的使用工笔手法做细腻的刻画之外，还具有其他一些特点。第一，语言浅近自然。这首词的语言洗尽了铅华，没有任何刻意雕琢的痕迹。第二，意境优美，声韵和谐。作者从大处落墨造境，用风景渲染衬托，全词的所有意象都在为诉说离愁服务，给人暗示和启迪，使得情由景生，情景交融。在声韵上用的是平声"an"（安）韵，适用于抒写离愁别恨，读来语调低沉，与词中意境相符。

接下来，我们再欣赏谢逸的另一首《江神子》，词是这样写的：

杏花村馆酒旗风。水溶溶，飏残红。野渡舟横，杨柳绿阴浓。望断江南山色远，人不见，草连空。

夕阳楼外晚烟笼。粉香融，淡眉峰。记得年时，相见画屏中。只有关山今夜月，千里外，素光同。

这首《江神子》也是一首怀人词，不过是游子思念伊人，而不是思妇怀念游子。上片先以淡笔推出一幅风景画面："杏花村馆酒旗风"，映入我们眼帘的，最开始是在轻风中微微飘扬的酒旗，随着目光的下移，才看到茅檐低小的杏花村馆。杜牧《清明》中有诗句："借问酒家何处有，牧童遥指杏花村。"杏花村究竟在何处并不重要，重要的是"酒旗"这个意象。"酒旗"，又称"酒帘""酒幌"，在诗词里往往作为抒情写景的陪衬。如杜牧的《江南春》中，"千里莺啼绿映红，水村山郭酒旗风。南朝四百八十寺，多少楼台烟雨中"就是典型的例子。诗词到底怎样开头好？虽然历代评论家的说法多种多样，但表明人们对它的重视。这首词起句虽然写的是酒旗，但并不是作为衬景出现的，而是表明游子作客异乡，行踪不定，每天与他相伴的只有"杏花村馆酒旗风"。也许人们都知道漂泊天涯的游子"一片春愁待酒浇"吧，所以才四处设下了那么多的酒馆。但游子们谁又有心去痛饮三杯呢？

接下来，作者写眼前景象："水溶溶，飏残红。"一句写水，一句写风。"溶溶"指江水流动的样子。杜牧《阿房宫赋》有句子写道："二川溶溶，流入宫墙。"水清沙白，碧波粼粼，是令人神清气爽的美景。可后一句"飏残红"，情调却发生了变化。"飏"是向上播散、飞扬的意思。暮春时节，红花本已凋零，再加上风儿一扬，乃乃"花谢花飞飞满天，红消香断有谁怜"！漂泊天涯的游子不就像这被风吹扬的落花吗？这里的伤感意味，真是不言自明。

往下，词的第四句"野渡舟横"，出自唐代韦应物的《滁州西涧》诗句"野渡无人舟自横"。原诗虽写景如画，野趣盎然，但诗人的寥落之感却悠然可见。谢逸在这里巧妙地借"野渡舟横"四字，暗示出了"杏花村馆"前的凄清冷落，回应了前边"飏残红"一句。可接下去的一句，情调又迥然相异："杨柳绿阴浓"。一湾江水，两岸杨柳，柳叶茂密，树阴浓重，别有一番幽美情趣。由此可见，"水溶溶""飏残红""野渡舟横"是近景，"杨柳绿阴浓"是远景，而且有动有静。"水溶溶""杨柳绿阴浓"使人鼓舞，"飏残红""野渡舟横"让人神伤。作者以景衬情，巧妙地透露出游子无心赏景的孤独情怀，令人拍案叫好。

"望断江南山色远，人不见，草连空。"直到上片的结句，词中才正面出现了抒情主人公的形象。在这以前，近景也好，远景也罢，明快也好，黯淡也罢，都能引起他对往事和伊人的怀念。于是这位游子忍不住登高望远，期有所见。可是，江南山色，连绵无际，远达天边，如何能望得尽呢？是啊！山远，路遥，所思之人，望而不见，眼前能望见的只有那无边的连天芳草。"草连空"这三个字结得好。它与欧阳修《踏莎（suō）行·候馆梅残》下片结句"平芜尽处是春山，行人更在春山外"手法相同：都以山、草的阻隔来表现相距之远、离别之苦、思念之深、愁绪之广。只不过抒情主人公的身份不同，一为游子，一为思妇而已。

词的下片头三句是对往昔美好时光的回忆，分三层来写。首先描绘出来的是当年的环境："夕阳楼外晚烟笼，""楼外"是夕阳斜照，傍晚的云雾笼罩着楼头，洋溢着一种宁静的气氛。这楼是他和伊人相会和相恋过的地方。紧接着，作者写出了伊人之美："粉香融，淡眉峰。"在一片充满神奇色彩的环境里，一位"晚妆初了"的美人儿出现了。她那粉白香润的面颊，淡淡的双眉，是那么美丽动人。这里是由上片所见景物"飏残红""山色远"而引起的回忆。所以作者对伊人之美不做全面描绘，而是只抓住这最有代表性的两点。最后一层是写他们曾共同度过的一段美好日子："记得年时，相见画屏中。""画屏"借指楼内华丽的陈设。"记得年时"四字，按理说应该放在下片的首句。因为无论是楼外景物，还是楼内伊人，都是由"记得"而来，伊人之美则是"相见"后发现的。这种颠倒次序的错杂写法，一来使文字有变化，避免古板；二来突出了"相见"的具体地点和伊人之美，以表现当初的印象之深和现在的思念之切。而"相见画屏中"放在后面，还暗示"相见"后俩人曾在一起生活过一段时间。晏幾道《临江仙·斗草阶前初见》词中的"酒醒长恨锦屏空"也有这种暗示。两者不同的是，晏词强调的是人去楼空，这首词着重的是追忆那些温馨的往事。

词的结句用"只有"二字陡转，回到眼前的现实生活中来。"只有关山今夜月，千里外，素光同。"往事虽然美好，但已成为过去。现在人隔千里关山，相见时难爱亦难，只有皎洁的月光照着伊人，也照着游子。"千里外，素光同"，与苏轼《水调歌头·明月几时有》的下片结句"但愿人长久，千里共婵娟"含义相近，但又各有侧重。苏轼是用旷达的态度，自我宽解并安慰对方，带有祝愿的意味。而谢逸侧重于诉说离情别意，带有亲人不能相见，只能徒然共照同一明月的惆怅，带有抱怨的意味。此外，从回忆"相见画屏中"的"年时"，一下子跳到"今夜"，显得变化突然，跳跃性大，可见其间省略了许多具体的描写和诉说。这就给读者留下了体会和想象的余地，含蕴深婉，耐人寻味。清代词评家陈廷焯在《词则》里评为"情弥文明"，的确是中肯之语。

爱情是人类社会生活中一种十分美好、十分值得珍惜的感情。因此，自古以来，中外的优秀作家都重视这个主题，并且在自己的作品中为纯洁、坚贞的爱情而讴歌。这首词同前一首词一样，不仅内容健康，而且形式也有它独特的风格。首先，尽管这是一首怀人之词，但哀愁的氛围并不浓重。那酒馆，那流水，以及浓阴的杨柳，构成一幅明丽的景色，与所怀伊人的美色相映照。这一点，与常见的通过伤春悲秋来写怀念之情的词作大为不同，给人以赏心悦目之感，显得构思新颖，写法别致。其次，这首词语言清新疏隽，用典不露痕迹，写景抒怀，自然天成，给人以较高的审美愉悦。此外，这首词的艺术手法时有变化，叙述看似平直，其实情意摇曳，读来凄婉动人。总之，这是一首精美的离情词。据《苕溪渔隐丛话后集》卷三十三引《复斋漫录》记载，谢逸过黄州关山香花村馆驿时，曾将此词题写在黄州杏花村馆的墙壁上，后来路过这里的人特别喜爱，都纷纷抄录。每次抄录的时候，人们总要向驿站当差的借笔，久而久之，当差的感到很烦，便用泥水把词作涂去。从这个故事里，我们可以看出谢逸这首词是如何受到时人的喜爱，亦可以见其艺术感染力。

（1994年6月20日17:00湖南人民广播电台《文学欣赏》节目首播）

想象奇特　神思超然

——介绍朱敦儒词《念奴娇·插天翠柳》

　　悠悠万世，明月的存在对于世人是一个既难解又魅人的宇宙之谜。千百年来，骚人墨客们咏月的诗词数不胜数，写月的文赋车载斗量。他们有的把酒问月，有的望月怀人，有的趁月梦游，有的借月抒情。真是千姿百态、瑰丽迷人。今天，我们特地选了朱敦儒写的一首神游月宫的词——《念奴娇》，略作一番赏析，以飨听众朋友。

　　朱敦儒（1081—1159年），字希真，号岩壑，祖籍河南洛阳，是北宋南渡前后的重要词人。朱敦儒早年隐居不仕，绍兴三年（1133年），在别人的推荐下，当上了右迪功郎。两年后被赐进士出身，历任秘书省正字、兵部郎中和两浙东路提点刑狱等职。奸相秦桧当权时，曾起用他为鸿胪少卿。秦桧被罢免后，他也被剥夺了一切官职，晚年归隐山林。朱敦儒有词集《樵歌》。词风豪放旷达，语言清新晓畅，多写遁世隐居生活。下面这首《念奴娇·插天翠柳》就是一首带有遁世思想的咏月词，原词如下：

　　插天翠柳，被何人、推上一轮明月？照我藤床凉似水，飞入瑶台琼阙。雾冷笙箫，风轻环佩，玉锁无人掣。闲云收尽，海光天影相接。

谁信有药长生，素娥新炼就，飞霜凝雪。打碎珊瑚，争似看、仙桂扶疏横绝。洗尽凡心，满身清露，冷浸萧萧发。明朝尘世，记取休向人说。

从词作中的"翠柳""藤床"等词语来看，这首词应该写于夏天，内容是作者在夏夜纳凉的时候观赏月亮的感想。

词的上片，出语奇崛，使人过目难忘："插天翠柳，被何人、推上一轮明月？"这句可谓想象奇特，神思超然。自古以来，人们都喜欢对着月亮饮酒赋诗，但能够发出"被何人、推上一轮明月"这样奇妙的问句，却是不多见的。唐代诗人张若虚在他的名篇《春江花月夜》里曾写过："江畔何人初见月？江月何年初照人？"后来李白又在《把酒问月》中写过："青天有月来几时，我今停杯一问之。"苏轼也在那首最为著名的《水调歌头·明月几时有》里写了"明月几时有？把酒问青天"的奇妙问句。朱敦儒从这些诗词中受到过启示，这应该是可以肯定的。下面我们不妨再回过头来看看朱敦儒的写法。这是一个夏夜，词人躺在藤床上纳凉，放眼望去，那青翠的柳树好像一把把倒插的利剑，几乎要刺破天空。如果站在大地上观望，恐怕是难以产生这种幻觉的。刺破天空的幻觉刚一产生，接着又马上产生了另一个幻觉。就在眼睛停留在天空的当口，词人发现柳树的梢头悬挂着一轮明亮似水的满月，这是何人将它推上树梢的呢？词人这种奇特的想象耐人寻味。因为月上柳梢头有一个很长的过程，像是谁在用一种神秘莫测的力量将它慢慢推上去一样。这简直太撩人心绪了。大自然是多么的神奇，多么的美妙啊！另外，这头三句在色彩的搭配上也颇具匠心。词人用"青天""翠柳"去衬托一轮洁白的"明月"，使画面显得清丽皎洁。词的境界也因点出"青天""明月"而扩展开来，涵容明月，浸连青天，高阔而遐远，深邃而幽静。有了这三句，全篇空灵的气韵才得以生发出来。接着，顺承词意，词人便写到了月光。

"照我藤床凉似水，飞入瑶台琼阙。""藤床"是一种用白藤编的纳凉睡具。"瑶"和"琼"都是美玉。"瑶台"是传说中神仙们居住的地方。这里和"琼阙"并列在一起，借指月亮里边广寒宫中华丽的亭台楼阁。传说唐玄宗农历八月十五梦游月中，见一大宫府，门楣上写着"广寒清虚之府"（见《龙城录》），于是后代称"月宫"为"广寒宫"。朱敦儒在这里暗用了这个典故。以上两句的意思是说：那光华四射的月亮，慷慨大方地把自己的清辉倾泻在无垠的大地，照临到词人的藤床上，给人以水一般的凉意，词人的溽（rù）暑顿时消失殆尽。那月宫中该是多么凉爽啊！他不禁对那美妙的广寒宫心驰神往了。于是，一个更加奇特的幻想便随之而产生：纳凉赏月的词人慢慢地冯（píng）虚御风，羽化登仙，飘飘然飞入了瑶台琼阙。接着，词人大笔挥洒，极力描绘自己眼中的月宫。

多美的广寒宫啊。"雾冷笙箫，风轻环佩，玉锁无人掣。闲云收尽，海光天影相接。"这里说"雾冷"，这和前面说月光"凉似水"一样，是巧妙地将视觉形象与自己的触觉感受沟通起来，这种手法在艺术上叫"通感"，在诗歌中经常运用。"环佩"指女子身上佩带的饰物。杜甫有"环佩空归月夜魂"（《咏怀古迹五首·其三》）的诗句。"掣"原指拉、牵引，这里有"打开"的意思。这两句是写词人"飞入"月宫后的所见所闻。在这月宫里，雾是冷的，风是轻的，既能隐约听到用笙箫等乐器吹奏出来的仙乐，又仿佛能听到仙女们身上所佩带的珍宝珠玉的撞击之声，大约月宫中的仙女们正在伴随着音乐的优美旋律而翩翩起舞吧。于是，我们的词人便忍不住有寻声暗问的意态。然而，出人意料的是他却吃了闭门羹："玉锁无人掣"。一把玉锁把门而无人传呼，说明月宫异常清净，根本不受外界尘世的干扰，词人不免又平添了几许惆怅。于是，他只好回顾天空，重新搜寻。这时只见"闲云收尽"，万里澄澈，海天交相辉映，令人眩惑，使人陶醉。

见到这些人间难逢的景象，谁都免不了要发一通感慨。所以，在上片写词人"飞入"月宫后的所见所闻的基础上，词的下片重点写了词人"飞入"月宫后的所感所叹。

关于月宫，民间传说很多。杜甫《月》诗中有"入河蟾不没，捣药兔长生"的句子，据说月中有玉兔捣药，这药可以使人延年益寿。然而"长生"的念头，只不过是世俗的妄想，因而词人过片就予以反问："谁信有药长生？"并且大胆地向世人宣告，在月宫中，有的不过是"素娥新炼就"的"飞霜凝雪"而已，根本没有什么长生不老之药。"素娥"就是嫦娥。唐代诗人李商隐曾在《霜月》一诗中写道："青女素娥俱耐冷，月中霜里斗婵娟。"传说嫦娥原本是后羿的妻子，因偷吃了后羿从西王母处得来的长生不老药而奔入月宫，成了月亮里边的仙子（见《淮南子·览冥训》）。朱敦儒在这首《念奴娇》词中大胆地否定了民间传说，其目的恐怕是为了警醒世人，不但人间没有什么长生不老之药，就连广寒宫里也根本不存在。

"打碎珊瑚，争似看、仙桂扶疏横绝。""争"相当于今天的"怎""怎么"。李商隐《七夕》诗中有"争将世上无期别，换得年年一度来"的句子。"扶疏"，指枝叶繁茂。"仙桂"，指月中的桂树。杜甫留下过"斫却月中桂，清光应更多"的诗句。古代神话中，月桂高五百丈。西河人吴刚学仙时有了过错，天帝罚他月中砍桂，可是此树随砍随合，始终不倒（见《酉阳杂俎·天咫》）。"珊瑚"，是热带和亚热带地区海洋中的一种动物，骨骼相连，形如树枝，所以又叫"珊瑚树"。"打碎珊瑚"是一个典故，出自《世说新语·汰侈》篇中石崇与王恺斗富的故事。故事说晋武帝是王恺的外甥，经常资助王恺。他曾把一株二尺左右高的珊瑚树赠给王恺。这株珊瑚树枝杈繁茂，世上很少有能和它相比的。王恺将它拿给石崇看。石崇看完后，却用铁如意把那棵珊瑚树给击碎了，然后命令身边的人把他的珊瑚树全部拿来还给王恺，其中一株有三四尺高，枝干的繁茂可以说是举世罕见。除此以外，闪烁着夺目光彩的珊瑚树还有六七株。王恺见了也惊得目瞪口呆。这首《念奴娇》词里，词人将石崇和王恺斗富的故事信手拈来，反衬了月中桂树的可爱，自然贴切，恰到好处。在他看来，人间那些"打碎珊瑚"之类的争豪斗富之举，没有比自己赏玩月中枝叶繁茂的仙桂更超凡脱俗和心旷神怡的了。词人使用的是一种清空超俗的笔墨，勾画的是一个美丽的、纯洁的，同时也是没有贪欲的境界。正是在这种境界里，也只有在这种境界里，他才能"洗尽凡心"，故词人接下去这样写道："洗尽凡心，满身清露，冷浸萧萧发。"这句是一种超然物外的升华。"萧萧"指头发稀短。陆游《杂赋》一诗中有"觉来忽见天窗白，短发萧萧起自梳"之句。我们的词人心地光明，两袖清风，满身清露，表里俱澄澈，他遗世独立于月宫，任冰冷的露华洗涤自己稀短的乌发，他感到洗去的是那种常人难以割舍的凡心，是那种恼人的杂念。大有一种脱胎换骨、飘然若仙之感。

然而，所有这一切，不过是词人在月下藤床上的梦幻而已。尽管美丽动人，却又无从寻觅，只能自得于胸怀，不能对一般人诉说。一夜过去，必然要回到人间现实中来。所以词人在结尾写道："明朝尘世，记取休向人说。"这句从字面上看，是说要记住，天明后，千万别把自己今夜壮游月宫仙境的情景告诉世人，而实际上反映了词人对尘世的深切厌倦。因为任何艺术幻想都是社会现实的"折光"，离开了现实基础的一切胡思乱想，是不可能成为艺术品的。朱敦儒是一个比较关心时局，具有一定爱国思想的词人，晚年虽在秦桧当权时做过鸿胪少卿，被看作是"晚节不终"，但我们不能因此就否定他思想中积极的一面。从他的词集《樵歌》来看，有相当数量的作品写到忧思国事，鄙弃功名富贵，这对于一个封建文人来说，是应该给予肯定的。词人创作这首《念奴娇》的时候，正处宋金对峙时期，战火连绵，烽烟四起，金兵攻陷京都后，他被迫携眷避乱西下，客居异地。去国离乡的悲痛，疮痍满目的现实，极大地震撼了词人的心灵。词中描绘的广寒宫，既是词人从月光皎洁的夜景里发掘出来的自然之美，同时也反映了词人在混浊的现实环境里追求美好、向往光明的深切愿望。这无疑是他性格中高标绝俗、耿介不随的自然流露。这种移情于物的表现方法使这首词增添了一种含蓄隽永之美。

好，刚才我们对朱敦儒这首《念奴娇》进行了逐句分析，下面我们从总体来谈谈它在艺术上的一些特点。

这首词富有浓郁的浪漫主义色彩。词人借一场梦幻的想象来劝告世人不要争豪斗富，来反衬人间烽烟的恼人。词人落想奇拔，独辟蹊径，体现了一种飘飘凌云的豪放之气，张端义在《贵耳集》中说"'插天翠柳，被何人、推上一轮明月'之句，自是豪放。"这一评论可谓切中要害。这种借想象来抒怀的构思，为词人开拓了广阔的领域。跟这样的构思相适应的是，大胆地对神话传说进行巧妙的加工，写出广寒宫的远离尘嚣，构成一组瑰丽神奇而含意深远的意象。词人的笔触完全在广袤空际点染盘旋，词境好似海市蜃楼，美不胜收。词中的景象是幻想和现实交织在一起而构成的完美整体，是美好、光明境界的象征，"似景似情，似实似虚"，首尾结合自如，意境幽美，有浑然天成之感。

这首词所创造的那种光明澄澈的境界和词人由月光激发出来的浪漫想象，很容易使人联想到张孝祥的《念奴娇·过洞庭》和苏轼的《水调歌头·明月几时有》。张孝祥词中写的是在湖光天影中的泛舟之乐，苏轼词中也只是说"我欲乘风归去"，停留在向往上，两者都没有离开人间。而此词却打破了空间的局限，写在藤床上神游月宫之趣，已经乘风归去，身临其境。其间又插入了有关月亮的传说，并对传说进行了否定。境界优美清寂，由雾、风、云、霜、雪、露和瑶、琼种种意象构造出一个美妙的世界，似乎有意与充满烽烟的人间对立。虽然缺乏张孝祥词里那种积极进取和苏轼词中乐观入世的态度，却也流露出作者鄙弃庸俗、不满现实和向往清平世界的思想，所以前人认为这首词是"不食烟火人语"。同张词、苏词相比，这首《念奴娇》写神游月宫的想象，挥洒自如，出神入化，也显得别有一番情趣。

这首词的语言朴素无华，明白如话，有些地方只用一些很平常的字眼，却有很强的表现力，例如："被何人、推上一轮明月"其中的"推"字，表现出月行中天时的动态；"照我藤床凉似水"的"凉"字，词人从感受角度写月光，透露出自己的欣喜之情；"玉锁无人掣"的"掣"字，反映出月宫中的清静。词中对月宫里景物的描绘，简练而传神，使人仿佛置身其中，读完全词我们也会有飘飘欲仙之感。这种朴素无华的语言看似简单容易，其实正是词人艺术造诣高超的表现，是超过了华丽雕饰之后达到返璞归真、炉火纯青的标志。

（1992年4月11日16:30湖南人民广播电台《文学欣赏》节目首播）

南宋文学作品赏析

慷慨悲凉歌一曲

——张元幹爱国词《贺新郎·寄李伯纪丞相》赏析

张元幹（1091—1170年），福州长乐（今福建省福州市长乐区）人，字仲宗，号芦川居士，著有《芦川词》。北宋靖康元年（1126年），他曾在抗金名将李纲行营中任职。后来投降派秦桧当权，李纲被罢除丞相之职，张元幹也跟着获罪。又因作词给主战派胡邦衡，被削除官职。晚年漫游江南，客死异乡。张元幹的词，风格豪迈，长于抒发悲愤之感，对南宋爱国词的发展起了积极的促进作用。《贺新郎·寄李伯纪丞相》就是一首慷慨悲凉、直抒胸臆的爱国词作。下面先请大家听一遍原词：

曳杖危楼去。斗垂天、沧波万顷，月流烟渚。扫尽浮云风不定，未放扁舟夜渡。宿雁落、寒芦深处。怅望关河空吊影，正人间、鼻息鸣鼍（tuó）鼓。谁伴我，醉中舞。

十年一梦扬州路。倚高寒、愁生故国，气吞骄虏。要斩楼兰三尺剑，遗恨琵琶旧语。谩（màn）暗涩铜华尘土。唤取谪仙平章看，过苕溪尚许垂纶否？风浩荡，欲飞举。

南宋绍兴八年（1138年），宋高宗赵构重新启用投降派秦桧为右丞相，媚敌事仇，再次和议，准备向金拜表称臣。抗金名将李纲（字伯纪），当时虽已罢职，寓居福建，但依然关注着国家的命运，上书反对和议。张元幹闻讯后怀着满腔的爱国激情，写下了《贺新郎·寄李伯纪丞相》寄给李纲，对他坚持抗金表示赞佩和支持。宋人写词，往往是上片写景，下片抒情，而写景必须为抒情服务。因此，怎样选景，如何点染，对于思想感情的表达是很重要的。张元幹写这首词，对景物描写显然作了缜密的安排。他选择了秋天的夜晚，点出星斗、沧波、月光、烟渚、秋风、扁舟、宿雁和寒芦，以此构成的画面苍莽阔大、萧索沉寂，为下片抒写慷慨悲凉的感情做了成功的渲染。因为只有这样的境界才契合作者宽阔的胸怀，才包容得下作者在词中寄寓的那种壮志难酬的激愤。

词一开头，由曳杖登楼点入："曳杖危楼去。斗垂天、沧波万顷，月流烟渚。""曳杖"指拖着拐杖。这几句写出登楼遥望所见的三种景物。"危楼"即高楼。"斗"指北斗七星。"垂"指低垂，说明夜已深沉。"沧波"就是清波。"万顷"二字既点明沧波之大，也点出所见之辽阔。"流"是流洒、倾泻的意思，写月光照射的动态。曹植《七哀诗》中有"明月照高楼，流光正徘徊"的句子。"烟渚"指烟雾笼罩下的水中小洲。在静谧的画面上，北斗星低垂在辽阔的天空，通过朗照下来的月光，可以看到烟雾迷茫的水中有一块小沙洲。这几句，写星写水，写月写洲，天上地下，交错往复。视野开阔，境界高远。

接下来，词人写的是近处的三种景物："扫尽浮云风不定，未放扁舟夜渡。宿雁落、寒芦深处。"这里的第一句先写浮云尽扫，暗示夜空明净，但风吹不止，含清冷之意；后写一叶扁舟被风阻隔在渡口，点出孤凄之景。第二句先写一群露宿的大雁落在寒冷的芦苇深处，使人倍增冷落、沉寂之感；后用"风"贯穿前后，先用"扫"字点明高空风势之猛，再以扁舟未放，点明地面风势之大，那么芦苇深处，自然是秋风萧瑟了。大概那露宿其中的大雁也是难以安眠的。读到这里，我们便可以感到词人深夜不眠，冒着大风曳杖登楼，绝不是为了赏景而来，他的心头一定有什么事。所以，这几笔并不是随意写的，而是有意的安排。当他写了这些寥落空旷、万物沉寂的夜景时，蕴藏在心底的言语便开始因景而发了。

"怅望关河空吊影，正人间、鼻息鸣鼍鼓。谁伴我，醉中舞。""怅"指惆怅，心情烦闷。这是一个承转字，点明下面为登楼望远所产生的感情状态。"关河"指关隘和渡口。"吊"是安慰的意思。"空吊影"写幽旷的夜空之下，词人用自己的身影来安慰自己的孤独心情。第二句的"正"字是一个领字，叫"一字豆（读）"，是"鼻息"的修饰语。按一般词序，应放在"人间"二字的后面。"鼍"是鳄鱼一类的爬行动物。"鼍鼓"指用鼍皮蒙的大鼓。这里用"鸣鼍鼓"形容鼾声之大，表现人们都已酣睡，寄寓着"众人皆醉我独醒"的感慨。所以词人在下面接着写道："谁伴我，醉中舞。"这两句借用了东晋祖逖与刘琨半夜闻鸡起舞的故事，句中的"谁"是泛指。有人理解为指李纲，这不太妥当。我们认为句中的"我"，从字面看为诗人自指，实际上是包括李纲在内的抗战派。当时，在投降派的操纵之下，和议已成定局，第二年便签订了丧权辱国的和议，主战派惨遭罢职，处境孤危。所以词人用这两句倾诉了有识之士的焦虑和苦闷，可以说是言浅而情深。

词的下片，换头处先联系北宋灭亡、金兵南侵的史实，进一步抒发爱国壮志受到压抑的悲愤之情。

第一句，"十年一梦扬州路"，词人化用杜牧《遣怀》诗中的诗句"十年一觉扬州梦"来痛忆金兵焚掠扬州之事。"路"是行政区域名，扬州当时属淮南东路，故称"扬州路"。1127年10月，宋高宗赵构南逃扬州，把中原拱手送给了金人。结果是"奉之弥繁，侵之愈急"。就是说越是退让投降，侵略者越是得寸进尺。1128年秋，金兵南侵扬州，赵构等弃城再逃，金兵入城大肆掳掠，焚城而归。到这时，恢复中原的事业已经变成了梦幻，再也没有希望了。从扬州失陷到写这首词的时间恰好十年，所以说"十年一梦扬州路"。第二句的"高寒"指月亮。苏轼《水调歌头·明月几时有》有云："又恐琼楼玉宇，高处不胜寒。""故国"指金人占领的中原地区。词人倚楼望月，因山河破碎而生悲愁，故说"愁生故国"，不堪回首。这里所说的"愁"，与一般文人的闲愁、离愁不同，是国仇家恨，思想境界比较高，落笔沉郁，感情激愤，所以才接着写出了"气吞骄虏"。"骄虏"，汉代称匈奴为"天之骄子"，这里指骄横的金兵。因为愁是国愁，气是浩然之气，当然足可吞灭强虏，生动地表现出诗人无所畏惧的英雄气概。接下来，词人再以激愤之笔连写三句："要斩楼兰三尺剑，遗恨琵琶旧语。谩暗涩铜华尘土。"这里连用了两个典故。"要斩楼兰三尺剑"是用汉代傅介子的故事。楼兰是汉代西域国之一。汉武帝时曾派使者通大宛，楼兰人挡道，经常攻击汉朝使者。汉昭帝时，傅介子自请出使西域，计斩楼兰王，归封义阳侯。这里以楼兰比喻金统治者，又以傅介子比喻主张抗金的爱国志士，表达出杀敌立功、伸张国威的豪情壮志。"遗恨琵琶旧语"化用的是汉代王昭君出塞和亲的故事。汉元帝时，匈奴呼韩邪单于入朝请求和亲，王昭君因久居宫中，未受宠幸，便自请出嫁。历代的和亲，大多发生在国势衰落的时候。统治者无力抗敌，便乞求和亲，往往拿后宫的民女冒充公主出嫁。这实在是一件不幸的事情。历史证明，和亲不过是暂时的妥协，并不能解决外族的入侵。唐代诗人戎昱就很有眼力，看穿了这一点。他在《咏史》一诗中写道："岂能将玉貌，便拟静胡尘。"认为用女色去乞求国家的安全是非常荒唐的。至于那些被迫远嫁异域的女子，大多也是抱恨千古了，王昭君自然也不例外。古代诗人对她们是深表同情的，唐代大诗人杜甫在《咏怀古迹五首·其三》中就写过："千载琵琶作胡语，分明怨恨曲中论。"张元幹对王昭君也抱有一种同情的态度。所以他在词中借王昭君远嫁思汉的千载遗恨，写中原妇女被金兵掳去思念故国的痛苦。同时也是借汉代的和亲，揭露南宋王朝的屈膝求和，陷百姓于水火而不顾的遗恨。"谩暗涩"的"谩"，"空"的意思。"暗涩"，形容铜生了锈，黯然失色。"铜华尘土"的"铜华"，指宝剑的光华。"铜华尘土"是说宝剑被扔在泥土中生了锈，失去了精铜的光泽。这一句是借宝剑遭弃写作者和李纲等主战将领的被排斥、受打击，英雄无用武之地。表达出报国有心而请缨无门的悲愤之情。

写到这里，已不堪再说，故词意另转，道出两句："唤取谪仙平章看，过苕溪尚许垂纶否？"

这两句交代了作词的目的。"谪仙"原指李白，这里借以指李纲。"平章"是品评、评论的意思。"苕溪"是文人学士经常游赏的一条小溪，源出浙江天目山，流经吴兴入太湖。"纶"指鱼线。"垂纶"就是垂钓。这两句的意思是，我想请您李将军评论一下，在金兵侵占中原，祖国山河破碎的形势下，是否可以在浙江苕溪归隐呢？意思是国难当头，奸道未除，我们不能退隐，应该出来抗金。反映了诗人忧心国事、不甘归隐的思想。

接着，词的结句趁势提起，奋袂高呼："风浩荡，欲飞举。"

这里的"风"字，遥接上片第四句的"扫"字。大风之夜，诗人经过一番深沉而复杂的思考之后，由凄怆悲凉转为奋发扬厉，翻出巨大的思想波澜。他要在这浩荡的大风之中，乘风飞举，高高地升腾起来，极为形象地抒发出了诗人雄心勃发、不可阻遏的凌云壮志。这样的结尾，气贯长虹，情溢四海，令人在千载之后，仍能想象他的雄姿壮采。

这首词的写作技巧相当高明。在章法上，作者由写景入手，先造出一个切合主题的环境，然后因景生情，依景抒情，带出词的主体部分。从艺术表现手法来看，南渡后的李清照主要是"内敛"，而张元幹这首词却主要是"外放"，直接抒发胸中郁积的忠愤不平之气。词的上片先大段写景，然后由景及情，抒发了自己孤寂的心境，接着便以"十年一梦扬州路。倚高寒、愁生故国，气吞骄虏"直抒胸臆，将自己的爱国情思吐露无余。语句虽然简单，但表现的都是一种收复失地，不吞骄虏誓不罢休的真实情感。词的下片着重抒情，词人先用傅介子、王昭君这两个典故，借古喻今，抒发自己抗金的雄心壮志和报国无门的悲愤。然后，词人大声呐喊"谩暗涩、铜华尘土。唤取谪仙平章看，过苕溪尚许垂纶否？风浩荡，欲飞举。"词人抚着锈蚀了的宝剑，面对猖獗的金兵，空有杀敌之心，他的心绪该是何等的激烈啊！无怪乎《四库全书总目提要》对他的词作了下面一番评价："其词慷慨悲凉，数百年后。尚想其抑塞磊落之气。"

这首词在南宋初期词坛上也占有很重要的地位，它和张元幹的另一首《贺新郎·送胡邦衡待制赴新州》历来被认为是《芦川词》的压卷之作。这两首词继承和发展了苏轼的豪放风格，把强烈的爱国热情融于慷慨悲歌之中，一反过去醉歌醉舞、绮艳柔靡的情调，使词的风格得到了开拓。另外，这两首词都是忠愤满纸，一气呵成。不仅将当日山河破碎之痛、牢骚抑郁之情直接表露了出来，而且还把批判的锋芒直接指向了最高统治者。在思想方面，已开爱国词派的先河，对后世词人产生了积极而深远的影响。可见张元幹是一位继往开来的词人。

（1990年6月23日20:30湖南人民广播电台《文学欣赏》节目首播）

清新婉丽　情真意切
——简介朱淑真和她的两首小令

朱淑真亦作朱淑贞，生卒年月不详，南宋初年人，号幽栖居士，浙江钱塘（今杭州市）人。她出身于仕宦家庭，从小聪慧，喜好诗词，擅长书画，通晓音律，是宋代多才多艺的著名女作家。她少女时期性格爽朗，曾经有过一段美好的恋情。后由父母主婚，与一商人结合，婚后生活十分痛苦。最后只得愤然离去，长期独居娘家，忧郁终身。朱淑真情操高洁，性格倔强，其作品清新婉丽，情真意切，幽怨悲情，跌宕凄恻。后人辑录其诗词名曰《断肠集》。

下面请大家欣赏她的两首小令。我们先来欣赏《谒金门·春半》，词是这样写的：

春已半，触目此情无限。十二阑干闲倚遍，愁来天不管。

好是风和日暖，输与莺莺燕燕。满院落花帘不卷，断肠芳草远。

这是一首抒发春愁闺怨的词作，抒写了作者婚后思念意中人的痛苦。上片首句先说"春已半"，交代节令是仲春。一个"已"字，将作者的惋惜心情和盘托出：春光已急匆匆过了大半，眼看春天离去的日子不远了，伤春之情溢于言表。后直抒胸臆："触目此情无限。""触目"是说目光所到之处，繁花满枝，已不是初春景色，转眼间将是花落成泥、柳老絮飞的残春景象。词人不禁触景生情，而且"此情无限"。"此情"究竟是什么，这里并未明说，从词的下文以及作者婚事的不如意来看，可能是怨佳偶不得，精神孤独苦闷；惜春伤怀，叹年华匆匆流逝。"无限"二字，较好地表现了作者此时百无聊赖、忧郁深重的心情。大好春色处处都触发着她的忧思，这忧思真有"一江春水向东流"之势，恐怕再也没有消除之日了。开头这两句很明显是成功地化用了李煜《清平乐·别来春半》中的"别来春半，触目愁肠断"，凄切婉丽，深得五代词人的精髓。

接着，作者用具体行动形象地表现了她的愁绪："十二阑干闲倚遍，愁来天不管。""阑干"同"栏杆"。倚阑干，是才子仕女愁绪不可排遣、斜倚以远眺的动作，常见于古典诗词。前面既已写出"此情无限"，这里就不宜直写愁多，所以作者巧妙地用"十二阑干"之数比喻愁思之广。用"十二"表阑干之多，可能是受了唐代李商隐《碧城三首》中"碧城十二曲阑干"这一诗句的影响，较好地刻画出女主人公愁怀难遣，百无聊赖，不知在何处歇息的状态。回到此首词中，一个"遍"字，写出了停留时间之长；一个"闲"字，表面看来显得轻松，实则愁情深重。这正表现了作者终日无所事事、时时被愁情困锁得不到解脱的心境。她倚遍阑干，设法摆脱这种苦恼，但根本没有什么作用，只好以"愁来天不管"这无可奈何的怨天之言来为上片作结。这一句写得很雅致。"天"既无知觉，又无感情，不管人事，而作者却在春愁铺天盖地袭来的时候，大胆责怪老天不管她的忧愁，从而委曲婉转地刻画出春愁如麻的情景。在几千年的封建社会里，妇女不能自主自己的婚事，常常怨天尤人。《诗经·鄘风·柏舟》篇写的是一个女子已经爱上一个青年，她的母亲却强迫她嫁给另一个人，她痛苦至极，誓死不肯，呼天唤娘，希望天地父母体谅她的心："母也天只！不谅人只！"翻译成现代汉语就是"妈呀天呀，太不谅解我啦！"前面我们介绍过，朱淑真心里虽然也有恋人，但她却跟其他的青年女子一样，不能违背"父母之命，媒妁之言"，被迫嫁给一位庸俗之徒，所以她痛苦的感情比《诗经·鄘风·柏舟》篇中那个女子更为强烈，也更为深沉。

以上介绍的是词的上片，写出了作者春愁闺怨的深广。词的下片仍是抒写作者的忧郁之情，只不过色调略有不同。过片两句具体写对自然景物的感叹："好是风和日暖，输与莺莺燕燕。""输与"是输给、送给的意思。"风和日暖"四个字高度概括了仲春时节的美丽景象：和煦的春风，明媚的艳阳。这时候本应好好享受，可是自己却因孤寂忧伤而无心赏玩，只好白白地让给了莺燕。这既是对莺燕的羡慕和忌妒，又是对现实残酷无情的愤懑，意思表达得异常哀苦！"莺莺""燕燕"，双字叠用，并不是为了指出多数，而是暗示它们成双成对地依偎在一起，絮语呢喃，较好地反衬自己形单影只、茕茕孑立，远不如莺燕，委婉曲折地表现了自己的孤苦心境，含蓄而隽永。

词的最后两句进一步表现了作者的情思："满院落花帘不卷，断肠芳草远。"春花落满了庭院，珠帘本应该卷起以迎进明丽春光，可是作者却没有心思去卷。这一句与上片"十二阑干闲倚遍""愁来天不管"互相照应，互为补充。因为落花满地是一幅令人忧伤的凄惨景象，辛弃疾就说过："惜春长怕花开早，何况落红无数。"（《摸鱼儿·更能消几番风雨》）结句"断肠芳草远"隐约向读者透露了她忧思百结、郁郁寡欢的根源。"断肠"常用来比喻苦恋。"芳草"这里指作者所仰慕爱恋的人儿。朱淑真曾在自己的诗中说过："故人何处草空碧，缭乱寸心天一涯"（《暮春有感》），"断肠芳草连天碧，春不归来梦不通"（《晚春有感》）。可见，她所思念的人在漫天芳草的远方，相思却又不能相聚，所以为之"断肠"。全词写到这里结束，言有尽而意无穷，读来情思缱绻（qiǎn quǎn），荡气回肠。在读者脑海里留下一个凝眸远眺，忧伤不能自己的思妇形象。这与晏殊的"当时轻别意中人，山长水远知何处"（《踏莎行·碧海无波》）和李清照的"人何处，连天芳草，望断归来路"（《点绛唇·闺思》）词意相似。但朱淑真说得隐晦，而晏殊、李清照两家则道得明朗，敢直言不讳地说"意中人""人何处"。这是因为晏殊不受封建礼教的束缚，李清照则因思念的是自己的丈夫，人们也不可能会有非议，所以他们没有任何顾忌，而朱淑真婚后思念情人肯定要被视为"非礼"，所以有难以明言的苦衷。

朱淑真同自己的恋人分别以后，写了许多思念的诗词。《寄情》诗写道："欲寄相思满纸愁，鱼沉雁杳又还休。分明此去无多地，如在天涯无尽头。"《晚春有感》写道："却扇羞花春已空，扫红吹白任颠风。断肠芳草连天碧，春不归来梦不通。"由此可见，朱淑真是一位非常钟情的女子，自从与恋人分别后，无时无刻不在思念之中。她甚至认为，团圆不成有个音信也好，倘若鱼沉雁杳没有音信，能够做个梦，在梦中相会也好，但是都落空了。结果是，人不见，梦未圆，音信也不通，剩下的只是愁了。所以她的诗词作品中写愁的句子特别多，如"自如春来日日愁""年年对景倍增愁""危楼十二阑干曲，一曲阑干一曲愁""不须问我情深浅，钩动长天远水愁"……在她的眼里，简直是一片愁的世界，人间处处皆是愁。难怪她在这首《谒金门·春半》词中大声疾呼道："十二阑干闲倚遍，愁来天不管。"

综观全词，作者既有对仲春美丽景象的细致描绘，又有对春思如麻、百无聊赖之情的入微刻画，在哀怨之中闪烁着反抗与追求的光芒。如"愁来天不管""断肠芳草远"之句，愁中带愤，柔中含刚，显示出词人高超的语言表现力。

刚才向你介绍的是朱淑真的《谒金门·春半》。下面，我们再来介绍她的另一首词作《菩萨蛮·秋》，词是这样写的：

秋声乍起梧桐落，蛩（qióng）吟唧唧添萧索。欹（qī）枕背灯眠，月和残梦圆。

起来钩翠箔（bó），何处寒砧（zhēn）作。独倚小阑干，逼人风露寒。

这是一首悲秋怀人之作，关于这首词的作者归属问题，有不同的说法。《词谱》卷六把它看成朱敦儒的词作，《林下词选》卷二又把它当作朱淑真的词作，我们觉得根据这首词作的内容和写作特色，以及朱淑真的生平资料，还是按《全宋词》，把它放在朱淑真的名下为妥。

这首词选择的时间是一个露重风寒的深夜，季节是秋冬之交。词的起句"秋声乍起梧桐落"起笔突兀，以声夺人。一个"乍"字，告诉我们秋声是不期而至的，它来得实在太突然了，乍起的秋风肯定不凄厉，梧桐叶落之声也在微妙之间，但作者却立刻从梦中惊醒，神情木然。这既显示出了她敏锐地捕捉生活现象的才能，又让我们窥探到她那满腹悲愁的内心世界。在我国的古典诗歌中，惜春与悲秋是常见的主题。因为秋天"其色惨淡，烟霏云敛""其意萧条，山川寂寥"（欧阳修《秋声赋》），每当秋天降临，草木摇落，水瘦山寒，大千世界萧条冷落，最容易触动人们沉重的愁绪，所以我们汉语中的"愁"字就是由"心"字上面加一个"秋"字构成的。敏感的词人被乍起的飒飒秋声惊醒，本已撩起了她孤寂悲凉的愁绪，可侧耳细听，"蛩吟唧唧添萧索"，在细微的梧桐叶落声中，又传来蛩不停的鸣叫声。"蛩"就是蟋蟀。夜越静，蟋蟀的吟叫声就越觉得响。它的凄苦吟叫，也在一声一声地紧扣着思妇的心弦，她不禁倍感惆怅，更觉凄然。"萧索"就是萧瑟的意思，出自宋玉《九辩》："萧瑟兮草木摇落而变衰。""萧索"一词在这里情景相生，既指作者心情抑郁，又指景物凄凉，较好地烘托出了抒情主人公的悲凉情绪，与杜甫在《西阁二首》一诗中"经过凋碧柳，萧索倚朱楼"有异曲同工之妙。

在前面两句侧重渲染气氛的基础上，第三句作者很自然地将笔墨由室外转到室内，由写外界的声音转到着重刻画人物的活动。"敧枕背灯眠"，"敧"是斜倚、斜靠的意思。"背灯"，这是一种很特殊的情态，不少唐宋词人都爱用"背"字来表现思妇幽居独处而产生的孤独黯伤的心理。温庭筠《更漏子·柳丝长》一词中有："红烛背，绣帘垂，梦长君不知"；韦庄《浣溪沙·惆怅梦余山月斜》一词则说："孤灯照壁背红纱"，都是用"背"来表现这种无可奈何的心理。朱淑真词里的"敧枕背灯眠"，我们可以把它看成一个特写镜头。这个特写镜头巧妙地用动作表现一种不便挑明的心理，形象而又婉转。我们不妨做一番这样的推想：大概是因为秋声乍起，寒蛩恼人，使得词人通宵难眠，她特地点燃蜡烛，敧枕背灯，默然遐思，想重新进入那美好的梦境以解惆怅。如果熄灯而眠，以上这种情趣就会荡然无存，所以这一句写人的相思情态特别传神。可叹终因愁绪牵萦，梦魂颠倒，她很难重新进入梦境与对方相会。最可叹的是，在作者残梦未圆的情形下，天上的明月却圆满了起来。这"月和残梦圆"一句出语不凡，颇耐人寻味。作者骨子里本来是抱着怀人的心事，却巧妙地借月亮来表达，用一轮圆月衬托自己的离情。月圆人不圆，梦境与现实，月色与心事相反衬，使主人公的情怀表现得更为婉转深沉。词人之所以未圆梦，一是与自己心爱的人儿离索，正如浦江清所说："往日情事至人去而断，仅有片断的回忆，故曰'残梦'"；但更主要的恐怕是恼人的秋声使自己记忆的闸门关得很紧。当然，最恼人的是偏偏在这时升起了圆月。"月和残梦圆"很容易使我们想起苏轼"何事长向别时圆"的名句。苏轼的这句词表面上是责月问明月，实际上是怀人，而朱淑真将这种意愿表达得更为含蓄，更耐人寻味。

以上介绍的是词的上片，重点写闻秋声后的感觉。接下来，我们介绍词的下片，重点写人物难圆残梦后的一系列活动。

"起来钩翠箔，何处寒砧作。""钩"是钩取、撩起的意思。"翠箔"即青绿色的门帘。白居易《长恨歌》中有："揽衣推枕起徘徊，珠箔银屏迤逦开。"诗中的"珠箔"，就是珠帘。"砧"指捣衣的石头。"寒砧"指寒秋时赶制冬衣的捣衣声。古典诗词中常用以描写秋景的冷落，如沈佺期《古意呈补阙乔知之》中云："九月寒砧催木叶，十年征戍忆辽阳。"杜甫《秋兴八首》之一里也有"寒衣处处催刀尺，白帝城高急暮砧。"的句子。下面，我们再回过头来看原词的过片："起来钩翠箔，何处寒砧作。"这句写主人公起床后的活动，与上片最后两句在时间上有一段距离。作者醒后因萦思梦境，肯定要长久恹卧床榻，而后才拖着疲惫的身子撩开门帘，这时传入词人耳鼓的又是最容易牵动思妇愁绪的寒砧声。唐代诗人李白在《子夜吴歌·秋歌》里写道："长安一片月，万户捣衣声。秋风吹不尽，总是玉关情。何日平胡虏，良人罢远征。"如果说李白是从捣衣人的角度出发的话，那么朱淑真这首词则是从听砧声的人的角度来写的。制衣的布帛要先放在石砧上，用木杵捣平捣软。秋天是赶制征衣的季节。户外月明如昼，正好捣衣。而那"玉户帘中卷不去，捣衣砧上拂还来"（张若虚《春江花月夜》）的月光，对思妇的情绪又是一种多么大的撩拨啊。因此，朱淑真词中"何处寒砧作"能充分调动我们读者视觉和听觉的双重形象。"海上生明月，天涯共此时。"（张九龄《望月怀远》）同望明月而无法相会，只好托明月遥寄相思之情。所以词的最后两句写道："独倚小阑干，逼人风露寒。"她孤身只影斜靠在阑干旁，默默思念着自己的心上人。一个"独"字，已是寂寞可想；再一个"倚"字，更是痴情可鉴。呆呆地站在那里，站立了多久呢？词中没有明说，只知道慢慢地她觉得秋风和寒露开始逼人了。这种由表入里的刻画突出地揭示了她内心的相思之苦。清代刘熙载说："词之妙，莫妙于以不言言之，非不言也，寄言也。"（《艺概》）这种含蓄的写法收到了意在言外的艺术效果，这正是这首词取得成功的一个秘诀。

在写作上，这首词最大的特点是构思精巧。作者充分调动读者的五种感觉器官去体会思妇的情愁，把听觉和视觉相互沟通起来，做到了声色交融——秋月的清光和各种秋天特有的声响混杂在一起，共同触动这位不寐者的心弦。词中既有月下独倚的静态描写，又有辗转反侧的动态刻画，将一个孤独无眠者的形象描摹得活灵活现，没有高超的艺术功力是达不到这样高的水平的。

上面我们先后介绍了朱淑真的两首小令。总的来看，朱淑真词的语言风格明快晓畅，形象自然。她之所以能写出许多脍炙人口的佳作，是因为她有丰富的生活体验，有超群的天才灵感，有较高的文学修养，有勇敢的写实精神。但由于朱淑真是封建社会的女子，所以作品题材较窄，情绪偏于低沉，这是她赶不上李清照的一个最重要的原因。

（1994年5月14日16:30湖南人民广播电台《文学欣赏》节目首播）

别具一格的爱国词

——谈陆游的《夜游宫·记梦寄师伯浑》

　　陆游是我们大家都比较熟悉的南宋爱国诗人。他的词数量上虽然比诗少得多，但大多跟他的诗一样贯穿了爱国主义的精神，有力地反映了他"气吞残虏"（《谢池春·壮岁从戎》）的雄心壮志和"胡未灭，鬓先秋，泪空流"（《诉衷情·当年万里觅封侯》）的感慨不平，在词史上产生了深远的影响。

　　在陆游的《剑南诗稿》中有许多记梦的诗，这些诗不一定真是记梦，而是因为作者壮志未酬，所以只好托之梦寐来加以抒发。有时作者梦到了国防边境："夜阑卧听风吹雨，铁马冰河入梦来。"（《十一月四日风雨大作·其二》）既勾勒出了抗金义士的坚强勇武以及收复失地的斗争，又用"入梦来"三字曲折地反映了自己罢官闲居的可悲现实。有时作者又梦见了战场上敌人投降的情形："三更穷虏送降款，天明积甲如丘陵。"（《胡无人》）敌人势穷力竭，连夜送来了降书，第二天早上，缴获的盔甲堆积如山。这一幻想中的北伐胜利图酣畅淋漓地表现了陆游的爱国激情，具有浓厚的浪漫主义色彩。在他的词里也有这类作品。下面要给大家介绍的《夜游宫·记梦寄师伯浑》就是其中的一首。词是这样写的：

　　雪晓清笳乱起。梦游处、不知何地。铁骑无声望似水。想关河，雁门西，青海际。

睡觉寒灯里。漏声断、月斜窗纸。自许封侯在万里。有谁知，鬓虽残，心未死。

这首词是作者于乾道九年（1173年）在四川代理嘉州知州时，寄给朋友师伯浑的。师伯浑，四川眉山人，是位被陆游称为"天下伟人"的名士，也是一位有雄心壮志的爱国主义作家。由于他们同心同调，所以陆游曾写了许多诗寄给他看。

词的上片写的是梦境。"雪晓清笳乱起"，"雪晓"指下雪的早晨。"清笳"指清脆的胡笳声。胡笳是当时军营中使用的一种乐器，形似笛子。这句的意思是说，在一个下雪的早晨，原野上忽然响起了一阵又一阵雄壮的军号声。"乱起"在这里不能理解为"杂乱"的意思，而是描写军号声的突如其来，在所有的军营中此起彼落，全军上下都已接到了紧急发出的命令，"梦游处、不知何地"一句，点出"清笳乱起"是梦游中的所闻。"不知何地"四字恰如其分地写出了初入梦境时迷离、恍惚的神态。"铁骑无声望似水"，"铁骑"指披甲的骑兵。这句的大意是：披甲的骑兵像一股势不可当的洪流在向前奔涌。这是紧承第一句的"所闻"而写的"所见"，是定了定神之后才看清楚的行军场面。句中的"无声"并不是说行军的时候没有一点声响，而是写骑兵们的军容齐整，纪律严明。正如欧阳修在他的《秋声赋》里所描绘的："赴敌之兵，衔枚疾走，不闻号令，但闻人马之行声"。古代行军的时候，士兵们嘴上横叼着小木棍以防发声叫"衔枚"。"疾走"就是快跑。欧阳修写的"衔枚疾走"与陆游写的"铁骑无声望似水"比较起来，"铁骑无声望似水"显得更加形象。因为"望似水"三个字勾勒出了中原儿女抵御外侮的气势，显示出一股令人望而生畏的力量。

"想关河，雁门西，青海际。"这句是对"梦游处、不知何地"的回答，点明了地点。"关河"指边关河防。南宋孝宗乾道八年（1172年）陆游曾在南郑（也就是今天的陕西汉中一带）领兵，在鞍马雕弓和野帐青毡之间，他享受了一生罕有的从军快乐。然而，偏安一隅的南宋小朝廷只为保全少数统治者的荣华富贵，无视国家、民族的利益，心甘情愿地向对方屈辱求和，使抗战事业屡遭挫折。陆游热爱的军旅生活还不足一年就很快地结束了。如今，他离开了抗战的第一线，光阴虚度，壮志难酬。可他以身许国、收复中原的志向却是坚定不移的。所以，他连做梦还在想着"关河"一带的战事。"雁门"即雁门关，在现在的山西省代县西北方向，北宋时候是宋、辽两国的边界。"青海"即青海湖，在现在的青海省境内，宋代属吐蕃管辖。雁门和青海都不是当时宋、金双方交战的战场，但正如岳飞《满江红》词以贺兰山指代北方沦陷地区一样，词人只是借用一下而已。也就是说，陆游梦中出现的这一支军队正在为收复北方大地准备向敌人冲杀，这样就巧妙地传达出了作者念念不忘沙场杀敌的雄心壮志，从而引出词的下片。

词的下片，作者写的是梦醒后的感慨。"睡觉（jiào）寒灯里。漏声断、月斜窗纸。""睡觉"是睡醒的意思。李白《梦游天姥吟留别》中有"惟觉时之枕席，失向来之烟霞"的句子。古时候，人们用铜壶滴漏来计时，所以"漏声断"就是漏壶里的水滴光了，点明了这是夜深人静的时候。作者从美丽的梦幻中惊醒以后，看到的已经不是军旅生活的画面了，取而代之的是一盏摇晃不定的残灯，还有那清冷的月光均匀地洒在白白的窗纸上。再侧耳细听，连计时的漏壶也停止了滴答，周围是死一般的寂静。这两句写极梦醒之后环境的凄冷和个人的孤独，与上片那幅有声有色的画面形成了强烈的反差。而作者未能驰骋疆场的千般失望和万般惆怅，也就是这样被衬托得十分鲜明了。

"自许封侯在万里"，这一句语气振起，追忆当年投笔从戎，自信能够在万里之外立功封侯，实现收拾破裂山河的崇高理想。可是作者的这种壮心到老却仍未实现："有谁知，鬓虽残，心未死。""有谁知"这三个字的短句下得很有力度，较好地表现了作者心里的不平之气。为了收复失地，驱逐侵略者，陆游老远跑到南郑前线，要尽自己一点微薄的力量。可谁知道反而被朝廷中的主和派逼着从前线撤退了下来，跑到四川的一个山城里当一员闲官呢？又有谁知道，陆游虽然已经是快五十岁的人，头发都变得稀疏了，而这颗重返前线杀敌的雄心却依然没有泯灭呢？作者压在心头的这些愤懑之情，也许只有自己的梦魂才能够知道吧。不然，为什么又时常托之于梦呢？从结句里，我们是完全可以掂量得到作者心情的沉重的。

以上我们已对陆游的这首《夜游宫·记梦寄师伯浑》进行了分片介绍。下面，我们再总体谈一下。

从内容上来看，这首词上片记梦，下片抒发梦醒以后的感想。记梦，用寥寥数字就渲染出了一幅有声有色的关塞风光画面，有力地把读者吸引到词的境界里来；抒情时，作者着重突出的是愿望和现实的矛盾，人老而报国之心不死。梦境和实愿有机地联系着，上下片呵成一气。用语上强烈对比，使五十七字的中调具有壮阔的境界和教育人们为国献身的思想内涵。

在艺术风格上，这首词最大的特点是富有浓厚的浪漫主义色彩。它完全突破了一般唱酬诗词咏物、抒情的老套，而是借梦来表明自己壮志未酬的苦闷心迹。这样的构思给读者的再创造开拓了广阔的领域，真是别具一格。

这首词的语言特色是朴素自然，不事雕琢。有的地方只用一些极平常的字眼，却有很强的表现力。例如词中的"铁骑无声望似水""自许封侯在万里"等句，意境的雄浑、感情的真挚，都较好地传达给了我们读者。如果陆游没有那种终生不渝的爱国热忱，没有这样高超的运用语言文字的能力，是决然写不出这样的名篇佳作的。

此外，这首《夜游宫·记梦寄师伯浑》在陆游的词作中是较有代表性的一首。他的这类爱国词跟他的爱国诗格调基本一致。不过，正如李清照在《论词》一文中所指出的，词毕竟"别是一家"，所以陆游在词中表现的哀怨比起他的诗来更加明显。但从整体上看，无论是他的诗还是他的词，在艺术上都有一种悲剧意义的壮美，给人以力量，发人以深思。这首《夜游宫·记梦寄师伯浑》同样具有这样的艺术魅力。

（1990年10月15日20:30湖南人民广播电台《文学欣赏》节目首播）

借景抒怀　何等超脱

——宋代理学家程颢诗三首赏析

　　程颢（1032—1085年），字伯淳，人称"明道先生"，河南洛阳人。他曾与自己的弟弟程颐一起从师周敦颐，成为北宋理学的奠基者，世称"二程"。宋神宗时，程颢担任过太子中允、监察御史等官职，后因反对王安石变法，调南京城任镇宁军判官。程颢曾在洛阳讲学十多年，门庭若市，弟子众多。他和程颐的学说为后来的朱熹所继承和发展，被后世称为"程朱学派"。程颢的诗作大多申述理学宗旨和描写山水闲居生活，今天我们要向大家介绍的三首诗也基本上反映了这种情况。

　　第一首，我们介绍他的七言绝句——《题淮南寺》，诗是这样写的：

　　南去北来休便休，白蘋吹尽楚江秋。

　　道人不是悲秋客，一任晚山相对愁。

　　这是一首抒发淡泊情趣的小诗，是诗人在扬州淮南寺里小住的时候挥笔写下的。

　　短诗起笔突兀，一开始就告诉人们：淮南寺是过往客人歇脚的好地方。无论是南去北来，还是北去南来，人们若想去就可以去，想休息便可以休息。我们的诗人正是觉得淮南寺恬然适意，才小住在这没有任何搅扰的僻静处所。第二句紧承第一句，点出作者小住的时令是肃杀的秋天："白蘋吹尽楚江秋。""白蘋"是一种开白花的水草。唐人于鹄曾在《江南曲》中写道："偶向江边采白蘋。""吹尽"指白蘋花被秋风吹光了，点出这是深秋时节。"楚江"指长江流经古代楚地的一段。李白《望天门山》中有云："天门中断楚江开，碧水东流至此回。"秋风吹尽了楚江上的白蘋，这万物凋零的景象很容易使人产生一种莫名的惆怅，而我们的诗人却丝毫没有忧愁、悲秋的感觉，反而无忧无虑，泰然处之，像是忘记了尘世间的一切。本来，诗人南去北来，得休便休已经够洒脱了，再加上萧瑟秋景的衬托，更加显示出了他那超凡脱俗的气质。在我国历史上，向来有"悲秋"的传统。一到秋天，西风瑟瑟，枯叶飘零，这萧条凄清的景象极易引发人们对不如意的人生大兴悲叹之辞。早在战国时期，楚人宋玉作《九辩》，开头一句便是："悲哉！秋之为气也！萧瑟兮草木摇落而变衰。"宋代的欧阳修在《秋声赋》里也感慨万千地说："其色惨淡，烟霏云敛……其意萧条，山川寂寥""渥然丹者为槁木，黟（yī）然黑者为星星。"而《题淮南寺》一诗的作者程颢为什么能逢秋而不愁，随遇而安、怡然自得呢？诗的前两句在叙述诗人不寻常举止的同时，也给人们留下了这么一个大问号。

诗的后两句紧扣前两句的句意，给予了巧妙的回答："道人不是悲秋客，一任晚山相对愁。""道人"即道士，出家修道之人。这里的"道人"是借指作者自己，表现出诗人对闲适飘逸、淡泊无求境界的向往。"悲秋客"是见秋就生悲的人，即前面提到的宋玉、欧阳修那样的人。原来，诗人之所以"南来北去"、有"休便休"的感觉，就是因为他不是逢秋生悲的"悲秋客"，而是不以物喜、不以物悲、无忧无虑的道人。所以，当众人对秋生悲时，诗人自然无悲可言，他只好"一任晚山相对愁"。"一任"是听凭的意思。"晚山"即秋天黄昏时的山。这个时候远远望去，楚江两岸的群山凄清寥落，像是在飒飒秋风中相对发愁一样。这里既是拟人，又是移情。晚山本来不会悲愁，只有在"悲秋客"的眼里，晚山连同周围的一切，看上去才像是都在悲愁一样。欧阳修曾在《玉楼春·尊前拟把归期说》一词中写道："人生自是有情痴，此恨不关风与月。"况周颐也在《蕙风词话》里说过："吾观风雨，吾览江山，常觉风雨江山之外，别有动吾心者在。"由此我们可以推断，晚山悲愁完全是诗中那些未曾露面的"悲秋客"将自己的愁思外露后的产物，而在超脱的道人（也就是诗人）看来，晚山是永远不会悲愁的。"一任晚山相对愁"中的"一任"两个字颇耐人寻味。它将诗人超然物外的潇洒飘逸和盘托出，足以当得起"不着一字，尽得风流"的评语。但诗人究竟是不是真的那么淡泊，那么旷达呢？我们认为不一定。当然，这首诗表面上是说道人（即诗人）超出尘世，无忧无虑，南来北往，得休便休。而实际上，作者借对秋山、秋水、秋风、秋草的描绘，极力渲染出了秋景的萧瑟凄凉。假如身临其境，定有悲秋之感，更何况当时的作者还是一名远方的过客呢？所以，我们不妨做出这样的理解：道人所说，不过是诗人假托的说法罢了。事实上，他是欲休不能休，无悲心自然，遇秋又逢天晚，无愁正是有愁，尽管故作旷达，可内心的隐忧暗愁仍然依稀可见。这正是此诗的妙处。

刚才向您介绍的是宋代诗人程颢的一首七言绝句《题淮南寺》。下面，我们再来欣赏他的另一首七言绝句《秋月》。原诗如下：

清溪流过碧山头，空水澄鲜一色秋。

隔断红尘三十里，白云红叶两悠悠。

这是一首通过描写秋天明月抒发闲淡和超脱情趣的诗。在诗中，诗人并没有直接去描写秋月，而是采用烘云托月的手法，从侧面，从溶溶月光笼罩下的山中景色来写秋月的明净澄澈。读完全诗，虽然不见一字提"月"，但人们又觉得分明看见了一轮清辉朗照、一尘不染的明月。

诗一开始，诗人就为我们描绘出了一幅动人的秋山明月图："清溪流过碧山头，空水澄鲜一色秋。""碧山头"指山上树木葱茏、苍翠碧绿。"空水"指天空和溪中的流水。"澄鲜"是清澈明净的意思。"一色秋"是说秋天里长空和流水同时清澈明净，呈现出一样的颜色。这句同王勃《滕王阁序》中"秋水共长天一色"的句子，有异曲同工之妙，写活了水天一色的明丽画面。如果把这两句变成现代散文，则是说：清澈透明的一股溪流从碧绿的山上汩汩流下，那叮叮咚咚的流水声，使周围显得更加清幽静谧。山的碧绿在没有月光的夜晚本来是看不大清楚的，但现在苍山是被笼罩在一轮皎洁明月的清辉之中，所以一眼望去格外分明。皎月辉映下的清秋长空又是那么高远明净，它倒映在山脚下那清亮的溪流里，只见水天一色，交相辉映，一派玉宇无尘、澄净明澈的景象。置身于这清幽绝俗的山青水碧之境，诗人不免感到恬适飘逸、万念皆空。

正是在这两句极写澄净空明境界的基础上，作者笔锋一转，抛出正题："隔断红尘三十里，白云红叶两悠悠。""红尘"，这里指村落人家。"悠悠"指悠闲自得的样子。唐代诗人崔颢的《黄鹤楼》里有"白云千载空悠悠"的诗句。在我国古典文学作品中，描写秋月、秋景的作品不在少数，但是，在大多数文人骚客的笔下，秋天是一片萧条凄凉的景象。他们见到草木摇落便悲哀叹息，看到一轮圆月又不免对月伤怀。而在程颢的笔下，秋山、秋水，还有这秋月，是如此明净澄澈，静悄悄，清幽幽，呈现出一种高远闲逸的情调。在作者看来，这皆是因为它们"隔断红尘三十里"，和世人离得很远。在这没有尘世纷扰和喧闹的地方，白云舒卷自如，无牵无挂，是那么逍遥惬意；红叶随风飘荡，无忧无虑，是那么悠然自得。在这里，诗人选择高洁的白云和有情的红叶入诗，本身已经传达出一种格调清逸的情趣，但他嫌不够，又着一韵味深长的叠音词"悠悠"，将白云、红叶人格化，这就更显得意趣横生。人们通过白云、红叶的形象似乎也看到了诗人那种闲适淡泊的情怀和飘逸洒脱的神态。这里的"两"字也很有趣，表面上看是指白云和红叶，实际上也暗指诗人和这美好的大自然，这种"真意"（陶渊明《饮酒·其五》），隐藏在明朗的画面之中，隽永而不晦涩。

明代诗评家胡应麟曾在《诗薮》中说，程颢等人"好谈理，而为理缚，理障也。"这是说程颢等道学家的诗歌只有干巴巴的理学说教，而缺乏美的形象，没有任何情趣。其实，这不过是大概而论，并不尽然。在《秋月》这首诗中，作者以凝练明净的笔墨，描绘出了富有情趣的景物形象，寓理于景，情景交融，表现了较高的美学追求。有的评论家认为，有理趣的诗要讲究含蓄、自然、轻松。如果用这个尺度来衡量的话，《秋月》这首诗是一首好诗，在艺术上是值得借鉴的。像"隔断红尘三十里"这句就很容易使人想起陶渊明《饮酒·其五》中的句子："结庐在人境，而无车马喧。问君何能尔，心远地自偏。"程颢笔下的景物之所以那样"表里俱澄澈"（张孝祥《念奴娇·过洞庭》），其原因也恐怕是因为"心远"（陶渊明《饮酒·其五》），可见他笔下的"无我之境"确乎比陶诗表达得更为含蓄，因而也更耐人寻味。

最后，我们准备向您介绍程颢的一首七言律诗，题目是《秋日偶成》。诗是这样写的：

闲来无事不从容，睡觉东窗日已红。

万物静观皆自得，四时佳兴与人同。

道通天地有形外，思入风云变态中。

富贵不淫贫贱乐，男儿到此是豪雄。

"偶成"是偶然写成的意思。这首诗是作者用诗歌的形式总结自己的治学心得，宣扬其理学宗旨的作品。全诗主要是在推理，缺乏形象的描绘，读来显得有些枯燥乏味。

"闲来无事不从容，睡觉东窗日已红。"首联是说自己心境清闲，无事而从容，睡醒之时，东方之日已高照。此处的"闲"是佛、道两家宣扬的"心气和平""收心忍性"，从心灵深处清除七情六欲，这是道家们修身养性的结果，是清静无为的化境。只有这样，他才能"无事不从容"，即事事从容。从容的具体表现就是第二句描绘的"睡觉东窗日已红"。"觉"是睡醒的意思。一觉睡醒，红日高照，满窗透亮。因此首联可以看成是因果关系。

接下来诗的颔联进一步申述事事从容的结果，宣讲理学哲理。"万物静观皆自得，四时佳兴与人同。""静观"即仔细地观察。"四时"指四季的风光。"佳兴"是美好的感兴的意思。这两句是说世间万事万物，虽然纷纭变幻，千奇百态，但是仔细观察就能穷究事物的原理，获得知识。程颢所说的穷究事物的原理，当然不是我们今天所说的对自然界和人类社会进行科学研究。程颢说过"一物之理即万物之理"，他认为万物都有一个绝对不变的理。这种"理"只有存在于自己的心中，春夏秋冬，四季佳景，才能和别人一样同享共待，而不会有杜甫"感时花溅泪，恨别鸟惊心"那样的感叹了。

颈联在颔联的基础上再进一步解释"自得"的境界："道通天地有形外，思入风云变态中。"这里的"道"就是刚才所说"一物之理即万物之理"中的"理"。程颢说："形而上者谓之道。""形而上"即抽象概括。他认为概括出的抽象原则就叫"道"。"道通天地有形外"是说道体广大无边，天地形影，风云变幻，无所不包而又无所不通。"思"就是思考，也就是颔联所说的"静观"。"道"概括出来了，天地万物、客观真理就存在于人们的心中了。这就是"思入风云变态中"的含义。那么程颢到底要向人们宣讲一个怎样的真理呢？关于这一点，我们只要看看尾联就一目了然了。

"富贵不淫贫贱乐，男儿到此是豪雄。""贫贱乐"指安于贫贱而自得其乐。语出《孟子·滕文公下》："富贵不能淫，贫贱不能移，威武不能屈。""豪雄"即英雄豪杰。"富贵不淫贫贱乐"就是程朱理学指导人们立身处世的最高准则。程颢要求处富贵而不淫，安贫贱而自乐。他还认为男子汉若修养到这一步，就是英雄豪杰，就是伟丈夫。

　　有人曾说，宋诗好发议论，味同嚼蜡。其实我们不能一概而论。宋代有些理趣诗，是诗人对社会、对人生、对宇宙自然深刻观察的结果，而且不是纯粹的逻辑思维，还有鲜明的形象融会在一起，给人以启迪智慧的理趣。如："不识庐山真面目，只缘身在此山中。""问渠哪得清如许？为有源头活水来。""春色满园关不住，一枝红杏出墙来。""不畏浮云遮望眼，自缘身在最高层。"这些诗句，就能给人以无穷的启迪、永久的理趣。而程颢的这首《秋日偶成》，议论缺乏形象，加上理学思想和今人相距甚远，确实给人以空泛玄虚、诗味索然之感。至于我们今天所说的"富贵不能淫，贫贱不能移，威武不能屈"和程颢诗中的"富贵不淫贫贱乐"，虽有相通之处，但内涵和实质已经有了较大的不同，这也是我们应当注意的地方。

（1993年1月16日16:30湖南人民广播电台《文学欣赏》节目首播）

故作旷达抒性灵

——张孝祥《西江月》两首赏析

张孝祥是南宋一位重要词人，也是一个具有远大理想和政治才能的人物。他从初登政治舞台起，就立场鲜明地站在主战派一边，为民族英雄岳飞辩冤叫屈，并积极支持张浚收复中原失地的主张，反对丧权辱国的"议和"政策。但是，软弱无能的南宋王朝却一再使他失望，他甚至两度被朝廷中的投降派弹劾落职。作为一名壮怀激烈的志士，亲历遭谗受讥之苦，目睹奸臣当道、朝政日非的险恶，张孝祥禁不住发出"念腰间箭，匣中剑，空埃蠹，竟何成""心徒壮""有泪如倾"（《六州歌头》）的悲吟。在历经奔波挫折，阅尽世态炎凉之后，由于对黑暗现实的不满，他难免产生一种愤激避世、超脱尘俗、返归自然的想法。今天我们要向大家介绍的两首《西江月》，就透露出了张孝祥的这种思想。

我们先来看第一首，《西江月·题溧阳三塔寺》。原词是这样写的：

问讯湖边春色，重来又是三年。东风吹我过湖船，杨柳丝丝拂面。

世路如今已惯，此心到处悠然。寒光亭下水连天，飞起沙鸥一片。

这首词大约写于宋高宗绍兴三十二年（1162年）的春天。是张孝祥因赞助张浚北伐而被免职以后，从建康（南京）前往安徽宣城途经溧阳所作。词本来没有题目，后因词句中涉及"寒光亭"，许多选本便补加了"洞庭""丹阳湖"等题目。"洞庭"也好，"丹阳湖"也好，仅仅扣了一个"湖"字，都未能切合"寒光亭"。在南宋诗人岳珂的《玉楮集》里，有一首诗为《三塔寺寒光亭张于湖书词寺柱，吴毅夫命名后轩》。但张孝祥的诗集《于湖词》中没有其他词作涉及寒光寺。因此岳珂所指的肯定就是这首《西江月》。"溧阳三塔寺"这个题目是按照厉鹗《绝妙好词笺》增补的。据《景定建康志》记载，"三塔湖"又名"梁城湖"，在江苏省溧阳县西七十里。三塔寺、寒光亭都在三塔湖边。在张孝祥《于湖居士文集》卷十一里，有《过三塔寺》七绝两首。其一曰："湖光潋滟接天浮，风卷银涛未肯休。夜岸系舟来古塔，不妨踪迹更迟留。"其二曰："层峦叠嶂几重重，万顷烟波浩渺中。钓艇未归饶夕照，耳边芦苇战寒风。"从诗句"耳边芦苇战寒风"可以看出，那次到三塔湖是在深秋季节，而三年后的这一次重来则是在春天了。

词的上片写景，景中有情。"问讯湖边春色，重来又是三年。""问讯"是打听、问候的意思。杜甫《送孔巢父谢病归游江东兼呈李白》诗："南寻禹穴见李白，道甫问讯今何如。"意思是：你孔巢父从京城长安前往南方，如果在禹穴见到了李白，一定说我杜甫问候他现在怎么样？过得还好吗？可见，"问讯何如"就是问候起居。这首《西江月》问候的对象不是某人，而是"湖边春色"。因为三年前就已经来过，重来如见故人，所以致以问候。这种把自然界的季节人格化的写法，颇耐人寻味。宋词中不乏这样的佳句。北宋王观《卜算子·送鲍浩然之浙东》说："若到江南赶上春，千万和春住。"黄庭坚《清平乐·春归何处》说："春归何处？寂寞无行路。若有人知春去处，唤取归来同住。"晁补之《水龙吟·次韵林圣予惜春》说："问春何苦匆匆，带风伴雨如驰骤。"这些都是用拟人手法写留春不住的感受。张孝祥在这里不是写送春、留春，而是问候断肠春色，暗示出光阴荏苒，不觉又遇上了春光。这春光，当然不仅仅指下文写到的丝丝绿柳，举凡湖中春水、岸上春花、堤边春草、林间春鸟、袅袅春风，统统包揽在其中。词人对"湖边春色"的情意之所以如此殷勤，人还未到三塔寺，心却已经先到了，是因为"重来又是三年"。"重来又是三年"这句，不是一般地记叙故地重游的间隔时间，而是蕴含着词人经受仕途坎坷之后十分复杂的感情。是啊，虽说上次是偶尔路过，但因为三塔寺风景如画，词人忍不住把感情抒写成诗句："夜岸系舟来古塔，不妨踪迹更迟留。"他流连忘返，希望滞留在三塔寺。这次重来照理更应喜上眉梢，可张孝祥这回却怎么也高兴不起来，而只能故作旷达而已。不过，词人此刻既没泄露自己的愤慨不平，也没描述超脱尘世的遐想，而是在他的笔端显露出清静美妙的自然景象："东风吹我过湖船，杨柳丝丝拂面。""过湖船"是驶过湖面的船。习习东风轻轻吹来，送我漂过湖面抵达三塔寺。岸边杨柳依依，随风飘舞，不时拂弄着面颊。这两句写得极有情致。一个"吹"字，一个"拂"字，注情于物，仿佛春天善解人意，杨柳也饱含深情似的，较好地与词人重来问讯的热切之心互相映衬。照说，顺风顺水，杨柳致意，大有孟郊在《登科后》一诗中"春风得意马蹄疾，一日看尽长安花"的意味，但是，他这种尽合人意的感觉，却绝不同于孟郊登科后的兴奋。我们读了词的过片两句就能感受得出来。

词的下片转入抒情，但仍然注意融情于景。过片两句，作者采用纯理性的笔墨，吐出了自从仕宦以来，痛感世路崎岖的一腔幽愤："世路如今已惯，此心到处悠然。""世路"指人世的道路。"悠然"指闲适的样子。这两句的意思是说：经历过世俗的生活道路以后，对那炎凉世态早就习以为常。因此，无论走到什么地方，我的心境也会感到安闲自适、悠然自得。这两句可以说是表达全词主旨的惊警之句，是作者在经历世事，返归自然之后，才得到的一种感悟之言。他说的是"悠然"，可是在这淡淡写出的"悠然"中，却分明蕴含着深沉的辛酸和痛苦。"世路如今已惯"，可见他经历过多次人生道路上的曲折浮沉，对污浊的社会现象已见怪不怪，生活的颠簸和挫折使他心灰意冷，社会现实中的酸甜苦辣使他伤心透顶。他对世事淡漠，只好到大自然寻求宁静的环境以解脱心中的烦恼。"此心到处悠然"的"到处"便是这一类处所，三塔湖无疑是其中的一处。这样，过片句就与上片发生了内在的联系。其实，三塔湖并非词人所到过的风景最美的地方，三塔寺也只是一座颇为破败的寺宇。《于湖居士文集》中有一篇《重修三塔偈（jì）》，其中有文句说："三塔虽在，四壁常空。仰众佛之尤奇，念残僧之益少。"《三塔寺阻雨》诗也说这里"市迥薪刍少，僧残像教空。"词人爱这里，是因为它冷落衰败的境况恰可引为同调，而壮阔纯美的湖上风光又正契合自己的心怀。所谓"悠然"正是词人摆脱尘嚣，忘却痛苦时的心境。

陶渊明《饮酒·其五》有诗句云："采菊东篱下，悠然见南山。山气日夕佳，飞鸟相与还。"张孝祥在"悠然"之时又见到了什么呢？是"寒光亭下水连天，飞起沙鸥一片"。这寒光亭下的万顷湖水好像一望无际的碧天，忽然间沙滩上飞起了一群沙鸥。这句写得如诗如画，在辽阔深远的背景之上，点缀着一片飞鸥，顿使画面增添了无尽的生趣和活力。大有"晴空一鹤排云上，便引诗情到碧霄"

（刘禹锡《秋词》）之妙。从《于湖居士文集》中还可以看出，张孝祥在三塔湖所见的美景有很多，诸如"苍山在烟外，高浪与天通""凉风撼杨柳，晴日丽荷花"等，这些诗句写出了"青山远在雾霭之外，风掀湖浪高与天齐；春风轻拂翠绿杨柳，春晖让荷花仙子更显艳丽"等江南特有的风景。而这首诗为什么要写出水天之间的一群飞鸥呢？原来，古人常用与鸥交流形容置身山水的隐居生活。黄庭坚《登快阁》诗中有云："万里归船弄长笛，此心吾与白鸥盟。"辛弃疾《水调歌头·盟鸥》词中则有"凡我同盟鸥鹭，今日既盟之后，来往莫相猜"的句子。张孝祥写沙鸥飞翔于广阔之天地，也隐隐露出了他远离尘世羁绊，置身山水田园，获得自由的愿望。写景之中，暗寓情感，既与"世路"做一反照，又写出了"此心到处"的"悠然"。陶渊明在《饮酒·其五》"飞鸟相与还"这句的后面写道："此中有真意，欲辩已忘言。"张孝祥也在《念奴娇·过洞庭》词中说过："悠然心会，妙处难与君说。"因此，"寒光亭下水连天，飞起沙鸥一片"这句的真意，就有待于听众朋友进一步意会了。

综观全词，词人通过游湖登亭的所见所感，抒发了对世事尘俗的厌恶和置身大自然舒适恬静的愉悦之情。词人巧妙地融情于景，借景抒情，将"久在樊笼里，复得返自然"的那种"悠然"情怀表露无遗，使得全词气韵轻灵，意境深厚，耐人寻味，可谓天然妙成的珍品。

接下来，我们再向你介绍一下张孝祥的另一首词——《西江月·黄陵庙》。先请你将原词听一遍。

满载一船秋色，平铺十里湖光。波神留我看斜阳，唤起鳞鳞细浪。

明日风回更好，今宵露宿何妨。水晶宫里奏霓裳，准拟岳阳楼上。

词题中的"黄陵庙"在湖南湘阴县北的黄陵山，正处洞庭湖边湘江入湖处，相传山上有舜帝的两个妃子娥皇、女英的庙，故称"黄陵庙"。

宋孝宗乾道四年（1168年）八月，张孝祥离开湖南长沙，到湖北荆州（今江陵）任职。这首词是他在赴任途中路过黄陵山所作。有的选本上，词题为《阻风三峰下》。张孝祥在给友人黄子默的信中说："某离长沙且十日，尚在黄陵庙下。波臣风伯，亦善戏矣。"说的就是诗人行船受阻一事。虽说在黄陵庙停泊是被大风所阻，可他的词情却不是在正面描绘汹涌澎湃的波浪，而是着眼于波神风伯对他的戏弄。因此，词人倾注了浓烈的主观色彩。

词的上片主要是绘景。"满载一船秋色，平铺十里湖光。"起首两句写泛舟湘江一路行来的景色。在一望无际的广阔湖面上，有一叶扁舟正在行驶，周围山峦苍翠，倒映在平铺的水面上。水光山色，交相辉映，舟行其间，像是载满了一船的秋色。这两句以工整的对偶，将秋色湖光一并绘出，蕴含了作者极端喜悦之情。言秋色而把秋色比作物质的东西，说它"满载一船"，四周秋景之美丽浓艳就可想而知了，作者的欣喜之情也已暗含其中。写"湖光"而言"平铺十里"，那么洞庭之宽广平静就历历在目了。"波神留我看斜阳，唤起鳞鳞细浪。"这两句写黄昏遇风被阻的情景：在作者正留恋"平铺十里湖光"的当口，水神仿佛要留他共赏夕阳似的，特意泛起了鱼鳞般的细浪。这样就把作者因喜爱"满载一船秋色，平铺十里湖光"而不想继续航行，又恰逢波神作美留他的那种喜悦之情，生动巧妙地传达了出来。有些赏析文章对这两句是这样进行分析的：本是逆风阻船，而不说"风"，却从水波的变化落笔，说是波神多情，泛波留我，真是别致有趣。这当然不失为一种分析。

如果我们还要就这两句挖掘一下，便可看出这是作者以极其幽默的艺术语言，写明了被风所阻，不能继续行船的情况。"波神留我看斜阳"，粗略看来，好似波神好客，极有人情味；仔细一想，却正是波浪无情，施展淫威。因为旅客要行舟前进，水神却兴风作浪，留住旅客不放。"唤起鳞鳞细浪"是"看斜阳"时所呈现出来的绚丽多姿的景色。可说白了，这完全是作者的主观想象。因为"波神留我"之时，正是"浊浪排空""樯倾楫摧"之际，哪有什么晚霞辉映、鳞鳞细浪的美景？人们在连遭不幸时，常说"屋漏偏逢连夜雨，船破又遇顶头风"，可见行船遇着逆风并不是一件快乐的事。可张孝祥这首词写的虽是阻风黄陵庙，却为什么没有半点沮丧，反倒说出了"波神留我看斜阳"的好处呢？其目的是为了表明作者的心境旷达，安闲自在。

词的下片写期待行船的心情。"明日风回更好，今宵露宿何妨。""风回"指逆风转为顺风。"明日风回更好"一句，承上启下。从时间观念来说，由上片的傍晚之景写到今夜露宿；从意脉上看，则是行舟待发，能夜宿江边一览这水光秋色，自是一大乐事。人逢喜事精神爽，兴奋之中，词人不禁产生了"明日风回更好"的美妙想法：想来，明日一定风向回转，顺风顺水，耽搁的路程也一定会赶回来。这样水到渠成地引出了下句"今宵露宿何妨"。连露宿湖面，备受秋风侵袭都不觉得苦，甚至想出理由为在此耽搁而宽解，可见此地美景对作者的吸引力，也可见作者随遇而安的旷达胸怀。其实，明日是否"风回"还很难说。"更好"二字隐隐透露出迫切期待顺风行舟的心情。这正是全篇的主旨所在。作者写作此词的时候，正是改官不久。他经历了政治上的巨大逆风，希望在今后的生活道路上也能遇"风回"，这是很自然的。所以我们说"何妨"二字写出了他在迫不得已的情况下露宿湖边时的旷达情怀。

"水晶宫里奏霓裳，准拟岳阳楼上。""水晶宫"指古代传说中的龙宫水府。"霓裳"即《霓裳羽衣曲》，是唐代流行的一种歌舞曲。"水晶宫里奏霓裳"这句从上片的"波神"而来，前后照应。在那寂静的秋夜，湖水拍打着木船，发出阵阵声响。词人倾听这美妙的波涛声响，仿佛是欣赏透明的龙宫水府演奏着的动人乐章。"准拟岳阳楼上"一句最有浪漫主义色彩。作者设想"明日风回"之后，定要登上岳阳楼，尽情欣赏洞庭风光、巴陵胜状。这不仅是因为岳阳楼"北通巫峡，南极潇湘，迁客骚人，多会于此"，而且范仲淹《岳阳楼记》中"先天下之忧而忧，后天下之乐而乐"的名句，深深地烙在他的脑海里。这种远大的理想抱负撼动着他的心灵，这也正是作者阻风后仍感惬意的缘由之一。

回看全词，上片实写阻风之地的美好风光，下片充满各种美妙的设想。有月夜泛舟的情景，有"波神留我"的礼遇，有"明日风回"的期望，有"今宵露宿"的处境，有对洞庭波声的爱慕，有对岳阳胜状的向往。诗笔灵活，形象多姿，构思别致，意境浑成。全词既无华丽辞藻，又无生僻的典故，写得清新自然，是一幅情景交融的有声画。

总之，张孝祥这两首《西江月》虽然不是一时一地之作，但因为都是写于作者遭谗受讥之后，所以有许多相似之处。两词都巧妙地借景抒情，托物寄怀。词人忘情物外，故作旷达，将内心的苦楚蕴含于字里行间，使词作含有不尽之意。读来如嚼青橄榄，余味无穷。

（1993年5月29日16:30湖南人民广播电台《文学欣赏》节目首播）

感情真挚 一往情深

——姜夔的恋情词《长亭怨慢·渐吹尽》赏析

　　姜夔,字尧章,号白石道人,饶州鄱阳(今江西省上饶市鄱阳县)人。他精通音乐,善于鉴赏,在书法和诗词等方面都有很高的造诣。特别是在词的创作上,姜夔继承了北宋词人周邦彦精工秾丽和格律谨严的风格,刻意追求格律音节之美,成为南宋格律词人的代表作家。在姜夔所处的时代,宋金对峙,民族矛盾和阶级矛盾十分复杂。虽然战争带来的灾难和人民的疾苦曾使姜夔感到痛心,但由于他屡试不中,没有做过官,一生过着清客生活,所以在他的词作中感怀时局、关心国事的作品所占不多,而主要是一些写景咏物以及反映男女恋情的词。《暗香·旧时月色》和《疏影·苔枝缀玉》这两首咏梅词早已为我们大家所熟悉,今天我们就给大家介绍姜夔写的一首感情真挚、一往情深的恋情词。

　　据我国已故著名词学专家夏承焘先生考证,姜夔二三十岁的时候,曾在合肥寓居。这期间,他结识了一位弹琵琶的歌女,俩人情爱深厚。词人离开合肥许多年后,还在词中一再提到她。宋光宗绍熙二年(1191年),姜夔又一次来往于合肥和汉阳之间,《长亭怨慢·渐吹尽》这首词就是他在这次与自己的情侣分别以后创制的。词牌"长亭怨慢"又名"长亭怨","慢"是词中长调的别称。姜夔作词,常配以精致的"小序"，提示写作缘由和主旨。这些小序大多语言精练，文笔优美，一散一韵，值得研读。下面，我们先把这首词和它的序文朗诵一遍。

予颇喜自制曲，初率意为长短句，然后协以律，故前后阕多不同。桓大司马云："昔年种柳，依依汉南；今看摇落，凄怆江潭；树犹如此，人何以堪？"此语予深爱之。

渐吹尽、枝头香絮，是处人家，绿深门户。远浦萦回，暮帆零乱向何许？阅人多矣，谁得似长亭树？树若有情时，不会得青青如此。

日暮，望高城不见，只见乱山无数。韦郎去也，怎忘得玉环分付："第一是早早归来，怕红萼无人为主！"算空有并刀，难剪离愁千缕。

这首词的小序只有两句话。它们分别对作者的创作爱好和创作冲动作了介绍。我们知道，作词与作诗不同，一般要先按照声律制谱，然后再配以歌词，这就是所谓的"按谱填词"。由于姜夔既是词人同时又是音乐家，所以他既能按照调谱填词，又能创制调谱。在姜夔的词作中，一共有十七首自度曲，"度"就是"创制"，所以他说"予颇喜自制曲"。而他在自制曲的时候，先不假思索地随便写些或长或短的句子，把自己的意思用文字表达出来，然后再为这些长短句谱写乐曲。由于乐曲是根据长短句的内容来谱写的，所以就出现了上下两阕曲谱的宫调不一致的情况。接下来的"桓大司马"指东晋的桓温，官至大司马。据刘义庆《世说新语·言语》载："桓公（即桓温）北征，经金城，见前为琅琊时种柳，皆已十围，慨然曰：'木犹如此，人何以堪！'攀枝折条，泫然流泪。"可见姜夔小序中引用的骈偶句并非出自桓温之口，而是出自北周庾信的《枯树赋》，但它却又是把桓温的话语加以丰富而来的。由于合肥的柳树很多，姜夔在和自己的情侣分别时，看到寻常巷陌皆是柔条，便触景生情，想起了庾信《枯树赋》里的句子："昔年种柳，依依汉南。今看摇落，凄怆江潭。树犹如此，人何以堪！"昔年在汉水之南种下依依杨柳，如今又在江畔目睹它们的凋残零落，昔盛今衰，令人顿生凄怆之情。由树及人，当年男女情爱甚笃，正像柳树初荣；现在人过中年却又天各一方，那柳树的摇落之悲不也正是旧情难再的象征吗？这样，我们就不难理解"此语予深爱之"了。

词的上阕是回忆和设想分手前后的情况。"渐吹尽、枝头香絮，是处人家，绿深门户。"这三句点明了情侣送别自己的时间和地点。"渐吹尽、枝头香絮"，枝头上的柳絮已经渐渐被春风吹尽了，可见这是一个暮春时节。读这一句，很容易想起苏轼《蝶恋花·春景》中的名句："枝上柳绵吹又少，天涯何处无芳草。""何处无芳草"是到处皆芳草的意思，而伴随芳草的茂盛必然是百花的凋残，一种伤春之情就这么含蓄地表达了出来。"是处人家，绿深门户"。这一带的人家，门前和路上都种了许多柳树，如今春色已晚，柳丝绿得更深了。姜夔在《淡黄柳·空城晓角》词小序中说，合肥"唯柳色夹道"，因此，我们可以推知，这里所写的就是合肥巷陌的情况。在这么一个场所送别，很容易使人记起《诗经·采薇》里的两句诗"昔我往矣，杨柳依依"。所以，我们可以说，姜夔的这两句词有一石三鸟的作用。它既点明了地点，又借柳起兴，同时，又暗示着情侣也曾折柳送别。情景交融，耐人寻味。"远浦萦回，暮帆零乱向何许？""浦"，这里指水岸。"萦回"指曲折迂回。"何许"即何处。这两句写景，突出暮帆远影碧空尽，景中有情。痴情的女子在岸边不知站了多久了，她一直在凝眸注视着情人所去的方向。她的目光随着曲折迂回的水岸向远处延伸。情人渐去渐远，江面上的船帆也渐渐看不见了。心上人啊，又是暮色苍茫的时候了，你今晚宿在何处，住在何方呢？"今宵酒醒何处？杨柳岸，晓风残月。"真像江淹《别赋》里说的"送君南浦，伤如之何！"柳枝是情侣的赠别之物，船载着情侣的哀愁。景色中就这样藏着真挚的感情。"阅人多矣，谁得似长亭树？树若有情时，不会得青青如此。"意思是：长亭的柳树，有谁像它们一样看见过那么多折柳送别的人呢？离人黯然销魂，而柳树却无动于衷。它们若是懂得人情，就不会像现在这样青翠苍绿了。对这四句词，历代词论家多有称赏。如孙麟趾就说："路已尽而复开出之，谓之转。"（《词径》）这是赞赏姜夔在"远浦萦回，暮帆零乱向何许"这几句写尽了离情别意之后，又回过头来说柳，用柳的无情来反衬情人与自己惜别的深情。而陈廷焯却说："白石诸词，惟此数语最沉痛迫烈。"（《白雨斋词话》）这一评论也是很有见地的。因为这四句词不仅用了庾信《枯树赋》中的语言，而且还不露痕迹地点化了李贺的诗句。在李贺的《金铜仙人辞汉歌》里有"天若有情天亦老"的名句，意思是人多情并且常常为情而发愁，所以就容易衰老；上天如果和人一样有感悟的话，也会因承受不了这样的情感而日渐衰老的。姜夔对这句诗加以巧妙的点化之后，给人一种语意新奇、感情真挚的感觉，较好地表现了他们为情感而伤心到不能自己的心境。

以上介绍的是词的上阕。词的下阕是写自己与情人离别后的眷恋之情。时间紧接上阕的"暮帆"而来，但空间做了较大的转换，由情人所在的合肥转为自己现在的所在之地。"日暮，望高城不见，只见乱山无数。""高城"当指合肥。这三句是说太阳下去了，回望出发之地，那座熟悉的城市已看不见了，横亘在眼前的，只有一带乱山，难以尽数。既然高城都不可见，更何况高城里那心爱的人呢？其实，这里暗用了唐代诗人欧阳詹的《初发太原，途中寄太原所思》一诗："驱马渐觉远，回头长路尘。高城已不见，况复城中人？"相比之下，姜词要显得含蓄委婉，耐人寻味一些。"韦郎去也，怎忘得玉环分付：'第一是早早归来，怕红萼无人为主！'""韦郎"即唐代的韦皋，这里借指姜夔自己。"红萼"指红花。这里和"玉环"一样，借指自己的恋人。据《云溪友议》记载，韦皋游江夏时，与青衣侍女玉箫相识产生了感情，分别的时候，玉箫将一只玉指环赠送给了韦皋，并相约少则五年，多则七年，一定要办完两人的婚事。到第八年后，韦皋没有重返江夏，玉箫便绝食而死。这几句的意思是：我就这样行色匆匆地走了，但我怎么会像韦皋那样忘记情人的吩咐呢？我心中的第一件事就是设法尽早回来，因为担心那花朵般的人儿失去了依靠。虽然作者在临别的时候曾向自己的情侣表示必将重来，但由于当时的歌女社会地位低下，不能掌握自己的命运，所以对方仍不放心，再三叮嘱作者早早归来，否则"有个什么好歹，谁替我这妇道人家作主啊"。在远行的人听来，这揪心的话怎受得了呢？回忆到这里，作者不禁一声长叹："算空有并刀，难剪离愁千缕。""并刀"指古代并州（今山西省太原市一带）出产的剪刀，以锋利著称。所以杜甫说："焉得并州快剪刀，剪取吴淞半江水。"这句的意思是：就算有锋利的并州剪刀，也剪不断我这千丝万缕的离愁别恨啊！愁可以剪，最早出现在李煜的笔下，他在《相见欢·无言独上西楼》词里写道："剪不断，理还乱，是离愁。别是一番滋味在心头。"拿李煜的这句词和姜夔的词句来进行一番比较，就可以看出两者的高下。毫无疑问，姜词不仅写得含蓄蕴藉，而且更显凄怆缠绵。

男欢女悦、伤离怨别，这些本是唐宋词中常见的内容，但姜夔的这首恋情词与众不同，它的可贵之处在于感情真挚，一往情深。这在上文已经做了许多分析。下面，笔者想侧重将它的艺术性探究一番。宋人作词，常爱使事用典，辛弃疾就是其中的代表，姜词颇受稼轩词的影响，使事用典就是其中之一。用典，只要运用得恰当，是人们熟知易解的典故，能以少数文字表达比较丰富的意思，能给人以具体鲜明的印象，就能增强作品的表现力和感染力。姜夔的这首词，上阕贯以桓温的"木犹如此，人何以堪"，同时翻用了庾信《枯树赋》中的语意。在写别离的时候又借柳寄兴，处处关合柳树，因此，虽然用了典，却由于有柳树将历史与现实结合在一起，并没有佶屈聱牙之感。此外，桓温北伐时，是因柳树皆已十围而引起时光易失的政治感慨，庾信的骈偶句抒发的则是一种美人迟暮的摇落之悲。姜夔却能为他所用，借来表现悱恻的爱情，这些都可以看出作者的创造力。在紧扣柳树来抒发别情的时候，作者又能推人及物，使树带上人的心理，无情之物遂变成有情之物，读来更觉缠绵。如果说词的上阕用典而出新意，那么下阕的使事也不是袭旧。首先，"望高城不见，只见乱山无数"暗用欧阳詹的诗句，乱山阻隔，连高城都难以看见，更何况城里的人呢？不仅情思悠远，而且韵味深长。其次，韦皋与玉箫的故事在诗词中虽然常用，但姜夔用在这里却显得非常自然。因为韦皋是在江夏（今武昌区）认识玉箫的，姜夔写这首《长亭怨慢·渐吹尽》的时候，正好离开合肥赶回客居的汉阳，便很自然地联想起了这一动人的故事。最后，虽然并刀难剪千愁是李后主"剪不断，理还乱，是离愁"词句的翻新，却因为含蓄蕴藉，所以能给人留下长时间的回味余地。

除此以外，这首词在结构和语言上也很有特色。上阕交代惜别的时间和地点之后，设想情人瞻望之久。因暮帆已远，她便面对长亭之树抒发感慨。下阕过片紧接上阕，写自己也在春色苍茫之中遥望对方。望而不见故追忆起情人的属望，最后以离愁难消作结。全词虽颇多曲折，但又流转自如，回环跌宕，引人入胜。姜夔的词不以语言琢炼著称，但这首词却摒除秾丽，着笔淡雅。"韦郎去也"是他和情人离别时的断肠之声，执着庄重，十分动人。"玉环吩咐"几句更显朴素自然，起到了语浅情深的效果，值得我们玩味。这确实是一篇精美的恋情词。

（1990年4月2日16:30湖南人民广播电台《文学欣赏》节目首播）

清空骚雅　自成天趣

——介绍姜夔的两首词

　　自号白石道人的姜夔，是南宋风雅词派的主要开创者之一，他的词可以说是精深华妙。宋代词人张炎说姜白石词"不惟清空，又且骚雅"。这样来总评姜词的风格是比较贴切的。姜夔写词力求自成天趣，所以能独具一格，另成一派。今天我们就来具体赏析一下姜夔的两首词，体会一下他的这种词风。第一首——《点绛唇·丁未冬过吴松作》。原词如下：

　　燕雁无心，太湖西畔随云去。数峰清苦，商略黄昏雨。

　　第四桥边，拟共天随住。今何许？凭栏怀古，残柳参差舞。

　　姜夔的词，一般都写有小序。这首词的小序为"丁未冬过吴松作。""丁未"即南宋孝宗淳熙十四年（1187年），农历丁未年。"吴松"即今天的江苏省苏州市吴江区。当时作者住在浙江湖州，这年冬天，由诗人杨万里介绍，前往苏州拜见范成大。这首词大约就是作者从湖州前往苏州时，途经吴松所作。当时，宋孝宗赵昚（shèn）早期的那一点振作精神已经完全没有了，南宋这个小朝廷的前途一片黯淡，而范成大也走到了生命的最后阶段。

　　起调说："燕雁无心，太湖西畔随云去。""燕"，这里泛指北方。"燕雁"即秋分前后，从北方飞来的大雁。"无心"是没有心机，没有固定的计划的意思，指大雁由着天性，在天空中自由自在地飞翔。时值初冬，北雁南来，词人抬头望雁，只见它们在太湖西畔随着云彩飞去，无忧无虑，随遇而安。其实，燕雁无所谓有心或无心，说"无心"是词人的感觉。姜夔平生浪迹江湖，多次客游江淮。因此这两句看似完全写景，却隐含着自己的影子。那空中的燕雁，正象征着自己漂泊的人生。燕雁的无心远去，则又喻示着自己纯任天然的性情。不过，燕雁可以说的确无心，而姜夔却是有心的。四年后他在《除夜自石湖归苕溪》（其八）一诗中写道："但得明年少行役，只裁白纻（zhù）作春衫。"可见他对这种天涯飘零的生活实在是有些厌倦了。

以上是词人仰望所见。接着，他目光远眺，但见"数峰清苦，商略黄昏雨。""清苦"是荒凉、冷落的样子。"商略"是商量、酝酿的意思。整句是说，远处的几座山峰呈现出荒凉、冷落的样子，酝酿着的一场风雨就要在这黄昏时分到来了。词人用拟人手法来写山峰，给雨前的山峰披上了一层浓重的感情色彩。数峰本自清苦，再加上日暮欲雨，一种无可奈何而又不甘寂寞的情态便描摹了出来。在古典诗词中，写雨前景象的名句有很多。如唐代诗人许浑的"山雨欲来风满楼"。它虽然句意豪壮，以气势取胜，但写来一泻无余，不便咀嚼。姜夔的"商略昏黄昏雨"则不同，它可谓"犹抱琵琶半遮面"，欲露不露，反复缠绵。更为奇妙的是，它既是眼前之景，又含作者心中之意，在读者面前展开了一个无限凄苦的境界，留给读者广袤的想象空间。所以卓人月在《词统》中评价道："'商略'二字，诞妙。""诞妙"就是奇妙之意。真是知音之谈，深得个中三昧。

上片写"燕雁"，写"数峰"，词人在使用拟人手法的同时，还使用了动静结合的艺术手法。"燕雁无心"本是静景，但它"随云去"，便变静为动；"数峰清苦"也是静景，但它"商略黄昏雨"，便又化静为动了。面对号称"天下绝景"的太湖，无心的燕雁为什么毫无留恋地随云而去呢？燕雁去了以后，剩下的几处"清苦"的山峰又为什么要在黄昏里酿造着满天雨意呢？这里的动静交织，原来是为了以动衬静，进一步渲染凄苦感伤的情调，为后面的怀古伤今作铺垫。只是作者似乎是毫不经意写出来的。张炎说："姜白石词如野云孤飞，去留无迹。"（《词源》），大概就是指的这些地方。

下面，我们接着赏析词的下片。如果说上片之境是词人俯仰天地之境，那么下片之境就是词人纵览古今之境了。过片句直接抒情："第四桥边，拟共天随住。""第四桥"即苏州的甘泉桥，因泉品居全国第四位而得名。"拟"是打算、准备的意思。"天随"即唐代诗人陆龟蒙，自号天随子，曾居住在松江甫里，常在江湖飘游。姜夔对陆龟蒙是非常推崇的，在他的《除夜自石湖归苕溪》（其五）中写道："三生定是陆天随，只向吴松作客归。""三生"指过去、现在、未来三世。三世都愿充当天随子陆龟蒙，可见作者对天随子敬仰之至。为什么他会对陆龟蒙如此崇敬呢？姜夔在《三高祠》诗中说得很明白："沉思只羡天随子，蓑笠寒江过一生。"姜夔怀才不遇，清高一生，漂泊天涯，境况艰难，所以一心向往能与陆龟蒙那样的高雅之士同住第四桥边，享受"蓑笠寒江过一生"那种自得其乐的生活。不过陆龟蒙并不是一个逃避现实的人，他曾写过一些嘲讽皇帝，揭示官逼民反，反映当时赋役繁重和人民愤懑情绪的作品，表现出他不同世俗的反抗斗争精神。从这点推测，姜夔敬仰陆龟蒙，并用他来自比，恐怕别有一番深意在里面。

接下来，词人感慨道："今何许？凭栏怀古，残柳参差舞。""今何许"意为像陆龟蒙这样的人现在在哪里呢？作者陡然把笔锋收转，昭示出"拟共天随住"未能如愿。第四桥边，其地仍在，而天随子，其人往矣。大有"前不见古人，后不见来者。念天地之悠悠，独怆然而涕下"之感。至此，作者的笔势已无限提升，词作的意蕴也随之无限扩大。这就是姜词"清空"词风的充分体现。"凭栏怀古"四字，点明了"燕雁""数峰"和"拟共天随住"是他此时此刻凭栏的所见所感。现在浮现在作者眼前的还有什么呢？只有那长短不齐的柳条在苍茫暮色中随风飘舞而已。所以作者在结句中写道："残柳参差舞。"

对这首词的结句，陈廷焯在《白雨斋词话》中有这么一段评论："至结处云：'今何许？凭栏怀古，残柳参差舞。'感时伤事，只用'今何许'三字提唱。'凭栏怀古'以下，仅以'残柳'五字咏叹了之，无限哀怨，都在'虚处'"。所谓"虚处"，指的是不直抒胸臆，而是用象征手法，寄情于"参差舞"的残柳。时值冬天，柳本纤弱，经风便残，又加上参差而舞，则其萧索凄苦之情不难想象。而这一自然意象，实际上又是南宋衰亡的象征。虚处落笔，就把那种感时伤事、"俯仰悲今古"的心情，表现得更为强烈。这同辛弃疾《摸鱼儿》词的结拍"休去倚危栏，斜阳正在、烟柳断肠处"是同一意境。苍凉之中，无限悲壮，使得词作在"清空"之中又显现出几分沉郁来。

总之，这首四十一字的小令深刻地传达出了姜夔"过吴松"时"凭栏怀古"的心情。它将身世之感、家国之悲融为一体。而身世之感和家国之悲又都托以自然意象来象征。陈廷焯说"通首只写眼前景物",种种寄托"都在'虚处'"是颇为中肯的。写景看似实,但实中有虚,每句都蕴含着感情。而这种感情又始终欲吐不吐,情在言外,所以能够引人遐思,韵味深长。在声韵上,上片首句二字"燕雁"为叠韵,末句三四字"黄昏"为双声;下片首句二字"第四"为叠韵,末句三四字"参差"又为双声。双声、叠韵的复沓为这首小令增添了声情绵绵的情致,读来音韵和谐,朗朗上口。

接下来,我们再来欣赏姜夔的另一首词——《淡黄柳·空城晓角》。词是这样写的:

空城晓角,吹入垂杨陌。马上单衣寒恻恻。看尽鹅黄嫩绿,都是江南旧相识。

正岑寂,明朝又寒食。强携酒,小乔宅。怕梨花落尽成秋色。燕燕飞来,问春何在,唯有池塘自碧。

这是一首抒发客中情怀的词作。原词的小序是这样的:"客居合肥南城赤阑桥之西,巷陌凄凉,与江左异。唯柳色夹道,依依可怜。因度此阕,以纾客怀。"小序中的"纾"是解除的意思。读完小序我们可以知道,作者当时客居在合肥南城的赤阑桥西。据词学专家考证,此词写于光宗绍熙二年(1191年)春天,合肥赤阑桥曾是情侣的住地。绍熙元年,金人南侵,南宋王朝偏安江左,江淮一带也随之成为边区要地。符离之战后,更是民生凋敝,风物荒凉。所以写这首词的时候,作者虽客居赤阑桥,又时近寒食清明,春光正好,却激不起些许喜悦,旧时熟悉的街道,如今一片凄凉。仅仅觉得路边的垂柳与江南相同,新绿依依,不胜可爱。面对此情此景,作者颇有感慨,便自度了这支曲子,名之曰《淡黄柳》,以解除客中的寂寞情怀。

词的上片写清晨在垂杨巷陌的凄凉感受。起头两句写所闻:"空城晓角,吹入垂杨陌。""空城"指合肥城。由于它当时离南京的边防前线很近,因此成了一座名副其实的空城。词中的"空城"二字给人以萧条、冷落之感。在这样的环境中,"晓角"(即清晨的号角)便异常突出,如空谷猿鸣,哀转不绝。这声音随风吹入垂杨巷陌,似乎在诉说此地的悲凉。而听者偏偏又是异乡作客人,当然更加感到忧伤。这两句跟作者《扬州慢·淮左名都》词中"清角吹寒,都在空城"的意境相似,不过伤时意味的表达比《扬州慢》含蓄些罢了。接下来的一句"马上单衣寒恻恻"是倒卷之笔,点出了人物。"恻恻"指寒冷的样子。作者骑马走在城南路上,凄凉的景象使人感觉不到东风送暖,相反却使他觉得一阵凄寒,难以禁受。其实，这"寒恻恻"的感觉除了来自单衣不耐春寒以外，更多的是来自"清角吹寒"的心理感受。这种外感与内情的高度结合使词作更为耐读。上片的最后两句"看尽鹅黄嫩绿，都是江南旧相识"，又转入写景。"鹅黄嫩绿"指新柳的颜色。这四个字形象地再现出柳色的可爱。而"看尽"二字则表明除柳色外再也没有别的悦目之景。紧接着，"都是江南旧相识"这句也颇耐人寻味，这里的柳色虽说无异于江南，杨柳也尽管如旧时相识，但终究是异地他乡。作者以情观物，物皆着我之色彩，一种淡淡的思乡情绪就这样流露在词作的字里行间。

以上介绍的是词的上片。过片的"正岑寂"三字一方面收束了上片，同时也包笼了下片。正值环境冷清、心情寂寞之际，"明朝又寒食"。寒食节在清明前两天，是人们偕伴踏青春游的日子。虽然合肥已是冷冷清清的"空城"，再也没有了士女郊游的盛况，但作者却未能免俗，还是想携酒踏青，以寻得片刻的欢娱。于是他便想到了住在本地的相好。据当代词学专家沈祖棻考证，姜夔词中提到的合肥相好，实际上有姊妹两人。他的《解连环》词有这样的句子："为大乔、能拨春风，小乔妙移筝，雁啼秋水。"大乔、小乔本是三国时的美女，姜夔在这里用来代称自己喜爱的两姊妹。《琵琶仙》中则说："双桨来时，有人似、旧曲桃根桃叶。""桃叶"就是指小乔。有的宋词选本上把"小乔宅"的"乔"字写成"桥梁"的"桥"字，并把"小桥宅"解释为小序当中提到的赤阑桥之西的寓所，这是不准确的。既然作者客居"赤阑桥之西"，当然不会自己携酒到桥西自己的寓所去解愁。好，我们再往下赏析。"强携酒，小乔宅。"这两句是叙事，但做到了平中见奇。一个"强"字，将作者的满怀愁绪和盘托出，表明作者是勉强出游，本来并没有什么兴致，携酒寻欢不过是在凄凉寂寞中强遣客怀而已。接下来的"怕梨花落尽成秋色"，是作者对春天的留恋，词情更苦。他本来无心赏春，但转眼一想：如果梨花落尽，眼前又会成为秋天那样冷清的景色，那不会更添惆怅吗？在这里，作者巧妙地将李贺"梨花落尽成秋苑"（见《河南府试十二月乐词》）的诗句入词，将"苑"改为"色"，又在前面添一"怕"字。真是天衣无缝，自然成趣。将那种生怕无花即成秋的担忧委婉地表达了出来。后来作者在《凄凉犯》词中写道："绿杨巷陌。秋风起、边城一片离索。"可见在金人南侵之后，合肥之秋确实异常寥落。作者并不是杞人忧天，倒是很有几分先见之明的。

词的结尾三句紧承上句句意，将花落春尽的担忧化作一幅具体的图景："燕燕飞来，问春何在？唯有池塘自碧。""燕燕飞来"是从《诗经·邶风·燕燕》中

"燕燕于飞"脱胎换骨而来。春天已经过去，当燕子来时，寻春无着，只有一池绿水自碧而已。这里虽然没有言愁，但景语就是情语，空寂之感更显深沉。这和作者《扬州慢》一词中"二十四桥仍在，波心荡，冷月无声"的意境恰好一致。到此，作者将羁旅之愁抛之脑后，把家国之恨抒写得非常充分。

姜夔的这首《淡黄柳》词共有六十五字，属中调。由于作者精通音韵，能依词度曲，写来纵横自由。这首词在结构上可谓极尽曲折腾挪之能事，令人百读不厌。词的上片写所闻、所感、所见，并且关合柳树，最后在前面亦景亦情的基础上，化实为虚，转写出自己的羁旅之情。下片"正岑寂"三字承上启下，情感荡漾，继而转写有踏青习俗的寒食时令，增添了几许惆怅。"强携酒"又一转，本想借酒消愁，可着一"强"字，则醉不成欢可以预知。"怕梨花落尽成秋色"再一转，担心眼前的芳菲很快寥落成秋。最后"燕燕飞来"问春三句做出合理的推测，情留景外，创造出一个精妙深隽的意境，耐人寻味。在柳色春景的描写中，作者的万般忧愁、无限哀怨之情，也就巧妙自然、不着痕迹地表现了出来。

这首词的另一个特点就是造句朴素自然，用语通俗清新，无矫揉造作的痕迹。作者巧用淡笔渲染"空""寒""岑寂"等感受，其惆怅情怀好像不涉及任何具体的实事。因此，说这首词"清空骚雅，自成天趣"，我们认为是较中肯的评价。

（1994年4月9日15:30湖南人民广播电台《文学欣赏》节目首播）

写尽春愁亡国恨

——介绍刘辰翁的词《兰陵王·丙子送春》

　　刘辰翁（1232—1297年），字会孟，号须溪，吉州庐陵（今江西省吉安市）人，南宋著名爱国词人。他的词不仅继承辛弃疾一派的传统，"风格遒上""情辞跌宕"（况周颐《蕙风词话》卷二），而且有比较强烈的爱国思想。在南宋灭亡前后，他写下了很多感伤时势的篇章。《兰陵王·丙子送春》就是其中比较著名的一首。全词是这样写的：

　　送春去，春去人间无路。秋千外、芳草连天，谁遣风沙暗南浦？依依甚意绪？漫忆海门飞絮。乱鸦过，斗转城荒，不见来时试灯处。

　　春去，最谁苦？但箭雁沉边，梁燕无主，杜鹃声里长门暮。想玉树凋土，泪盘如露。咸阳送客屡回顾，斜日未能度。

　　春去，尚来否？正江令恨别，庾信愁赋。（二人皆北去）苏堤尽日风和雨。叹神游故国，花记前度。人生流落，顾孺子，共夜语。

　　词题"丙子送春"，"丙子"指的是宋恭帝德祐二年（1276年）。这一年的二月，元军攻破了南宋的都城临安（今杭州市），把投降了的恭宗帝、太后等人押送到北方去。正在江西虎溪（今吉水县境内）避难的刘辰翁得知消息的时候，已是暮春时节，他便以"送春"立意，写下了这首表达亡国之痛的词作。

在宋词中，用"春去"象征王朝的国势衰落是从辛弃疾开始的。如辛弃疾的《摸鱼儿·更能消几番风雨》一词的开头就这样写道："更能消、几番风雨，匆匆春又归去。"意思是说还能禁得起几次风雨的摧残呢？这美好的春天匆匆忙忙地又回去了。从这以后，南宋的词人经常用"春"来命题，抒发爱国情感。在刘辰翁的词作中，就有许多题咏"送春"和"春感"的词。他的这些词作并不是什么感伤春光易逝之类的浅薄作品，而是作者熟练地运用象征手法，寄托自己的故国之思和亡国之痛的抒情佳作。我们今天要给大家介绍的这首《兰陵王·丙子送春》就是其中的代表作品。所以清代词论家陈廷焯在《白雨斋词话》中说"题是送春，词是悲宋"，这正好道出了这首词构思的巧妙。

全词共有三片，是一首长调。每一片都用"春去"起笔，形成一种回环往复、一唱三叹的效果，曲折幽婉地抒写了作者的悲苦心情。

第一片，总写"春去"的情况。

"送春去，春去人间无路。"其字面上是说送春啊，送春，春天已经远离我们而去，再也找不到它的踪迹了。而实际上是说南宋都城临安沦陷以后，南宋即将灭亡。所以他便用"春去"来描绘当时的形势，同时表达他极端苦闷的心情。我们看：春欲归去，人欲留春。而春去匆匆，毕竟是挽留不住的，这给送春人留下一种悲苦的感觉，所以明代词论家卓人月说："'送春去'二句悲绝。"（《古今词统》）

"秋千外，芳草连天，谁遣风沙暗南浦？""秋千"是古人的一种体育活动用具，一般设置在庭院里面。如苏轼在一首词《蝶恋花·春景》中就曾写道："墙里秋千墙外道。"这里是用秋千代指庭院。"风沙"喻指敌军。"南浦"是风景美好的水乡，这里是泛指送春的地方。这三句用形象的描绘表达了对南宋衰亡的感受。从庭院里朝外看，本来是芳草连天一派美好的景象，可是元军的进犯，突然使宋朝的大好河山失色。毫无疑问，这是对蒙元统治者的谴责。

接下来作者写道："依依甚意绪？漫忆海门飞絮。""漫忆"指徒然思念着。"海门飞絮"比喻逃往海滨的南宋君臣。这两句，写词人在黑暗的缝隙中曾看到一丝光芒。临安沦陷后，爱国志士张世杰、陆秀夫等先后拥立帝昰（shì）、帝昺（bǐng）在福建、广东一带继续抗元。刘辰翁曾"依依"地把"留春住"的希望寄托在"海门"将士的身上。这一句和他的《柳梢青·春感》中写的"海上心情"意思相同，表达了他对抗元斗争的关注。但刘辰翁也清醒地认识到，这种希望之光是很微弱的，所以他禁不住感叹道"漫忆海门飞絮"。"飞絮"二字出自辛弃疾《摸鱼儿·更能消几番风雨》一词中的"算只有殷勤，画檐蛛网，尽日惹飞絮"。辛词的意思是：算来只有檐下的蜘蛛网还在整天地沾住纷飞的柳絮，想殷勤地挽留春天。刘辰翁词中的"飞絮"则既有南海君臣辗转不定的象征意义，又有抗元力量微弱的比喻意义。

上片的最后三句描写了临安的荒凉残破，从而使"春去"的内涵更为具体化了一些："乱鸦过，斗转城荒，不见来时试灯处。""乱鸦"比喻凶恶的敌人。"斗转"指北斗星移动了位置。古人有"斗转春回"之说，而这里却兼指时代发生了变迁。"来时"即前时、以前。"试灯"是张灯的意思。宋朝的元宵节是一个盛大的节日。辛弃疾在《青玉案·元夕》中曾这样描写道："东风夜放花千树。更吹落，星如雨。宝马雕车香满路。凤箫声动，玉壶光转，一夜鱼龙舞。"可见当时的热闹情景。那时的南宋都城临安还有正月初预赏花灯的习俗，人们称之为"试灯"。在这里，刘辰翁是用灯彩代表过去的繁华景象。这三句的意思是说，临安城经过敌人的一番洗劫后，出现了"斗转城荒"的景况：北斗星转移了方位，时代发生了巨大变化。京都变得一片荒芜，再也见不到华丽闪烁的彩灯了。这一派凄苦的词境里流露出了词人无限惆怅、悲苦的心情。

第二片，词人着力刻画了春去以后心情最悲苦的几种人。"谁最苦"三字领起全段，写得十分沉痛。词人是从以下四个方面来形象地回答"谁最苦"的问题的：

第一是沉边的"箭雁"。"箭雁沉边"字面上的意思是带箭受伤的大雁落在边远的地方。这里借指精神上受到创伤，被元军掳走北去的宋恭帝和太后一行。

第二是无主的"梁燕"。"梁燕无主"的意思是梁上的燕子，失去了屋主。这里特指留在沦陷区里的南宋士大夫。他们流落在各地，就像无主的梁燕。而皇宫则变得一片荒芜。所以作者接着写道："杜鹃声里长门暮"。"长门"，汉武帝时陈皇后失宠后，被打入长门宫，后人便把长门作为冷宫的代称，这里是借指南宋故宫。全句的意思是说，君臣走后，黄昏时杜鹃的凄厉叫声，更加衬托出旧日皇宫的凄凉。字里行间流露出词人深沉的亡国之痛。

第三是凋土的"玉树"。"想玉树凋土，泪盘如露"，分别用了两个典故。据《世说新语·伤逝》记载，东晋的庾亮死后，何充把他比作埋在土中的玉树。刘辰翁这里是把玉树比作为国捐躯的人。另一处用典的地方是"泪盘如露"。汉武帝曾在建章殿前铸了一个铜人。铜人站在一个铜柱上，手中托着一个盛露水的盘子，被人称为"捧露仙人"。据李贺《金铜仙人辞汉歌》序中说，魏明帝曹叡于青龙元年八月叫人将捧露仙人从铜柱上卸了下来，金铜仙人被装上车要走的时候，流出了辛酸的眼泪。所以，刘辰翁的这两句词意思是：每当人们想到为国捐躯的人的时候都很伤心，为他们流下的眼泪像铜盘中的露水一样多。

第四是"斜日未能度"的北行者。"咸阳送客屡回顾，斜日未能度"这两句，表现了被掳北行者的依依不舍之情。作者在这里暗用了李贺《金铜仙人辞汉歌》中"衰兰送客咸阳道"的诗意。"屡回顾"三字不露痕迹地写出了被迫北行的人对故国的恋恋不舍。虽然大阳已经偏西了，但他们仍未前行，家园难舍，故土难离，所以都忍不住要频频回首，再看几眼落日余晖中的临安。

第三片，词人写自己的感叹。

"正江令恨别，庾信愁赋。""正"字是一个领格字，恰如的意思。江淹曾做过吴兴令，又写有《别赋》，所以说"江令恨别"；庾信曾经写有《愁赋》，所以说"庾信愁赋"。不过，这里的"愁赋"是指赋愁，也就是写愁的意思。江淹和庾信都是南朝的文人，后来又都被迫在北朝任职。因此，作者曾在这两句的下边自注道"二人皆北去"。这是刘辰翁为了使读者更好地理解词意而特意加以注释的。因为江淹和庾信北去以后，常常怀念故国，所以这里作者借他俩来喻指被元军劫去的一行人忆念故国的情怀。

接下来，作者便由远及近，写到了自身。"苏堤尽日风和雨"，"苏堤"是西湖外湖和里湖的界堤。它是苏轼在杭州的时候带领人民修筑的，人民为了纪念他，便将其命名为"苏堤"。这一句描写景色秀丽的西湖终日经受着狂风暴雨的侵袭，暗寓临安沦陷后受蒙元统治者惊扰的境况。

"叹神游故国，花记前度。""神游"指身不在某地，而在想象或梦境中游历某地。苏轼的《念奴娇·赤壁怀古》中有"故国神游，多情应笑我，早生华发"的句子。"花记前度"点化了刘禹锡的诗意。刘禹锡于元和十年（815年）从被贬地被召回长安，目睹了新贵权倾京师以后，抚今追昔，无比愤慨，便以游玄都观看花为题，写诗讥讽当朝权贵，他由此而被再度贬出长安。十四年后，他又被召回复职，在重游故地时，他写了《再游玄都观》一诗，最后一句为"前度刘郎今又来"，意思是：被排挤打击达二十年之久的"刘郎"今天又回来了。而刘辰翁呢，自己"神游"故都，重来西湖赏花，面对的却是风雨飘摇中的苏堤。记起前度花团锦簇的繁华景象，怎能不令人感慨、黯然神伤呢？一种眷恋故国的情思便油然而生。京城的沦陷、宋王朝的覆灭对作者来说是异常悲痛的，这在他的许多词作中都有所流露。

写这首词的时候，作者正离家在外，避难他乡，所以说"人生流落"。他作为游子旅客，身处异乡，满腔的悲愤，向谁去诉说呢？"顾孺子，共夜语"，"孺子"就是孩子。只有儿子随侍左右，在灯下共话家国兴亡大事，抒发自己凄恻伤感、不忘故国的情怀。在这哀叹声中，饱含着作者多少国破家亡之苦，蕴含着作者多少凄凉的眼泪呢？

综观全词，作者多采用象征手法。时而描摹眼前之荒芜，时而回溯昨日之繁华；时而替被掳者设想，时而为自己赋愁；时而盼抗元将士的喜讯，时而叹南宋遗民之苦悲。所有这些无不因南宋亡国而引起。所以陈廷焯评论这首词说"题是送春，词是悲宋"（《白雨斋词话》），是十分确切的。

辛弃疾写"春去"，只是对南宋国势衰微的预感和忧虑；而刘辰翁写"春去"，表现的却是南宋王朝灭亡前后的严酷现实。因此，刘辰翁的词揳（xiē）入了遗民的心灵深处，反映了南宋遗民的心理特征，比辛词更显得"情辞悲苦"，是一首遗民的血泪词。

为了满足反映现实、抒发情感的需要，在这首词里，刘辰翁采用了幽婉曲折、缠绵悱恻的抒情方式，并且多处用典，将自己忠贞的胸怀、爱国的热忱、失国以后的凄苦心境委婉地表达了出来。所以陈廷焯说这首词"曲折说来，有多少眼泪"（《白雨斋词话》）。

另外，这首词跟作者一向"苍劲道上"的词风相比，呈现出迥然异趣的艺术风貌。词的基调低沉，情辞悲苦。之所以这样，是因为当时京城陷落，蒙元统治者已推翻了南宋政权，因而作者已看不到国家民族的前途。这样就使他不可能再发出豪言壮语，使他的词具有慷慨激昂的情调。而他只能以愁苦之言、凄凉之音来表达亡国的悲哀。人们读刘辰翁的这首词，自然就会体味到它有一种屈赋《离骚》的情致和韵味。甚至有人评价此词"悠扬悱恻，即以为小雅、楚骚可也"（卓人月《古今词统》）。这是十分公允的，因为它写尽了春愁亡国恨。

（1987年12月27日16:30湖南人民广播电台《作品欣赏》节目首播）

鲜明的形象　奇特的构思

——介绍蒋捷的词《一剪梅·舟过吴江》

蒋捷（约1245—1305年后），字胜欲，阳羡（今江苏省宜兴市）人，是南宋词人。宋度宗咸淳十年（1274年）进士。南宋灭亡后，他在太湖中的竹山隐居，人称"竹山先生"。元朝大德年间，有人举荐他做官，他坚决不肯去，表现出了始终不渝的民族气节。他的词，文字精练，音调谐畅。在创作上他勇于尝试，不拘一格，被刘熙载称为"长短句之长城"（《艺概》）。著有《竹山词》，存词九十余首。

《一剪梅·舟过吴江》写于宋元交替时期，当时蒋捷正过着浪迹江湖的生活，所以，这首词可以看成他自己亲身遭遇的真实写照。词是这样写的：

一片春愁待酒浇。江上舟摇，楼上帘招。秋娘渡与泰娘桥，风又飘飘，雨又萧萧。

何日归家洗客袍？银字笙调，心字香烧。流光容易把人抛，红了樱桃，绿了芭蕉。

这首词通过对一对情侣的离愁别恨的描写，反映了兵马干戈和国破家亡给人民带来的深重灾难，充满着沉痛的故国之思，具有感人的艺术力量，历来受到人们的好评。

词一开头，这样写道："一片春愁待酒浇。江上舟摇，楼上帘招。""浇"是消除的意思。"舟摇"指船在行驶中，表明作者此时过的正是漂泊江湖的流浪生活。"帘"指酒旗。"招"指酒旗飘摇，招引顾客。作者纯用白描手法，为我们描绘出一幅"风雨归舟图"：一位有家难归的游子不顾春寒料峭、风雨迷茫，伫立在船头凝视静思。他觉得前程茫茫，时光空抛。一腔乡愁，恰似一江春水，波涛起伏，滔滔不息。当客船经过江苏省的吴江时，他看到了岸边酒楼上的酒旗。这酒旗在风雨中摇曳着，仿佛店主在招徕顾客，因而引起了这位游子"借酒浇愁"的欲望。

作者起笔就落笔于"愁"，而且"愁"的前边还冠以一个"春"字，而不为"哀愁""乡愁"。这不仅是伤情于春景或对于春景的留恋，更在于作者深含着对自己悲伤生活经历的隐痛。孤舟只影，无家无国，作为一个有一定民族气节的七尺之躯怎能不黯然销魂呢？"待酒浇"是说作者此时想要借酒浇愁，以消除郁积在心头的烦忧。然而作者又清楚地意识到，他所具有的并不是点点春愁，而是"一片"，以酒消愁的结果只会是愁上加愁。因此，"酒"字的前边用了一个"待"字，说明他这时并没有饮酒，只是表现出一种深深的感叹而已。

正当游子想借酒解愁的时候，客船已驶过"秋娘渡与泰娘桥"了。"秋娘渡"和"泰娘桥"，都是江苏省吴江县的地名。因为作者是坐船有感而作，所以有意选用了与船有关的"渡""桥"。这样一来，不仅能令读者从江边的渡口和江上的桥梁的想象中，产生一种苍穹辽阔之感，为后面"风又飘飘，雨又萧萧"所蕴含的深意创造了一个绝妙的意境，而且又用两地之间的距离反衬出风催船帆，船行神速的情景。另外，古代对妻子常常以"娘子"作为爱称，所以这"秋娘渡与泰娘桥"最能触发游子的愁思，使他自然而然地思念起了独处在家、"笑涡红透"（蒋捷《贺新郎·兵后寓吴》）的妻室，产生了归心似箭的焦急心情。这也是我们眼中的这位游子不愿停船饮酒的另一个重要原因。

想借酒浇愁又怕愁上加愁，想马上回家又知道这是不现实的。因此，游子的愁绪就更加忧郁深沉。但作者没有像李清照那样，用"载不动许多愁"来直接抒发这种愁情，而是把这种感情巧妙地融进"风又飘飘，雨又萧萧"的自然景色中，既显得含而不露，又和第一句中的"春愁"紧紧地联系了起来。"萧萧"，拟声词，指雨声。作者给风飘雨萧的景色抹上了一层感情色彩，使风雨的景色与游子的愁思联通，这样一来，游子的伤感自然就显得更为强烈，也起到了"一片自然风景，就是一种心情"的艺术效果。在"飘"和"萧"字的后面，作者又有意重叠，就使风雨的内涵更加深厚。它可以让人产生听觉上的风声雨声，视觉上的潇潇绵绵、飘飘扬扬，触觉上的寒意、湿润意，以及心态上的辛酸、苦涩、凄凉等感觉。特别是一个"又"字，连用两次，下得果敢精当。它不仅准确地反映了游子愁上加愁之意，而且也暗示着整个社会是在动荡飘摇之中，人民将要沦于无边的凄风苦雨之中。作者用婉转曲折的笔法表达了自己对南宋统治者的不满和憎恨，对人民的苦难寄予了深切的同情。要不是这"凄风苦雨"的牵引，游子怎么会有今天的漂泊生涯，会产生思亲念家的情感呢？

以上给大家介绍的是词的上片，写的是客愁。接下来我们向大家介绍词的下片，写的是离情，表现了闺人对流落异地的亲人，也就是那位游子无限思念的心情。

"何日归家洗客袍"，"客袍"指外出穿的衣服。这一句的意思是：外出的游子啊，你什么时候才能回家团聚，让我们重享天伦之乐？我什么时候才可以为平安回家的你接风洗尘呢？"袍"字前边冠一"客"字，并且质问"何日"，可知游子的流浪生涯并不短暂，归家乃是无望之想。还有一个"洗"字，充分地表露了这位闺人因亲人客游他乡而产生了独处的厌倦以及对家人团聚的渴望。而事实上呢？莫说有家难归，即便归了家，"客袍"洗涤得了吗？国已破，家必然难安！对一个忠贞之士来说，从此将是无尽的流亡生涯，往日温馨的家庭生活都已在这"何日"之问中一去不复返了。所以我们可以这样说：闺人的这一反问，是从另一个角度婉转而有力地控诉了南宋统治集团对外屈膝投降，造成国家山河破碎、人民骨肉分离的罪行。

接着，作者连用"银字笙调，心字香烧"两个典故，十分形象地反映了闺人对游子的怀念之情。"银字笙"是指用银镶饰成各种字样来表示音色高低的笙。如白居易的《南园试小乐》诗中就有"高调管色吹银字，慢拽歌词唱渭城"的句子。"心字香"指制作成为篆文的"心"字一样的薰香。如明代的杨慎在《词品》中也有说："所谓心字香者，以香末萦篆成心字也。""银字笙调，心字香烧"，闺人托物寄情，以情抒怀。她用调弄银字笙来掩饰孤寂，消磨时光；用焚烧心字香来祈祷亲人平安早归。一个"烧"字，生动形象地表现了闺人盼望游子平安返家的迫切心情。词句既有含蓄美，又富有动作性。

全词以闺人的深深感慨作结："流光容易把人抛，红了樱桃，绿了芭蕉。"这句写岁月如行云流水，飞逝而去，催人衰老。眼看樱桃红了，芭蕉又绿了起来。

这一"红"一"绿",将春光渐渐消逝于初夏的来临中这个过程充分表现了出来。这当然是时序的暗示,但细加品味,芭蕉叶绿,樱桃果红,花开花落,回黄转青,大自然的一切可以年年如此:衰而盛,盛而衰。可是人呢?像李清照所写的"绿肥红瘦",对人来说意味着青春不再,盛年难再。我们如果再进一步推想一下,家国呢?一旦破败,还能重建吗?时间一天天过去,不觉又过了一年,可是游子的归期还不知是什么时候,一种"年华如水东流去,对镜哀叹两鬓霜"的伤感便油然而生。一个"抛"字,极为生动地把闺人蹉跎岁月的感慨表达了出来。

在艺术表现上,蒋捷的这首《一剪梅·舟过吴江》也很有特色。我们把它归纳为以下三点:

一是高度的艺术概括。全词只有短短的六十字,却表现了南宋战乱之后,山河破碎、民不聊生、哀鸿遍野的深刻主题。上片写游子的乡愁,下片写闺人的相思。两片相互对应,刻画出了一对蒙受兵乱之难、分离之苦的情侣的鲜明形象。而对他们悲惨遭遇的真实描写,又在一定程度上反映了宋元之交的社会现实。

二是作者精于炼词炼句。对于这一点,我们可从三个方面来谈。首先是意在言外。全词用一"愁"字统领,先写客愁,后写闺愁。但透过"愁"字,意境豁然开阔。字里行间充满着"怨",充满着"恨"。一对情侣,既不是负心女子,又不是薄情男儿,有什么可怨可恨的呢?怨恨的是现实社会给他们造成的悲剧。而词中对怨恨含有"不尽之意",却又"见于言外"(欧阳修《六一诗话》引梅尧臣语),确实有"不著一字,尽得风流"(司空图《诗品·含蓄》)之妙。可见,词人在炼词炼句的功夫上,达到了炉火纯青的地步。其次是用词清新、明丽。如写"红了樱桃,绿了芭蕉",色调鲜明,冷暖相对,一语道出了"流光容易把人抛"的痛惜叹婉的心情,并且与"秋娘渡与泰娘桥"遥相呼应,表达出两种心境中的同一种心情——思念对方。词人写风飘雨萧,写红绿颜色之变,表面上看来是写景,实际上是在写情。真正做到了景以情合,情以景生,情景交融,浑然一体。最后是善于运用对句的形式来写景、叙事,并在其间抒情。"风又飘飘,雨又萧萧""红了樱桃,绿了芭蕉",这是用对句写景,但又饱含着相思。"江上舟摇,楼上帘招""银字笙调,心字香烧",这是用对句叙事,却又包容着离愁。而且,这些四字对句,节奏整齐,又使全词显现出一种动人的音乐美。

三是对比手法的运用。词的上片从正面写,而下片却反过来从对面写。下片表面上是写闺人对游子的无限怀念和对现实社会的切肤之痛,实际上正是表达了上片那位游子当时思念闺人和痛恨现实社会的情感。这种从对方反过来联想的写法在我国古典诗歌中是不乏其例的。作者这样写就更能体现游子的思念之切，也更能勾起读者的同情之心。可见，作者的想象非常丰富，表情达意恰到好处。

词的上片，作者纯用白描手法，描绘出风雨归舟图，显示了时代灰蒙暗淡的色彩。画面上，我们仿佛看见一位站立船头、沐风栉雨、伫立静思的意气书生的形象。下片写闺妇的相思时，作者选用"银""红""绿"等表示色彩的词，显得脂粉浓郁，清新艳丽，和上片的灰蒙暗淡形成了强烈的对比。并通过"调笙""焚香"等富有感情的动作描写，婉转地表现了人民群众渴望金瓯完整、亲人团聚的心情。全词就是这样正反结合，明暗对照，动静相交，有力地烘托出主题。可见作者构思的奇特，真可谓匠心独运，别具一格。

（1988年2月14日16:30湖南人民广播电台《文学欣赏》节目首播）

清代文学作品赏析

落红有情更护花

——介绍龚自珍的两首《己亥杂诗》

龚自珍是我国著名的启蒙思想家和杰出的文学家。在封建社会解体和半殖民地半封建社会开端这一历史转折时期，龚自珍以他具有独特风格的诗文，揭露当时社会和政治的黑暗，倡导改革，反对外来侵略，成为我国近代史上有影响的人物之一。

公元1839年（己亥年），也就是鸦片战争爆发的前一年，龚自珍由于厌恶仕途，毅然抛弃做了二十年的京官，回家乡杭州归隐。他在南归途中和江、浙道上完成了大型组诗《己亥杂诗》的写作。这组诗共三百一十五首，全部是七言绝句。它内容丰富，涉及的方面很广，既是研究龚自珍生平和思想的重要材料，又是文学史上不可多得的艺术珍品。

现在，我们给大家介绍龚自珍《己亥杂诗》里最著名的两首。先请大家欣赏第一首，《己亥杂诗》之五：

浩荡离愁白日斜，吟鞭东指即天涯。

落红不是无情物，化作春泥更护花。

这首诗主要是写作者辞官南归离开京都时的情景和心绪。龚自珍在朝廷里面先后担任内阁中书、礼部主事等职。虽然只是个芝麻小官，但他经常越位言事，甚至提出一些触动当权者利益的主张，很为当权者不满。此外，还因为英国人借鸦片战争进行挑衅，朝廷里面主和、主战争论纷纷，龚自珍更是竭力拥护主战派林则徐，因而受到投降派的忌恨和他们卑劣手段的打击陷害，这也是他辞官南归的主要原因。

龚自珍辞官南归时，正值暮春时节。出得城来，只见杂花生树，落红满眼，点点飞花，忽然引起了诗人一股浓浓的离别之情。于是，他情不自禁地挥动马鞭吟诵道："浩荡离愁白日斜。""浩荡"是广阔无边的意思。离情别绪已经充塞天地，又正值夕阳西下、夜幕降临之际，诗人此时的心绪，我们便可想而知了。在我国的古典诗歌中，诗人们十分喜欢用落日来表示韶光易逝或显示别离之苦。龚自珍在这里用"白日斜"烘托他的"浩荡离愁"，能够让人体味出他对京都的依恋之情。

然而，日既西斜，暮霭已生，这时候纵有满腔的离情也不得不匆匆赶路。于是，诗人抽响了马鞭——"吟鞭东指即天涯"。"吟鞭"是诗人所持的马鞭，这里借指车马。诗人当时没有带家眷和仆从，只是雇了两辆车，自己坐一辆，另一辆装了上百卷文集和行李，从北京外城东面的广渠门出发，所以说"吟鞭东指"。"即天涯"是说一出都城，从此便与京都远离，与亲友远隔，如奔天涯。这里又有两重意思：一方面，龚自珍在京城虽处境险恶，但总还有参与政治、争议朝政的机会，而辞官南归就意味着政治生涯的结束。这对一个爱国志士来说，是不可能没有激烈的思想斗争的。另一方面，他在京城也有许多同道朋友，如林则徐、吴虹生等，都是他志同道合的朋友。他们常常结诗社，议论时势。离开京城，也就远离了这些知交，从此天涯海角，不能常相聚会，常相鼓励。所以，"吟鞭东指即天涯"这句诗看似平淡，却蕴含着作者如海如潮的惆怅和怨恨。元代马致远的《天净沙·秋思》历来为人们所称道："枯藤老树昏鸦，小桥流水人家，古道西风瘦马。夕阳西下，断肠人在天涯。"而龚自珍在这首《己亥杂诗》里先用"浩荡"修饰离愁，又用"白日斜"烘托离愁，最后再用"天涯"映衬离愁，这种多层次的描写方法和马致远的"秋思"有着异曲同工之妙。只不过龚自珍的"吟鞭东指即天涯"没有直接说自己是"断肠人"罢了，但其断肠之意，是渗透在字里行间的。

日暮足以使游子黯然伤情，更何况是暮春时节的日暮呢？面对撩起诗人浩荡离愁的片片飞花，诗人突然感到自己就像是一片飘飞的落花。是的，诗人辞别京都，也许如同花儿辞别枝头。诗人乘着马车离开京城以后，一路情不能已，对着天边的落花，展开了丰富的想象：飘零的花儿啊，你们还会回来吗？明年那老枝头上盛开的，还是你们吗？不是了，明年的花开在新的春天，孕育在另一个五彩缤纷的怀抱里，是属于未来的花。而今年的春天已经过去，你们只属于过去凋谢了的记忆，只能在暮春的晚风里坠落。多么可恶，那无情的风雨！官场的倾轧、社会的黑暗不正是无情的风雨吗？诗人在这里已经把自己的身世与落花完全融为了一体。

正是这时候，诗人的思绪被火红的花瓣所点燃，他吟诵道："落红不是无情物"。这里的"落红"两个字在全诗中的地位至关重要。它既是对前面离愁内涵的补充，而且作为转折，它又使整首诗从离愁中解脱出来，为全诗主题的升华作铺垫。是的，落花绝不是无情的废物，自己辞去礼部主事的职务，正是为了到家乡主掌书院，聚徒讲学，把自己的学业和思想传给学生，用变革的热情去启迪他们。落花归根，化为春泥，不正可以孕育新的春天，它的色彩和芬芳不正可以献给后来者吗？大自然里花开花落，本来就没有什么感情可言，"落红"也说不上是"有情物"还是"无情物"，只是诗人把自己的身世与落花完全结合起来，把感情移向落花，才使落花也具有了人的感情，从而变成了有情物。落花有情又表现在哪里呢？表现在"化作春泥更护花"。至此，诗人终于把飞花般纷乱的思绪捉住，从愁思中摆脱出来，带着时代的使命感，上升到一种庄严神圣的境界。最后，这两句诗之所以成了传世名句，正是因为它使人们看到人生的意义，激励人们默默地把自己的生命贡献给人类社会。

古代诗人描写落花，大多分为两种情况：一种是怨东风，叹年华，面对残红嘘唏感叹。如李煜的"流水落花春去也，天上人间。"李清照的"花自飘零水自流，一种相思，两处闲愁。"《红楼梦》里的葬花辞："侬今葬花人笑痴，他年葬侬知是谁？"另一种是把落花作为自然景物来描写，其中不乏昂扬向上的精神。如韩翃的诗："春城无处不飞花，寒食东风御柳斜。"孟浩然的诗："夜来风雨声，花落知多少。"两种相比较，虽然第二种的格调要比第一种的格调高出一些，但比起"落红不是无情物，化作春泥更护花"，境界上却又要逊色一筹。

从结构上看：前两句为第一部分，诗人以日暮、天涯、落花写出一片浩荡离愁，以落花自况，赋予落花以自己的身世之感；后两句为第二部分，以落花为过渡，通过落花展开联想，把自己变革现实的热望和不甘寂寞与消沉的意志移情于物，然后代落花立言，向春天宣示，倾吐了自己的愿望。从而表达了自己对美好理想的追求和对未来的憧憬，把读者带进一种瑰丽的境界。

下面，我们接着介绍龚自珍的《己亥杂诗》第一百二十五首：

九州生气恃风雷，万马齐喑究可哀。

我劝天公重抖擞，不拘一格降人才。

这首诗的后边，作者有一段自注："过镇江，见赛玉皇及风神、雷神者，祷祠万数，道士乞撰青词。""赛玉皇"是封建社会的一种迷信活动。"玉皇"是道教所谓最高的天神，也就是诗中所说的"天公"。封建社会里，道士常借祭祀天神诈骗钱财。"祷祠万数"说明参加祭神祈福活动的人极为众多。"青词"是祭神时献给天神的祝词，由于要用珠笔写在青藤纸上，所以称"青词"。但龚自珍这首诗显然不是道士要他写的青词，只是作者借青词发挥而已。

"九州生气恃风雷，万马齐喑究可哀。""生气"指生气勃勃的兴旺景象。"恃"是依赖的意思。"风雷"本指风神、雷神，这里是用自然界的疾风迅雷，比喻冲破沉闷窒息的政治局面，激起社会大变动的暴烈行动。"喑"是哑的意思。"万马齐喑"比喻整个社会死气沉沉。"究"有毕竟、到底的意思。这两句是说如今整个中国都缺少了勃勃的生机，要使中国变得有生气，就必须实行风暴雷霆般的社会变革。那种令人窒息的沉闷的政治局面，毕竟是可悲的。

"我劝天公重抖擞，不拘一格降人才"，这两句的意思是说：我劝大自然的主宰要重新振作起来，不要局限什么资格，要打破常规，让立志革新的人才降到世界上来，好打破这种死气沉沉的局面。

这首诗是作者对清王朝扼杀人才的强烈控诉，是希求变革现实的殷切呼唤。作者早年在《明良论》（三）中就抨击过论资排辈、按资提升的用人制度，指出"大抵由其始宦之日，凡三十五年而至一品，极速亦三十年……此士大夫所以尽奄然而无有生气者也。"是说一个人从他做官之日起，最少要过三十年才能当上一个一品官。其后，龚自珍又在有关的文章中对摧残人才的专制制度做过猛烈的抨击，《病梅馆记》就是这类散文当中最有名的一篇。作者为什么对人才问题这样关切呢？这不仅因为他自身遭到摧残，感受特深，更因为他看到了国运的日衰和民生的凋敝。加上外敌侵侮日深，英军扰事海防，帝俄窥视北疆，而朝廷却昏昏庸庸，不但不思图强，反而处处扼杀人才，在上的醉生梦死，在下的噤若寒蝉。诗人爱国心切，怎能不怀深忧呢？龚自珍早年就抒发过"沉沉心事北南东，一睨人才海内空"的慨叹，数起人才来，偌大的中国都没有几个。他南下经过镇江时，看到许多虔诚者在祭祀风神、雷神，不禁叹出了自己长期郁积的心事。他是多么渴望风雷大作，打破这沉闷的空气，荡涤人间的污垢，多么希望有更多更好的人才出来，创造一个富有生气的新局面啊！当时的龚自珍业已四十八岁，尽管他的愿望不能实现，可他还是壮心未已，呐喊不止。这声音曾像惊蛰的巨雷一样，唤醒了当时的一些知识分子。直到今天，它仍然还震荡在人间！

（1988年11月19日21：30湖南人民广播电台《文学欣赏》节目首播）

介绍薛福成的散文《观巴黎油画记》

薛福成（1838—1894年），字叔耘，号庸盦（ān），江苏无锡人。清朝末年著名的外交活动家、改良主义政治家。曾在1889年以钦差大臣的身份出使英国、法国、比利时和意大利。他的散文有不少是评论时事之作，文笔平易通俗。《观巴黎油画记》就是他在参观了著名的巴黎蜡人馆和油画院后，写下的一篇佳作。文章以精细的观察和生动的描写评价了法国著名的油画珍品——《普法交战图》，有着深刻的思想意义和鲜明的艺术特色。

全文可分为三部分。第一部分写游巴黎蜡人馆的情形。作者先开门见山地交代参观的时间是"光绪十六年春闰二月甲子"，即1890年阴历二月二十四。接着，作者言简意赅地描绘了蜡人馆的情况。对蜡人的形状特点，作者做了这样的描写："见所制蜡人，悉仿生人，形体态度，发肤颜色，长短丰瘠，无不毕肖。"馆中陈列着用蜡塑造的人物，它们形体的高矮肥瘦，以及头发和皮肤的颜色等全都仿照活生生的真人模样，而且无一不是惟妙惟肖，几乎可以乱真。而蜡人的组成成分，则是"自王公卿相以至工艺杂流，凡有名者，往往留像于馆。"这就是说，凡是有社会影响或对人类社会有所贡献的知名人士，都可以塑成蜡人，安放在馆中供人瞻仰。这倒颇有一点民主的气氛。随后，作者又着重描绘了蜡人的姿态表情："或立或卧，或坐或俯，或笑或哭，或饮或博，骤视之，无不惊为生人者。余亟叹其技之奇妙。"馆中陈列的蜡人千姿百态，表情各异，饮酒游戏无不神情毕现，所以猛然间看见这些蜡人，没有不惊奇地认为是真人活动在你面前。因此，作者在参观时对其雕塑技术连连称奇，赞不绝口。第一部分的结尾句可以说是匠心之笔，不可小看："译者称，西人绝技，尤莫逾油画，盍驰往油画院，一观《普法交战图》乎？"正当作者流连于蜡人馆时，陪同参观的翻译对他说："西方人独特的艺术技巧，尤其莫过于油画。何不乘马车前往油画院，看看《普法交战图》呢？"这席话既突出了油画的艺术价值，使人有更上一层楼的感觉，又用简洁的语言承上启下，从游蜡人馆过渡到观油画院，从而把笔墨自然地引向对油画的集中描摹。

文章既然以"观巴黎油画记"为题，为什么作者却先去描写参观蜡人馆的情况呢？原因有三：一是纪实，因为作者这一天是先游蜡人馆而后才参观油画院的；二是交代，因为作者之所以参观油画院是以观蜡人为起因的；三是铺垫，因为先写雕制蜡人的技艺之不凡，更加突出了油画水平的高超。这三者融合在一起，写出了参观油画的时间、地点和缘起，成为全文别开生面的序幕。

文章的第二部分，作者精心地描写了观看《普法交战图》的情景，这是文章的重点部分。

这一部分，作者先概括说明了油画院陈列室的形状，油画的陈列方式以及采光的独特方法。这个油画院是个穹顶高大、四周宽阔的圆形展览大厅，一幅幅巨大的名画悬挂在大厅周围的墙壁上。这个展览厅的采光方法也很独特，它不是靠宽大的窗子，而是以透明的屋顶射入充足的自然光，从而不仅使画面上的光线明亮自然，而且还能给人以置身大千世界之中的真实感，使观看者与画中的世界融为一体，从而进一步加强了油画的艺术感染力。正因为这样，人们在观看《普法交战图》时便可纵目四望，深入到图画中去，仿佛自己也进入了激战的场面。

文章中，作者是从战争的环境、激战的场面、战场的夜景以及观画的感受这四个方面来描绘这幅画的。战争的环境是："则见城堡、冈峦、溪涧、树林，森然布列。"画面上的背景是古老的城堡、起伏的山冈、淙淙的溪水和绵延的林木，它们纷然罗列在图画之中，表现了在古老而美丽的法兰西国土上正在进行着一场毁灭文明的血腥战争。激战的场面描写得悲壮沉郁，如同一部撼人心魄的战争交响乐。作者先写激战的场景："两军人马杂遝（tà）：驰者，伏者，奔者，追者，开枪者，燃炮者，搴（qiān）大旗者，挽炮车者，络绎相属。"激战双方厮杀在一起，人马纷乱拥挤，画面上出现了各种各样交战中的人物形象：策马进击的，埋伏待敌的，仓皇奔逃的，奋起追杀的，开枪射击的，点燃炮火的，拔取战旗的，牵引炮车的，连续不断，令人目不暇接，惊心动魄，充满了尖锐激烈的紧张气氛。接着，作者又描绘了战争的破坏情况："每一巨弹堕地，则火光迸裂，烟焰迷漫；其被轰击者，则断壁危楼，或黔其庐，或赭其垣。"在这里，作者描绘的重点是炮火轰击的情景：每当一颗巨型炮弹落地爆炸时，就火光四射，硝烟弥漫；被炮火击中的建筑物，则有的墙壁倒塌，有的楼身倾斜，摇摇欲坠，浓烟熏黑了房屋，烈火烧红了大墙，呈现在人们眼前的是一片火海，满目焦土。更加骇人眼目的是作者接着描写的将士伤亡的情景："而军士之折臂断足，血流殷（yān）地，偃仰僵仆者，令人目不忍睹。"这里写的是战争画面的主体——人的情景：有的炸断了手臂，有的打断了腿脚，鲜血直流，染红了地面，伤亡者有的仰面躺卧，有的僵直仆地，叫人不忍心看下去。随后，作者又描述了油画上的战场夜景："仰视天，则明月斜挂，云霞掩映；俯视地，则绿草如茵，川原无际。"油画上的战场处理为月夜景色也是别具匠心的，这不仅能使激战的炮火更加鲜明突出，而且在本应是温静美好的月夜里，却发生着血腥厮杀的场面，这就更增加了画面的悲剧气氛。在这一部分的最后，作者抒写了观看油画后的感受："几自疑身外即战场，而忘其在一室中者。迨以手扪之，始知其为壁也，画也，皆幻也。"在这里，作者并没有用评论者的口吻直接论赞油画艺术手段的高超，而是从具体的切身感受出发，用极其简练的语言从侧面烘托了油画强烈的艺术感染力，以使观众身临其境、忘记自我。只有用手抚摸，感到确实是悬挂在墙上的油画以后，他才从艺术欣赏的陶醉中回到了现实世界：原来的所见、所想、所感完全是由画面所引起的联想，这种以主观论客观的烘云托月的描写方法，产生了含蓄蕴藉、引人联想的艺术效果。

这幅《普法交战图》为什么会如此强烈地吸引观众呢？除了油画本身的艺术成就之外，还有其历史原因。首先，作者选取了法兰西共和国历史上一个极其重要的事件作为题材，创作了这幅意义深远的作品。油画上所描绘的普法战争发生在1870年至1871年间。当时的普鲁士首相俾斯麦为了争夺欧洲霸权，悍然发动了侵法战争。而当时的法国正值腐败无能而又反动残暴的皇帝拿破仑三世执政，战争中法军屡遭惨败，最后在色当战役中全军覆没，拿破仑三世成了普军的阶下之囚。普军乘胜进军，长驱直入，包围了巴黎。在这兵临城下、生死存亡的严重关头，法国的资产阶级政府竟然与普鲁士签订了出卖巴黎的停战和约，这就激起了人民的强烈反对。1871年3月18日，巴黎人民发动武装起义，一举推翻了资产阶级的反动统治，建立了人类历史上第一个无产阶级专政的政权——巴黎公社。面对这一灭顶之灾，法国内外反动势力迅速勾结起来，以百倍的疯狂反扑革命，血腥镇压了巴黎公社。总之，普法战争的结果使得法国人民遭受了极其惨重的损失，蒙受了奇耻大辱。因此，法国的许多文艺作品都以此为题材，用血的历史教训启迪爱好和平自由的法国人民。大型油画《普法交战图》便是其中具有代表性的著名作品。

第三部分，也就是文章的最后两个自然段。这里，作者通过叙述自己与翻译的问答，以及听了翻译的话后所引起的思考，准确而又鲜明地点明了这幅油画的重大意义，并且深刻而又含蓄地表现了由此而引起的对中国社会现实的关切和慨叹。作者问翻译说："我听说法国人好胜心强，为什么却自己描绘这幅战败的惨状，叫人如此丧气呢？"翻译回答说："这是用来表示出明显的警戒之意，以此来激励民众发愤图强，来日洗雪国耻的。"作者听后深叹道："看来这幅画的意义是非常深刻而长远的了。"紧接着，作者由此及彼地提出了发人深省的问题："夫普法之战，迄今虽为陈迹，而其事信而有征。然者此画果真邪，幻邪？幻者而同于真邪？真者而同于幻邪？斯二者盖皆有之。"意思是说，发生在距作者参观油画二十年前的普法战争，虽然已成为过去的事了，然而这幅油画却是那一重大历史事件的见证。它既反映了历史的真实，又注入了作者的想象，并引起了观看者的思考，这正是历史、幻想、现实融为一体的艺术杰作。所以作者最后才说"盖皆有之"。就此一句，便说明了文章的作者是深谙艺术三昧和竟得油画的"要言妙道"的知音了。

作为清政府的外交官，作者记叙《普法交战图》当然不只是一般的鉴赏和品评，而是另有深意的。因为当时中国所处的地位也和普法战争中法国的处境大同小异。腐败的清政府对内残酷压榨人民，对外卖国求荣，使得中华民族屡受奇耻大辱，引起了人民的强烈不满和不断反抗。作者薛福成是一位具有维新思想和爱国精神的改良派人物，所以在看了《普法交战图》以后，深深感叹其意味深长，并且在文章的结尾处又用对话的形式突出了油画"昭炯戒，激众愤，图报复"的深刻含义。这既是这幅油画的主题，也是这篇文章的主旨。俗话说："人同此心，心同此理。"读过这篇文章的人，当然也会举一反三，深思熟虑，有感而发了。历史是一面镜子，"以古为镜，可以知兴替"，记取历史教训，振奋民族精神，去创造亘古未有的伟业，这在任何时候都是十分必要的。

这篇文章在写作上也很有特色。

首先，作者不但对画中的人和物的描写十分逼真、生动，而且还能从静中写出动来，把艺术作品的感染力传达给读者。画面上的人和物本来是静止的，但他们表现出来的是动的过程中的一刹那，它不但给人以真实感，而且给人以动态感。由于作者具有高超的艺术鉴赏力，所以能把握住这一特点，做到静中写动。如在第二部分中，作者运用"驰""伏""奔""追""搴""挽"等动词来描写人的动态，这就使得本来是静的人物变动了，令人仿佛看到他们都在动一样。又如作者写每一巨弹落地后，火光迸裂、烟焰弥漫、房屋倒塌、高楼危坠，把一瞬间迅速变化的情景描写了出来，使人感到好像战争正在进行着一样，所以特别扣人心弦。

其次，作者十分注重以描写背景去渲染气氛。文章的第二部分主要写《普法交战图》，但作者并不是一开始就写战争，而是先写背景：城堡、冈峦、溪涧、树林，森然密布。把一场无比激烈的战争气氛渲染了出来。在这部分的后面，写了法军败状之后，作者再次描写了背景：在天空，"明月斜挂，云霞掩映"；在地上，"绿草如茵，川原无际"。这把一场激战之后的悲凉气氛渲染得更浓烈，更富有感染力。

再次，作者巧妙地运用了映衬手法。这篇画记主要是记叙油画《普法交战图》，可是作者在文章的开头部分不是写油画，而是写蜡人馆，先用不少笔墨描写蜡人，再三赞叹蜡人制作技术的奇妙。这样写主要是为了衬托油画技术的高超。有了这个衬托，油画技术的无比高妙更能显示出来。蜡人馆中的蜡人"悉仿生人"，制造得"无不毕肖"，使参观的人"无不惊为生人者"，这无疑是奇妙的。而油画不但把人物描绘得无比生动，使人仿佛看到他们在动一样，而且还把巨大而辽阔、复杂而悲壮的战斗场面描绘得和真的一般，又使人觉得如身临其境一般。画中还含有深刻的含义，能给人以极大的教育。这些都是蜡人所不如或没有的。由此可见油画技术确实是无比高妙的。

最后，作者在文末点出文章的主题思想，显得非常自然，毫不牵强，而且言简意赅，这也是很值得我们借鉴的。

（1985年10月23日20：30湖南人民广播电台《作品欣赏》首播）

现当代文学作品赏析

郁达夫《故都的秋》赏析

在中国现代文学史上，郁达夫堪称大家。他才华出众，著作很多，在小说、散文和旧体诗的创作上，都有显著的成就。《故都的秋》是他的散文名篇。这篇不到两千字的短文，把北平的秋天活脱脱地勾画了出来，形象鲜明，文笔洒脱，是一篇不可多得的佳作。

文章一开头，便触题显意，用"无论在什么地方的秋天"来映衬北国的秋天"特别地来得清，来得静，来得悲凉"这一特色。交代了作者为什么不远千里，要从杭州赶上青岛，更要从青岛赶上北平来的理由：也不过想饱尝一尝这故都的秋味。文笔凝练，恰到好处。

紧接着，作者用江南的秋和北国的秋进行对比，以江南秋的意境与姿态的不足，反衬故都秋色的丰韵。江南的秋"草木凋得慢，空气来得润，天的颜色显得淡，并且又时常多雨而少风"，处于一种半开、半醉，不宜领略的状态。言下之意，江南之秋不如北国之秋来得清晰和爽朗。因此，人处其间，只觉得混混沌沌，"只能感到一点点清凉，秋的味，秋的色，秋的意境与姿态，总看不饱，尝不透，赏玩不到十足。"作者这里明写暗藏，虽然没有一字提到故都之秋，却让读者感到无时无刻不在刻画着故都之秋。

下面的九段文字，是文章的主体部分。在这部分，作者集中笔墨从正面描写了故都的秋。对别人早已多次写过的那些游览胜地的秋景，如"陶然亭的芦花，钓鱼台的柳影，西山的虫唱，玉泉的夜月，潭柘寺的钟声"，作者将它们一笔带过。而对那些在秋日里普遍存在于故都各处，人们司空见惯的景象，作者却不惜倾墨泼彩，竭力铺张渲染，以二分之一的篇幅进行了具体的精描细写：

在北平即使不出门去吧，就是在皇城人海之中，租人家一椽破屋来住着，早晨起来，泡一碗浓茶，向院子一坐，你也能看得到很高很高的碧绿的天色，听得到青天下驯鸽的飞声。从槐树叶底，朝东细数着一丝一丝漏下来的日光，或在破壁腰中，静对着像喇叭似的牵牛花（朝荣）的蓝朵，自然而然地也能够感觉到十分的秋意。说到了牵牛花，我以为以蓝色或白色者为佳，紫黑色次之，淡红色最下。最好，还要在牵牛花底，叫长着几根疏疏落落的尖细且长的秋草，使作陪衬。

这是北平居民秋日早晨在自家庭院里悠闲的生活场景。构成这一场景的事物，说来也极平常，不外乎是"泡一碗浓茶，向院子一坐"，看得见"很高很高的碧绿的天色"，听得到外面传来的"驯鸽的飞声"；可以细数"一丝一丝漏下来的"槐荫日照，也可以静对断墙上的牵牛花以及花下那"尖细且长的秋草"。这些平常的景物与江南的秋天"天的颜色显得淡""混混沌沌""只能感到一点点清凉"是有明显不同的。而作者特意插入的第二人称写法，则使人产生似乎和作者促膝谈心，一起领略故都秋色的感觉，令人流连忘返。

接下来，作者分头细写北国的槐树，秋蝉衰弱的残声，夹着凉风的秋雨和果树的奇景。这些景物都表现出了故都特有的秋色和秋味。描写作为北国秋天重要点缀的槐树时，作者并没有具体描绘北国槐树落蕊的形状、大小和色彩，而是写人们脚踏上去后的柔软触觉和古人一叶知秋的遥想，显出故都之秋的寂静和萧条。同样，作者也没有具体描绘秋蝉残声的音响与节奏，而是再次运用对比的手法，写"在南方是非要上郊外或山上去才听得到的"秋蝉的嘶叫，在北方"简直像是家家户户都养在家里的家虫"。写秋雨，作者也是先把北方的秋雨和南方的秋雨加以对比，突出北方的秋雨"下得奇，下得有味，下得更像样"。然后再写天、写风、写雨、写云，很自然地由写秋雨转入写秋凉，并进而转入写秋果。在枣子、柿子和葡萄等秋果中，作者选择枣子加以具体的描绘，把枣子颜色的变化与秋天的由盛转衰结合起来，然后指出枣子等秋果"成熟到八九分的七八月之交"，正是一年之中最好也没有的清秋佳日，点明秋天是一年之中最好也没有的黄金季节。

以上五种景象，都是故都特有的秋日景象，又都是人们随处可见，容易忽略的景象。这些景象不仅秋意十足，而且与人们的生活习惯紧密相关。作者凭着敏锐的观察力，从独特和真切的感受出发，把它们从生活中提取出来，并且注入自己深挚的感情，然后通过清新秀美的笔触，让它们一一呈现在读者面前。文笔至此，从民家院落到街头巷尾，从晴空的天色、鸽哨到地上的树木、花草，从凉雨、佳果到蝉声、人语，有物有人，有动有静，有色有声，构成了一幅纷繁多姿、绚丽生动的画卷，传达了故都之秋的特有情调和深厚韵味。作者正是借此抒发了他对这些人情风物的无比眷恋之情，表达了他对祖国壮美河山的赞美之意。

作者在正面对故都之秋做了这番淋漓尽致的描绘之后，又从侧面插入了一段关于文人与秋的关系的议论。从而把他对故都秋味的感受，由赞美之情转化为理性的评价。作者认为，在中外的文人学士当中，与秋天有密切关系的不乏其人，但又以欧阳修、苏轼等中国文人与秋天关系特别深厚，而中国文人所感受到的"中国的秋的深味，非要在北方，才感受得到底"。作者用层层递进的方法，说出了北国秋意的深沉。

在散文的最后一部分，作者又一次用南国的秋与北国的秋进行对比，表达自己对故都之秋的无限迷恋。

南国之秋，当然是也有它的特异的地方的，比如廿四桥的明月，钱塘江的秋潮，普陀山的凉雾，荔枝湾的残荷等等，可是色彩不浓，回味不永。比起北国的秋来，正像是黄酒之与白干，稀饭之与馍馍，鲈鱼之与大蟹，黄犬之与骆驼。

秋天，这北国的秋天，若留得住的话，我愿把寿命的三分之二折去，换得一个三分之一的零头。

这两段，作者首先用"旁敲侧击"的描写方法，肯定南国之秋有其独特的地方，可是比起北国之秋来"色彩不浓，回味不永"，逊色得多。最后，作者用惊人之笔直抒胸臆，甘愿以生命作为代价，与北国之秋同在同生活，倾诉了他对北国秋天的挚爱。

郁达夫的散文在艺术上具有鲜明的个性。这篇《故都的秋》在写作上有以下几个较为突出的特点：首先是选材精当，"裁剪"得体。写故都的秋，可写的秋景本来就不少，值得提及的著名游览胜地的秋日佳景就更多了，但作者却不面面俱到地去写，而是选择秋日庭院场景和秋槐、秋蝉、秋雨、秋果五种景象进行具体的描绘，泛泛点到的名胜佳景也只有陶然亭、钓鱼台、西山、玉泉、潭柘寺等地的芦花、柳影、虫唱、夜月和钟声。显然，它们都经过了作者的精心挑选，是最具典型性和代表性、最能表现题旨的景物。其次是结构严整、笔力集中。文章的开头与结尾均以南北之秋做对比，前后两相照应；中间主体部分先从正面做形象性地描绘，再从侧面做理论性地评说。全文主次分明、详略得当而又浑然一体，从而勾勒出一幅浓淡相宜、错落有致的中国深秋风俗画。此外，作品抒情色彩浓烈，文笔从容自如，也是比较突出的特色。作者在作品中以饱含感情的笔触去写一切，不仅把感情灌注于对景物的描述之中，让感情流泻在有关的字里行间，而且连说南道北、谈诗论赋等也结合着抒情来进行。作品的行文不仅抒情意味极浓，而且写来从容自如。它篇幅不长，内容涉及面却很广，既有对自己行踪的交代和对自己感受的述说，又有对各种人所皆知的著名秋景的简述和对众人所共见的普通秋景的详写。纵向，谈到古人"梧桐一叶而知秋"的名言和欧阳修、苏东坡等描写秋的名作；横向，论及祖国南北的秋味和中外人士对秋的感受。真可以说是融汇了古、今、中、外，交织着人、物、情、景。如此丰富多彩的内容，写来却是那样灵活自然，得心应手，而且写得那么简洁洗练，流畅优美，确实表现了作者深厚的文字功力和非凡的艺术才能。

（1990年11月5日8:00长沙人民广播电台《文学欣赏》节目首播）

苦闷的象征　独特的风格

——茅盾散文《叩门》赏析

　　《叩门》是茅盾于1929年1月写的一篇抒情散文。在写这篇散文之前，茅盾曾参与到大革命的实际活动中。在国共两党合作进行的北伐战争期间，他由上海到武汉，先在中央军事政治学校任政治教官，接着又担任了由董必武任社长的《汉口民国日报》的主编，表现出了高昂的政治热情和无比的革命积极性。但是，由于蒋介石发动了"四·一二"反革命政变，这场轰轰烈烈的革命惨遭失败。不久，他被迫流亡日本，在那里短住了一段时间。面对突如其来的政治事变，茅盾曾一度陷入精神上的消沉苦闷之中。《叩门》这篇散文就正好反映了作者当时的思想轨迹。尽管这篇文章正如钱杏邨（cūn）所说"还不够精湛伟大"（《现代十六家小品》），但在象征手法的运用和心理描写、环境描写等方面很有特色。阅读和欣赏《叩门》，不仅可以帮助人们认识过去的历史，看清前人"歪斜的足迹"（茅盾《我们这文坛》），从中受到教益，而且可以提高我们的文学素养，繁荣我们的散文创作。

　　抒情散文一般有一条或隐或现的抒情线索，读者凭借这条线索的踪迹，可以窥探出作者抒发的内在感情。这篇散文就是以叩门为线索，写了"我"恍惚听到的三次叩门声，并由声音引出自己的复杂感受。叩门声象征着作者心中所渴望的革命风暴，而叩门声的转瞬即逝则象征着作者心中的苦闷和空虚。字里行间表现出了作者那不甘消沉、渴望振作，但又没有完全摆脱苦闷与悲观的微妙内心。

文章第一部分，写第一次叩门声使"我"从梦中惊醒以及感到惆怅。"我"在睡梦中被"答，答，答"的叩门声惊醒过来，可醒来后侧耳一听，声音却没有了，现实世界"依然是那么沉静"。当"我"翻了个身，蒙眬地又将入梦时，突然那声音又将我唤醒。这时，"我"感觉中除了听到了"答，答"的小响外，还听到了"呼——呼——的巨声"。这"巨声"是什么呢？"是北风的怒吼罢？抑是'人'的觉醒？"连"我"自己也不能决定。从文章中作者倾露出的感情来看，这怒吼的北风应该象征着十月革命的故乡正在发生惊天动地的"变革"。这"人"的觉醒不妨把它理解为苏联革命所鼓荡起的全中国风起云涌的革命浪潮。茅盾曾被这风暴所裹挟，为之狂呼，为之助威。因而作者接着写道"但是我的血沸腾，我似乎经已飞出了房间，跨在北风的颈上，砉（huā）然驱驰于长空！"这不正是作者在大革命中驰骋沙场、叱咤风云的精神面貌的艺术写照吗？可是这梦幻中的声音却立即"模糊了，低微了，消失了"，留给"我"的只是一段寂寞的虚空。这突出地表现了作者在大革命失败后思想上的苦闷。于是作者浮想联翩，想到了"许多面孔，错落地在我眼前跳舞；许多人声，嘈杂地在我耳边争讼。"这一段话实际上是作者对大革命时代火热岁月的回忆。当年，作者曾投身于革命的漩涡之中，经历了许多重大的事件，现实生活的图画深深地刻印在作者的脑海里，当他静思默想的时候，这些图像自然会重现在眼前。作者茅盾在《创作生涯的开始——回忆录（十）》一文里说："在大革命中，我看到了敌人的种种表演——从伪装极左面貌到对革命人民的血腥屠杀；也看到了自己阵营内的形形色色——右的从动摇、妥协到逃跑，左的从幼稚、狂热到盲动。在革命的核心我看到和听到的是无止休的争论。"第一次叩门声后的这些沉思固然是过去生活的反映，但现实生活中的作者仍然是不甘消沉的。在巨声消失之后，他又希望有"雷鸣"来打破这沉静的世界，所以紧接着，作者写到了第二次叩门声。

第二次叩门引起了"我"以为"门外是殷殷然有些像雷鸣"的错觉和对"雷声"的清醒思考。这次叩门是在"夜半"，这是黎明前最黑暗的时候，象征革命虽然处于低潮，但曙光却就在前头。茅盾曾说过："共产主义理论使我深信不疑"，所以即使在那样漆黑如炭的"夜半",也使他感到有殷殷然的"雷鸣"。这自然不是蚊雷,而是"于无声处听惊雷"(鲁迅《无题》)的人民革命的巨雷。历史的年轮已经进入伟大的无产阶级革命时代,叮人肉、吸人血的"蚊子"的确还有,但他们只能"躲在暗角里,早失却了成雷的气势"。作者意识到现在正处于两次革命高潮之间的低谷,敌人经历了第一次革命高潮的打击后已失却了气势,而新的革命高潮还处在准备阶段,并不能很快到来。所以作者写道:"我也明知道不是真雷,那在目前也还是太早。"这样,作者的思考就为第一次叩门引起的情感矛盾提供了切实的依据。不过,当时中国革命已从城市向农村深入,"星星之火"大有燎原之势。到三十年代初,作者在散文《雷雨前》就听到了轰隆隆的雷声。那雷声在"胜利地叫着",作者以高亢激越的调子纵情欢呼:"轰隆隆,轰隆隆,再急些!再响些吧!让大雷雨冲洗出个干净清凉的世界!"表明了他对革命的热切向往。

正因为对革命的热切向往,所以听到第三次叩门声"我"便采取了具体的行动,"我跳起身来",朝门外望去,然而仍旧是"什么也没有,镰刀形的月亮在门前池中送出冷冷的微光,池畔的一排樱树,裸露在凝冻了的空气中,轻轻地颤着。"门外只有一条黑狗,于是什么北方的雷,什么火热的年代,都只化为"一个空虚",剩下的是一个豺狗横行的现实世界。

从上面的分析中不难看出,《叩门》的思想是深刻的,它真实地记录了作者在那个特定历史时期的思想。不论是激昂奋发,还是苦闷悲观,都不加掩饰地把它们写在作品里。全文以时间顺序安排所听到的三次叩门声,听到"答,答,答"的叩门声后,"我"的反应是层层递进的:由"侧耳静听"到"不耐烦地呼喊",最后到"无论如何再耐不住了,我跳起身来,拉开了门往外望"。表现了抒情主人公由梦到清醒的过程和对革命高潮的热切等待。而"我"听到的声音却是层层递降的,由声音"模糊了,低微了,消失了"到"没有回音",最后到"什么也没有"。因此,它一次比一次地更引起作者的失望,"我"的主观错觉在层次上也就显现出逐渐下降的趋势:从开始呼呼的巨声,到"殷殷然"像雷鸣,最后只剩下一些"凄厉的气氛",其幻觉成分愈来愈少,从而表现了作者"梦醒了,无路可走"(鲁迅语)的苦闷和失望的感情。《叩门》里抒发了极为复杂的内心情绪,看来只是个人的感觉,其实是反映了那个时代生活的某个侧面。就像钱杏邨在评论茅盾散文时所说的,《叩门》一类的小品,"正象征了一个时代的苦闷"。当时的一些小资产阶级知识分子因为蒋介石的背叛革命而受到白色恐怖的重压，一时又找不到中国革命的正确道路，但共产主义的信念却总在激励他们向往革命斗争，追求光明的未来。这样一来，他们就必然会产生"怎么办"的苦闷。我们也应该看到，即使是伟大人物，其足迹也会有"歪斜"的时候。鲁迅曾经"荷戟独彷徨"（《题〈彷徨〉》），郭沫若也有过苦闷。因此，茅盾先生的这段生活中的消极情绪是无可厚非的。它既可给我们后人以警戒，又可使我们从中看到时代的侧影。对此，我们也没有必要加以任何形式的掩饰。

　　《叩门》写得优美别致，跟茅盾以后写的《白杨礼赞》那样明白晓畅的散文比较起来，自成一格。首先是象征手法的绝妙运用。作者借助奇特的想象，运用象征的手法，把自己复杂微妙的内心通过鲜明的形象表现出来。"北风"象征着革命的风暴，"夜半"象征着黎明前的黑暗，"雷鸣"象征革命的高潮，"蚊子"象征吸血的反动派……这些象征性的意象同全篇的文字一样，具有强烈的抒情性，渗透着作者鲜明的爱憎感情。其次是心理描写异常细腻。它将清醒的意识、蒙眬的梦境、杂乱的幻觉以及自我心理分析交织在一起，形成了一幅完整的表现心理的图画，使整个情节在一种时梦时醒、时断时续、朦朦胧胧、迷离惝恍的心理活动中展开，从而真实地记录了一个时期作者苦闷矛盾的心绪。最后这篇散文在着力刻画抒情主人公心理活动的同时，也着力烘托了环境气氛。在作者的笔下，"头上的电灯洒一些淡黄的光"，"纸窗和帐子依然是那么沉静"，"窗外是青色的天空闪耀着几点寒星"，"镰刀形的月亮在门前池中送出冷冷的微光，池畔的一排樱树，裸露在凝冻了的空气中，轻轻地颤着"。环境是如此的寂寞和清冷，这既象征着现实的黑暗，与作者对"北风""雷鸣"的幻觉描写形成鲜明的对比，从而衬托出主人公此时殷切盼望革命风暴的心情，同时又和自己的苦闷、空虚形成了统一。确实是一篇风格独特的散文。

（1991 年 2 月 23 日 20:30 湖南人民广播电台《作品欣赏》节目首播）

静夜里的心跳

——闻一多《静夜》赏析

在我国现代文学史上，闻一多是以一位优秀的爱国诗人和新格律诗的倡导者而著称的。他的两部新诗集《红烛》和《死水》，给人印象最深的莫过于诗集中所表现出的强烈的爱国主义感情和对新诗民族化的探索与追求。收在《死水》诗集中的《静夜》，就是一首很有代表性的好诗。

1925年，闻一多从美国留学归来后，生活道路相当顺利。他不到30岁，就成了蜚声国内的著名诗人和教授。按当时一般留洋归来者的思想状况，他是完全可以两耳不闻风雨之声，一心钻在象牙之塔的。然而，闻一多却不是如此，他没有忘记祖国的灾难、人民的痛苦。面对黑暗残酷的现实，诗人无法抑制自己的"心跳"，他虽然置身于恬静的夜晚，但想到的却是辽阔世界中不幸的人们。他不但对吟咏个人小圈子的诗歌表示了不满，而且对制造惨剧的凶手表示出愤怒和抗议。《静夜》就体现了他这种思想。

这灯光，这灯光漂白了的四壁；

这贤良的桌椅，朋友似的亲密；

这古书的纸香一阵阵的袭来；

要好的茶杯贞女一般的洁白；

受哺的小儿接呷在母亲怀里，

鼾声报道我大儿康健的消息……

这神秘的静夜，这浑圆的和平，

我喉咙里颤动着感谢的歌声。

开头八句写了恬静的夜晚、惬意的书斋、幸福的家庭，以及诗人油然而生的满足感。前四句主要写物。这是一个富有士大夫情趣的中国高级知识分子的家庭陈设：洁白的灯光、漂白的四壁、贤良的桌椅、散发着纸香的古书、洁净的茶杯。虽然别无长物，却显得古朴淡雅，符合主人公的身份和性格。诗人用词十分讲究。例如，第一句不说灯光照亮四壁，而说"这灯光漂白了的四壁"，一个"漂"字用得很传神：把灯光当作漂白剂，又把墙壁当作丝织物，从而写出了书斋内灯光的充足和墙壁的洁白，给人一种新奇的感受。在第二句中，"贤良"一词，本来是品德高尚、生性善良的意思，通常用来写人，但诗人这里却用来形容桌椅，把桌椅拟人化，视为自己亲密的"朋友"，这样就赋予了桌椅与诗人互相切磋琢磨、彼此难分难舍的情趣，写出了诗人和它们朝夕相处的融洽关系。第三句如果单说"古书"，就比较平淡，缺少一点韵味。诗中说："古书的纸香一阵阵的袭来"，就把诗人那种陶然入神之感表达出来了。一个"袭"字将"纸香"拟人化。而这种纸香乘人不备的阵阵"侵袭"，又很好地渲染出一种幽静闲适的情境。第四句中，"贞女"本指天真无邪的少女，用来比喻洁白的茶杯，也显得十分新颖，写出了诗人对它的喜爱。诗的第五、六句转写人的活动：静夜里，小儿在母亲怀中吮吸乳汁，大儿打着呼噜进入了梦乡，这让作者感到舒心宽怀，能安心致力于学术研究。因此，诗人接着说这"静夜"具有"神秘"的色彩，大概就是感到这静夜的幸福有些深邃莫测，甚至感到有些过于优厚，一时难以用语言来恰当地表达吧！"和平"一词在这里是指家庭的和睦平静，诗人经过和家人的几年别离后，终于结束了漂泊动荡的生活，实现了团圆相聚的愿望。眼前的景象，不正是诗人所迷恋的"和平"吗？"和平"前面加上"浑圆"这一形容词，就更好地说明了这种生活的美满。所以，面对此景，诗人的喉咙里很自然地要"颤动着感谢的歌声"，感谢命运之神为自己的着意安排。

在前八句诗中，诗人用铺叙之笔绘声绘色地描写了眼前的美满景象，使一个幸福小家庭跃然纸上。但是，在20世纪20年代，在灾难深重的祖国大地上，军阀狞獗，哀鸿遍野，广大人民妻离子散，温饱难求。作为一个富于爱国心和同情心的诗人怎么能奢谈"幸福"，陶醉于眼前的"和平"呢？因此，诗人的写作目的并不在此，而是欲抑先扬，为后面的诅咒做反衬。

接下来的第九句至第二十四句，写诗人不愿受静夜的"贿赂"，不主张讴歌个人小天地。他放眼辽阔的现实，想到了人民的痛苦，并寄予了深切的同情：

但是歌声马上又变成了诅咒，

静夜！我不能，不能受你的贿赂。

谁希罕你这墙内尺方的和平！

我的世界还有更辽阔的边境。

这四墙既隔不断战争的喧嚣，

你有什么方法禁止我的心跳？

最好是让这口里塞满了沙泥，

如其他只会唱着个人的休戚！

最好是让这头颅给田鼠掘洞，

让这一团血肉也去喂着尸虫；

如果只是为了一杯酒，一本诗，

静夜里钟摆摇来的一片闲适，

就听不见了你们四邻的呻吟，

看不见寡妇孤儿抖颤的身影，

战壕里的痉挛，疯人咬着病榻，

和各种惨剧在生活的磨子下。

第九句和第十两句，诗人对上面前八句的内容进行了有力的收束，同时又道出了全诗的立意所在："但是歌声马上又变成了诅咒，静夜！我不能，不能受你的贿赂。"为什么要诅咒静夜呢？因为静夜在"贿赂"诗人。所谓"静夜的贿赂"，就是指安谧优厚的物质生活对诗人这样的知识分子的诱惑，诱惑他们安于这样的生活，在这样的小天地里置国家与人民的苦难于不顾，成为反动统治的附庸或点缀品。

这样看来，静夜实际上成了掩饰国家与民族苦难的假象，和平只存在于"尺方"的墙内，它就像牢房的四壁，要把诗人囚禁其中，将他与辽阔的世界隔开。有着强烈爱国主义精神和民族责任感的诗人，怎能接受这条看似美丽的锁链？怎能甘心以此来麻醉自己的心灵呢？因此，他表示出极大的义愤，用两个"不能"反复强调了自己对这种"贿赂"的断然拒绝。可见诗人立意的着眼点，并不在于讴歌"浑圆"静夜的闲适静谧。那么诗人又为什么要在这首诗的开头铺写一种闲适环境，抒发一种个人幸福之感，甚至叫人在初读的时候似乎感到与时代和社会现实很不调和呢？

这是运用反衬手法，把这种闲适静谧作为反衬背景，以便突出在诗人心中占主导地位的另一种思想感情。诗人写"四壁"之内的陈设，是为了说"我的世界还有更辽阔的边境"；写"这浑圆的和平"，是为了衬托出外界"战争的喧嚣"和各种惨剧；写静夜里的种种闲适，为的是表现"我的心跳"。反衬之笔的运用，使得正面的意思更有力量，使诗歌更有感染力。

诗人在幸福的静夜里忧伤时事，一颗正直而富于同情的心在剧烈地跳动。他清醒地认识到诗人的职责就是要正视现实，要反映人民的呼声，因此，他间接地在诗中写出了关于诗歌创作的主张。诗人认为，如果只会歌唱个人的哀乐，就失去了做诗人的资格，那就最好停止歌唱，让口里塞满泥沙；如果他只是为了自己眼皮底下的一杯酒，一本诗，一片闲适，那他就失去了诗人应有的品格，他的大脑就酿不出有价值的诗的琼浆，他的头颅就只配去给田鼠掘洞，他的血肉之躯就成了一具死尸，就会对生活磨子下的种种惨剧视而不见，见而不敢仗义执言。这既是对个人主义者的鞭挞，同时也是自警。作为一位诗人，闻一多对自己的职责有着清醒的认识，他不仅看到了满目疮痍的祖国令人痛心的景象，而且还看到了在呻吟的四邻，在颤抖的寡妇孤儿，在战壕里痉挛的士兵，以及被逼得发疯地咬着病榻的病人……于是，一种蒙眬的却要求变革的思想感情在他胸中燃烧。因此他在最后写道：

幸福！我如今不能受你的私贿，

我的世界不在这尺方的墙内。

听！又是一阵炮声，死神在咆哮。

静夜！你如何能禁止我的心跳？

这几句再次强调了第二层的诗意，感情也更为昂扬激越。这不仅表现为文字的重复，而且表现为呼语和感叹号的增加。"幸福！""听！""静夜！"等都表现了诗人心中迸发的激情。"又是一阵炮声，死神在咆哮"，这一句是上面没有的，是"战争的喧嚣"的具体化和形象化，表现了诗人对反动军阀的愤怒抗议。

静夜不平静，世界不平静，诗人的心不平静。这个结尾，既是借题收束，让读者理解诗人的命意；同时又是就题放开，含有不尽之意，把读者带到祖国多灾多难的岁月，让人们至今感受诗人那一颗激烈跳动的心。这种寓意深邃、发人联想的艺术意境，收到了使人掩卷深思而觉余味无穷的艺术效果。

《静夜》这首诗在构思上有许多巧妙的安排。诗人寓激情于艺术构思中，将对现实的控诉和囿于小我者的谴责融合在对静夜画面的描述里，通过形象的对比，将生活中分散的现象集中在一起，给人以强烈的暗示，促人联想，唤人惊醒。

构思的体现，主要借助于对比和反衬的手法。开头八句，渲染了静夜里"浑圆的和平"，"但是"笔锋一转，感谢变成诅咒，引出一系列人间的惨剧与之对比。于是，静夜的安谧便起到了反衬世界喧嚣的作用。这种对比与反衬十分细腻具体。静夜里小儿接呷声和大儿鼾声同四壁隔不断的战争喧嚣声、四邻呻吟声和"死神在咆哮"的炮声，从听觉上形成了强烈对比；书斋的环境、妻儿的团圆则同疯人的病榻、寡妇孤儿抖颤的身影，从视觉上形成了鲜明的对比。同时，诗人忧国忧民、断然拒绝"私贿"的崇高感情又同只唱"个人的休戚"、只贪图一己的闲适者的卑下感情形成对比，用后者"口里塞满沙泥""头颅给田鼠掘洞"的丑陋形象反衬了战斗者的高大。

诗歌是一种高度凝练的艺术形式，要求语言的运用能够以一当十，用有限的字词引起读者无限的联想。闻一多又主张诗歌要有绘画美，要讲究辞藻的形象性。因此，这首诗在语言的运用上就具有以下鲜明的特点。

一是注意构成独特鲜明的形象，注意语句的可见性和可感性。如用"漂白"形容灯光的明亮，用"咬着病榻"渲染疯人的反常，用"痉挛"来描绘战壕里战士的痛苦，用"磨子"来比喻人们在生活中所承受的磨难。有些修饰语也用得很有特色。如用"钟摆摇来"修饰"闲适"，使人联想起静夜钟声"嘀嗒嘀嗒"的闲适节奏，产生了奇特的效果。

二是诗人善于选用不同类型的句式。如诗人的前三句用的是排比句式，而开头一句中的"这灯光"又是直接反复，两者综合运用，更表现出诗人对他那古朴幽静而合心合意的工作环境是非常留恋、十分自得的。又如写"鼾声报道我大儿康健的消息"，而不写"康健的大儿在发出鼾声"，既避免了句式的重复单调，又突出了"鼾声"这一听觉形象。再如"这四墙既隔不断战争的喧嚣，你有什么办法禁止我的心跳？"前一句是陈述句，后一句是反问句，诗人借反问来强调自己不甘闲适和对时事的忧伤，以引起人们的思索和玩味，加深读者的印象。"最好是让这口里塞满了沙泥，如其他只会唱着个人的休戚。"这是一个倒装句，偏正复句一般顺序是偏句在前，正句在后，这里倒置后，既突出了正句，又把结构相同的两句"最好是让这口里塞满了沙泥"与"最好是让这头颅给田鼠掘洞"隔开，使句式富于变化，生动活泼。

从诗歌的形式上看，《静夜》是一首比较典型的现代格律诗。每行字数相等，音节大致相同，押韵和换韵十分严格，念起来和谐，听起来悦耳，富于音乐美。由于诗行整齐，在视觉上也给人以美的感受，比较典型地反映了闻一多诗歌的风格。

（1989年10月21日17:45长沙人民广播电台《文学欣赏》节目首播）

独出机杼绘黄山

——徐迟《黄山记》赏析

"五岳归来不看山，黄山归来不看岳。"旅行家徐霞客曾这样赞誉黄山，可见黄山确有不同于其他名山的独特的美。黄山之美，天下独特，历代描写黄山的诗文也就不少。在这些作品中，徐迟的《黄山记》是一篇构思谋篇独出机杼的佳作。

徐迟，浙江省湖州市吴兴县人，1914年生，三十年代中期开始诗歌和散文创作，新中国成立后尤以报告文学见称于世。徐迟生性好动喜游，兴趣广泛，生活阅历十分丰富，加上深厚的中外文化艺术修养，他的创作便呈现出斑斓的色彩。

《黄山记》是徐迟发表于1962年的一篇游记散文，全文由四个部分构成，第一部分是对黄山胜境的概述。作者起笔不同凡响，他既没有袭用传统的移步换景的写法，也没有开门见山交代写作缘由，而是以大胆奇特的想象，用大气磅礴的笔触，为我们展现了一处鸿蒙以前的造山运动，描绘了黄山诞生的壮丽场面。那是一个古老而庄严的故事，讲述的不是上帝创造世界，而是被作者人格化的大自然调山遣水，为我们人类安排胜境的全过程。"大自然是崇高，卓越而美的。它煞费心机，创造世界。它创造了人间，还安排了一处胜境。它选中皖南山区。""用火山喷发的手法，迅速地，在周围一百二十公里，面积千余平方公里的一个浑圆的区域里，分布了这么多花岗岩的山峰。它巧妙地搭配了其中三十六大峰和三十六小峰。高峰下临深谷；幽潭傍依天柱。这些朱砂的，丹红的，紫霭色的群峰，前拥后簇，高矮参差。三个主峰，高风峻骨，鼎足而立，撑起青天。"这种奇妙的开头，确有一种为黄山立传的大手笔气魄，一开始就给人以强烈的震撼力。

接着，大自然它打开了云库，又毫不悭吝地赐予黄山几千种植物，它还特意搭配了无数溪涧潭瀑，山峰之间又添灵气。于是，"紫红的峰，雪浪云的海，虚无缥缈的雾，苍翠的松"组成了奇幻的景。而能治百病的温泉，能唱出八个乐音的音乐鸟，稀世的灵芝草和"只属于幸福的少数人的，极罕见的摄身光"，则更是将黄山点缀得如同仙境了。这些极美的景致，无不透出了黄山的一个"奇"字。

但是，大自然在满意地布置完毕这一处胜境之后，却不肯随便把胜境给予人类。造山以后，他立即"三下两下，将那些可以让人从人间通入胜境去的通道全部切断，处处悬崖绝壁，无可托足""它封了山"。这"封山"二字，既巧妙地透出了黄山的"险"，又为下文回溯人们攀登黄山的历史，描绘黄山的奇观作了铺垫。运笔雄奇峭拔，一如黄山奇峰。

接下来的第二部分，作者不是写自己怎样游山，而是突然跳脱开去，写了一段古人登山的简史，为黄山道路由险变夷的发展历史立传。大自然在史前为人类安排的胜境鸿蒙以后许多年还只是动物的乐园，"只有善于攀缘的金丝猴来游"，可见大自然"封山"的威力确实非同一般。以后又过了许多年，才来了人。"第一个来者黄帝，一来到，黄山命了名。"传说他和浮丘公、容成子上山采药，攀上过黄山的光明顶。以后又几千年，"无人攀登这不可攀登的黄山。"直到盛唐的开元、天宝年间，才有诗仙李白逸兴横飞地登上了海拔1860公尺的莲花峰绝顶。此后又数百华，才有宋代的吴龙翰夜宿过莲花峰顶。

"可是这以后，元明清数百年内，绝大多数旅行家都没有能登上莲花峰顶。"汪瓘（guàn）那支浩浩荡荡的登山队只有少数人到达了光明顶。登莲花峰的更少了，而三大主峰之中的天都峰，海拔虽然最低，却最为险峻。几千年从来没有人上去过，天都诗社的博雅诸君也只有结盟峰下，望峰空吟，没有一个能登上山去。只有后来的普门法师、云水僧、李匡台、方夜和徐霞客五人在天都峰上留下了几行足迹。到此，作者以简洁的笔墨结束了对人们攀登黄山历史的回顾。数千年来，人类极少有人能攀登上黄山之巅，原来大自然封山的目的是只允许少数人欣赏它的"杰作"，这就从侧面烘托出了黄山之"险"。

写大自然造山、封山以后，作者又写了前人的登山，到第三部分，作者才开始叙述自己一行攀登天都峰的经过。文章以作者亲眼所见和古今进行对比，从正面极写天都之"险"，与第二部分互为关联，形成古今相映、虚实相生之势。

前人登山的"五百级罗汉级""没有扶手，仅可托足，果然惊险"，但现在"另外有比较平缓的、相当宽阔的石级"，甚至还有了一段公路。登天都峰的那条鸟道"像绳梯从上空落下来""险莫能上"，它曾使前人"怨""泣"不止，苦寒攀缘，可现在"却并不可怕"，因为两旁有了石栏、铁索等保护措施。就连使大旅行家方夜"稍栗"的惊险处鲫鱼背，还有阎王坡、小心壁等也已化险为夷了，不再是不可能去的地方了。"我们直上，直上，直上"，一行人全来到了天都峰顶。这时"千里江山，俱收眼底；黄山奇景，尽踏足下。"作者禁不住感慨万千地挥毫写道："我们这江山，这时代，正是这样，属于少数人的幸福已属于多数人。虽然这里历代有人开山筑道，却只有这时代才开成了山，筑成了道。"这一节文字可以看成作者构思的焦点，也是作品的文眼。明白了这一点，我们就不难理解作者安排第二部分的独特用心了。它的文脉貌断实续：一方面，它承袭第一部分大自然"不肯随便地将胜境给予人类"的旨意，是"封山"这一庄严举动的具体体现，从历史角度揭示了黄山之"险"；另一方面，它在描述之中，又自然地烘托出第三部分"胜境已成为公园，绝处已经逢生"的辉煌现实，展现出黄山险路逐渐被人类征服的历史进程。这样一来，就既为黄山立了传，又反映了人类文明的发展，歌颂了新的时代。在今天的黄山，天赐的自然景观和劳动者创造的人文景观已融为一体，互相映衬。名贵树木上悬挂着的写有树名并标上了拉丁学名的小牌，装在险峻地方结实的红漆铁栏杆，断崖之间架上的桥梁……一切都显得那么的统一，那么的和谐。怪不得作者在这部分的结尾高声喊道："看呵，这是何等的公园！"

在描写了黄山总体构造，回溯完古人登山历史以及记叙了自己一行人登上黄山天都峰顶后，文章可以说已经蓄足了势头。所面临的就是要正面描写黄山之"奇"了。壮丽黄山，胜处万千，在布局上，如果作者从东西南北按方位渐次写来，或者将山峰一座座挨次描摹过去，就难免像报流水账那样散漫拉杂。作者完全丢弃这种一般的布局方法，而是在第四部分抓住黄山景色"变化无定"的特点，采用星云密布的手法，写在黄山之巅见到的云海、松针、日出、摄身光四大奇观。

"只见云气氤氲来，飞升于文殊院、清凉台，飘拂过东海门、西海门，弥漫于北海宾馆、白鹅岭。"作者一开始就抓住了"漂泊无定""变化多端"的云雾挥毫泼墨，这云雾使得黄山"毫秒之间，景物不同；同一地点，瞬息万变"，尽管"一忽儿阳光泛滥；一忽儿雨脚奔驰""却永有云雾，飘去浮来；整个的公园，藏在其中。"有时"云海滚滚，如海宁潮来""朱砂峰被吞没；桃花峰到了波涛底。耕云峰成了一座小岛，鳌鱼峰游泳在雪浪花间。"有时风云汇聚似"雪浪滔滔""排云亭前，好比一座繁忙的海港，码头上装卸着一包包柔软的货物"。面对此景，作者禁不住突发奇想："我多么想从这儿扬帆出海去""可是暗礁多，浪这样险恶"，作者不由得担心它们会撞碎自己的帆桅，打翻自己的船。然而当作者大胆"踏进更深的波浪"里时，他的游兴却更浓了："一苇可航，我到了海心的飞来峰上""但见浩瀚一片，辽无边际"，诡奇的海上蓬莱，吸引着"我"在"雪浪褶皱里，载沉载浮"，飘到海外去了。

明明是云，却当作海来写；明明是风起云涌，却偏偏说是风急浪险：足见作者感受的奇特。不过，置身于这"浓云四集，八方茫茫"，奇幻无比的图画里边，作者也有点"迷不知吾所如"（屈原《涉江》）了。正在这时，只见云海里走出一位药农，他手擎一枝鲜红的灵芝草给作者看，并给作者指点了道路，然后，他缘着绳子下到数十丈的深谷里去了。这是写人，同时也是写雾，这位神秘的药农来去无踪，又为整个画面增添了几分空灵和飞动之感。

黄山松也是黄山的一大奇观，它铁骨冰肌，天下罕见。作者写松树时不囿于某时某地的一树一景，而是从不同角度、不同侧面描绘出黄山松较为完整的审美形象。文章这样写道："几枝松，几个观松人，溶出溶入；一幅幅，有似古山水，笔意简洁。而大风呼啸，摇撼松树，如龙如凤，显出它们矫健多姿。它们的根盘入岩缝，和花岗石一般颜色，一般坚贞。它们有风修剪的波浪形的华盖；它们因风展开了似飞翔之翼翅。从峰顶俯视，它们如苔藓，披覆住岩石；从山腰仰视，它们如天女，亭亭而玉立。沿着岩壁折缝，一个个的走将出来，薄纱轻绸，露出身段翩然起舞。"短短一百来字，作者把松树的丰姿展现得细腻而又传神。

写日出景象时，作者巧妙地运用一组排比句，大肆渲染出它的壮观景象："从未见过这鲜红如此之红；也从未见过这鲜红如此之鲜。一刹那，火球腾空，凝眸处彩霞掩映。光影有了千变万化；空间射下百道光柱。万松林无比绚丽，云谷寺豪光四射。忽见琉璃宝灯一盏，高悬始信峰顶。奇光异彩，散花坞如大放焰火。"这几组对偶句，反复谱写了日出时天上地下的光色变化，接连写万松林、云谷寺、始信峰、散花坞在红日光照中的美景，达到了尽情描绘日出景象的奇妙艺术效果。

作者最后描绘的"摄身光"，是雨过天晴时，阳光经云雾折射而形成的一种自然奇观。作者在大雨将至时，躲进了气象站里。倾盆大雨过后，几位年轻的科学工作者邀请他登上了气象观景台。这时，雨过天又晴，透过云缝，作者极目远眺，"休宁的白岳山，青阳的九华山，临安的天目山，九江的匡庐山""如白练一条浮着的"长江尽收眼底，凝神近视，只见十步之外，一道彩虹跨天都，直上青空，作者顿时觉得可以从这彩虹之脚拾级而上，临虹款步，去俯览祖国的万里江山。正在此时，"云海之间，忽生宝光。松影之荫，琉璃一片，闪闪在垂虹下"，黄山之美的最高效果"摄身光"出现了。奇迹发生了！这种"彩色光晕如镜框，中间一明镜可显人形"的摄身光，过去只属于少数人的，而在今天，作者却亲眼看见了，叫他怎能不从心底发出欢呼："这是何等的公园！这是何等的人间！"

这就是徐迟眼中的黄山，这就是徐迟笔下的黄山，这就是独出机杼的《黄山记》。

说《黄山记》独出机杼，并非泛泛的溢美之词。笔者认为，《黄山记》有以下这么几个不同于其他游记散文的特点：

第一，《黄山记》在结构上形式多变，疏密有致，显示出一种错综曲折、深邃悠远的美。文章的第一部分从大自然布置黄山胜境的角度落笔，采用横式布局，居高临下，大气磅礴地写了黄山的区域范围、峰峦、云雾、霞光、植物、禽兽、摄身光等概貌。第二部分叙写古人登山的简史，采用纵式布局，略写了历代旅行家前仆后继攀登黄山的史实。第三部分作者将前人攀缘的险途与今人登山的石级相比照，采用对比式布局，记叙了作者一行人从温泉宾馆出发到达天都峰顶的历程。第四部分作者则采用星云式布局，他忽而写云气之漂泊无定、景物之瞬息万变，忽而又点出群峰时隐时现；忽而描绘旭日东升，忽而又映现光彩千变万化；忽而刻画海外五峰之药农，忽而又引出气象工作者；忽而叙写倾盆大雨，忽而又展现出鲜艳彩虹。从氤氲的云气一直到罕见的摄身光，一千余字，一气呵成，成功地表现了黄山峰峦奇险而美妙的壮观景色，于重彩浓墨之中显示出一种粗犷豪放、酣畅淋漓的美。

第二，《黄山记》在语言上，采用节奏明快的短句和类似骈体文的排偶句式，以加强文章奔腾豪放的气势，文附其质地表现了黄山景色的险峻雄奇和作者感情的热烈奔放，体现了大手笔写大风景的气魄。如作者在第四部分写云海时的一段文字:"这云雾或散或聚;群峰则忽隐忽现。刚才还是倾盆雨,迷天雾,而千分之一秒还不到,它们全部停住、散去了。庄严的天都峰上,收起了哈达;俏丽的莲蕊峰顶,揭下了蝉翼似的面纱。阳光一照,丹崖贴金。"作者将长句、短句、奇句、偶句巧妙地搭配起来,汪洋恣肆。

第三,《黄山记》全文有着明显的抒情笔调。第一部分以情造境,借大自然的奇功伟业,赞美了黄山景物的丰富与神奇。第二和第三部分写黄山道路化险为夷,抒发出赞美新时代的感情;第四部分描绘黄山美景,展示黄山云海、奇松、日出、摄身光四大奇观的美感力量。至于对景色的描绘,就更带有浓厚的抒情笔调了。

总之,无论是构思、语言或抒情风格,《黄山记》都表现出了作者用大手笔为黄山立传的特点。它用略带夸张的描写抒发审美激情,用气势充沛的语言展示绮丽多姿的美景,大气包举,境界恢宏,是一篇不可多得的游记名篇。

(1991年12月21日20:30湖南人民广播电台《文学欣赏》节目首播)

俄国文学作品赏析

象征手法的绝妙运用

　　——屠格涅夫散文诗《门槛》赏析

　　屠格涅夫（1818—1883年）是19世纪俄国著名的现实主义作家。他的主要成就是在小说创作上，特别是他的长篇小说，最著名的有《父与子》和《前夜》。屠格涅夫晚年才从事散文诗的创作，他以深邃的思想和隽永的语言写下了八十三篇脍炙人口的佳作，其作品成为世界文学中散文诗的典范。

　　在屠格涅夫的散文诗中，尤其以《门槛》一章最使人难忘。在《门槛》里，屠格涅夫通过一个富于诗意的"梦"，刻画了一位具有崇高牺牲精神的俄罗斯女英雄的形象，虔诚地歌颂了她为真理和正义而献身的精神。诗中的俄罗斯女郎，为了人民的幸福和解放，可以忍受任何痛苦和折磨。"寒冷、饥饿、憎恨、嘲笑、轻视、侮辱、监狱、疾病，甚至于死亡"和"完全的孤独"，以及来自敌人以至亲友的"一切的痛苦，一切的打击"，都不能动摇她为真理而战斗的决心。

　　《门槛》写的虽然是一个梦境，却丝毫没有梦境通常所有的那种虚幻朦胧的色调。作者用第一人称的写法，通过梦境的描绘，呈现在读者眼前的是真切、生动、具体的形象，使人读后有身临其境之感。下面我们以巴金先生译的版本（《散文诗》，文化生活出版社，1946年版本）来赏析《门槛》这首散文诗。

我看见一所巨大的建筑。

正面的一道窄门大敞着。门里面阴森昏暗。高高的门槛前面站着一个女郎……一个俄罗斯的女郎。

这望不穿的昏暗发散着寒气，而随着寒气从建筑的深处还传出一个缓慢的、重浊的声音。

这里出现的是一组象征性的形象。"一所巨大的建筑"象征着人类社会一项伟大壮丽的事业——革命。"高高的门槛"象征着一个人投身革命时所必须克服的来自社会的、家庭的、精神上的、心理上的巨大障碍。那道"窄门"以及门里的"阴森昏暗"还有发散着的"寒气"象征着从事革命的前途异常险恶。至于那"缓慢的、重浊的声音"，象征着革命事业对投身于它的人所提出的严峻考验。

接着是散文诗的主体部分：建筑里那个"缓慢的、重浊的声音"与"俄罗斯女郎"的对话。

这些对话以一场命运的考试为线索，用一连串层层逼近的考题为主人公性格的完成作了铺垫，从而塑造了一位光彩照人的女英雄的形象。

这些考题大致是按照以下的层次来推进的：

首先是从革命者将要面临的肉体折磨开始提问的。"寒冷、饥饿、憎恨、嘲笑、轻视、侮辱、监狱、疾病，甚至于死亡"，要经受住这些考验，对于一般人来说不是一件容易的事，而作者却把它们作为第一道试题，这就说明这些考验对革命者来说已经是家常便饭了。这样，试题一开始就显出了很高的起点，较好地衬托出了后面那些考题的难度。

接下来的试题是从革命者将要受到心灵折磨的角度提出的。这是考验的主体部分，其中又可分为四层意思。

第一层意思是革命者将要在心灵上面临的最初打击，是来自包括敌人和亲友在内的仇视，会遭到"跟人们的疏远，完全的孤独"的境遇。原因很简单，一方面是因为19世纪70年代，俄国的革命者当中有不少出身于名门望族，他们在投身革命斗争的时候，所遇到的第一个问题就是与贵族家庭决裂。另一方面，革命者的高尚行动也不一定会被人民群众所了解，甚至还有人会对他们抱怀疑和敌视的态度。所以说"不仅是你的敌人，就是你的亲戚，你的朋友都给你这些痛苦，这些打击"。对这道高难度的试题，女郎的回答是从容而坚定、简洁而明确的，"我知道"三字可谓铿锵有力、掷地有声，很好地表现了她英勇无畏的精神。

第二层意思是革命者还要准备接受来自人民的冷漠对待。那门里的"声音"对这位女郎说："这是无名的牺牲！你会灭亡，甚至没有人……没有人知道，也没有人尊崇地纪念你。"牺牲而无名，这是更朴实、更高贵、更伟大的牺牲，所以这道试题对革命者来说显得极为严峻，而女郎的回答却是："我不要人感激，不要人怜悯。我也不要名声。"这不仅充分显示了这位女郎的博大胸怀和崇高的思想境界，同时我们还有理由认为，作者在这里做了相反的暗示，那就是：人民对这样的英雄是绝不会忘记的。正如鲁迅先生所说："将来总会有记起他们，再说他们的时候的。"（《为了忘却的纪念》）

第三层意思是革命者还要准备接受自我良心的搏斗。这道试题是"你甘心去犯罪吗？"当题目宣布之后，女郎并没有像前面那样应声而答，而是埋下了她的头。这个细节很值得我们玩味，可以说，它既符合一个女郎的身份，又写出了这一问题的严酷，更突出了这位女郎心灵的纯洁，起到了一石三鸟的效果。作为一个道德极为高尚的青年，她绝不会容忍自己的道德、行为受到丝毫的玷污，所以这道试题对这位俄罗斯女郎有很大的心理障碍，她不由得"埋下了她的头"，沉思了片刻。不过，这一行动不仅无损她的光辉形象，相反却使她后面的"我也准备去犯罪"的回答显得更加崇高而伟大。

第四层意思是革命者还将接受信仰的考验。"你知道将来在困苦中你会否认你现在这个信仰，你会以为是白白地浪费了你的青春？"这是最后的，也可以说是难度最大的试题。这道试题中的"会"，意思是"有可能"，而不是"一定会"。这是一个假定性的提问。一方面，任何国家的任何一次革命都有半途而废的落伍者和变节者的教训，这是这一假定性提问的客观基础；另一方面，门里的声音是要进一步考验一下这位姑娘的革命决心，看她的信仰到底坚定到了怎样的程度，要求她在最终跨越"门槛"之前，再从内心检验一下自己对革命的认识和思想准备。"这一层我也知道。我只求你放我进去。"这是斩钉截铁的回答。这位娴静纯洁的女郎自觉自愿地，甚至是急不可待地选择了一条艰难凶险的生活道路。这种强烈的"反差"进一步强化了"门槛"那种使懦夫也会坚强起来的感人力量。

文章的最后两句，更是画龙点睛的妙笔。那个远远躲在后面咬牙切齿地嘲骂的人，是任何革命或社会改革中必然会有的庸人和市侩主义者的代表，他们是作品矛头所向的批判和暴露对象，所以作者只让他们说了两个字，并且当即给予了针锋相对的批驳。"一个圣人"，这是对革命者的高贵品质和伟大献身精神的崇高评价，也是歌颂这些英勇无私的革命志士的最强音。如果把《门槛》当作一出短小而内涵丰富的短剧的话，那么，这个结尾则如同短剧结束时，舞台上的聚光灯全部开亮，俄罗斯女郎的崇高伟大，市侩们的丑恶卑劣，作者的鲜明爱憎，全部呈现在观众的眼前。整个作品在如此强烈的艺术效果中结束，我们不得不叹服作者艺术手法的高超。

《门槛》在写作上的最大特色就是象征手法的成功运用。象征这种艺术手法能够借助一个或一组具体生动的形象，暗示出一种思想或者暗示出事物的某些本质特征来，它使形象的艺术和抽象的哲理相沟通，使文艺作品富于感染力，又富于启发性，使短小的篇幅具有丰富凝聚的内涵。像《门槛》这篇作品，它总共才四百来字，却概括出了当时俄国社会生活中一个巨大的真理：俄罗斯人民正满怀信心、勇气十足地为祖国的解放而斗争。像这样寓意深刻的作品，往往能发人深省，耐人寻味。它在给我们以美的享受的同时，也在我们思绪中引发出缕缕不绝的联想，启发我们去思考许许多多平时往往没有认真考虑的问题。我们会联想到那些真实或虚构的民族英雄和仁人志士，想到尝百草的神农，治水的大禹，想到烈火中的布鲁诺……甚至还可以联想到为共产主义而牺牲的革命战士。尽管这些人物所处的时代不同，身份不同，事迹也不同，但在他们身上都闪耀着与俄罗斯女郎相同的精神光辉——为真理、为正义、为民族、为国家、为人类的进步事业而义无反顾地贡献自己的一切。我们读了这篇作品以后，能受到鼓舞，受到激励，会对我们自己未来更加美好和光明的生活充满信心，因为我们从中汲取到了克服困难的勇气和力量。

（1988年5月15日16：30湖南人民广播电台《作品欣赏》节目首播）

专题文学作品赏析

高标逸韵君知否　正在层冰积雪时

——六首咏梅小诗赏析

每当冬至过后，大地冰封雪飘，千枝万朵梅花便开始迎寒怒放，给人们带来了春的消息。她那清雅的姿态、高洁的品格和青春的活力，撩拨过不少诗人的情思，博得了许多诗人的赞赏。千百年来，爱梅的诗人不可胜数，咏梅的诗篇车载斗量。今天，我们就从古诗这个百花园里，撷取几朵脍炙人口的小花跟大家一起品赏。先请听一首写早梅的诗：

一树寒梅白玉条，迥临村路傍溪桥。

不知近水花先发，疑是经冬雪未销。

这首题为《早梅》的诗，是中唐诗人张谓的作品。它采用朴实无华的白描手法，写出了早梅的高雅品性，形象生动地表现了诗人见到早梅后又惊又喜的心情。"一树寒梅白玉条"，意为一棵寒梅开花了，它的树枝如同白玉一般。这一句，既形容了寒梅的冰清玉洁，又写出了早梅凌寒独放的姿容。"迥临村路傍溪桥"，"迥"是远的意思。"傍"指靠近。这句是说，这棵梅树远离着人来车往的村路，紧靠着小溪边的小桥。一个"迥"字，一个"傍"字，紧承上句，点出了这棵寒梅的生长环境。"溪桥"二字则引出了诗的第三、四两句。"不知近水花先发，疑是经冬雪未销。"这两句的意思是：没想到靠近小溪的梅树比其他地方的梅树先开花，我还怀疑是积在梅枝上的雪没有消融哩！第四句回应了首句中的"白"，梅雪颜色相近，所以诗人把寒梅误以为是经冬未消的白雪。一个"不知"，再加上一个"疑是"，将诗人远望寒梅时似雪非雪的迷离情状写得活灵活现。走近以后定睛一看，才发现原来这是一棵近水先发的寒梅。到这里，诗人消除了疑惑，巧妙地点出了早梅之"早"。

除了中唐诗人张渭写的这首《早梅》以外，在晚唐，有位名叫齐己的和尚，是个很勤奋的诗人，他也曾经写过一首《早梅》：

万木冻欲折，孤根暖独回。

前村深雪里，昨夜一枝开。

风递幽香出，禽窥素艳来。

明年如应律，先发映春台。

这首《早梅》与张渭的《早梅》，同样突出了梅花之"早"，但在写法上不同。张渭的《早梅》，摄取的是一个镜头、一个片断；齐己的这首《早梅》则逐层深入地写了一个过程，"万木冻欲折，孤根暖独回。""孤根"指梅树的根。这两句是说，冰天雪地，百草凋零，连那一大片树木也冻得快要折断了；就在这时候，梅花的根部却独自感到了一点春意，得到了回春的温暖。在这里，诗人采用对比的手法，将梅花与"万木"放在艰苦的环境里加以对照，有力地反衬出梅花不畏严寒的秉性，同时又照应了诗题"早梅"。

"前村深雪里，昨夜一枝开。"村子前面的那棵梅树，她迎风傲立在厚厚的积雪中，昨天晚上率先开放了一枝新梅。这两句紧承前两句而来，原因很简单，如果不是春暖"独"回梅根，就不会有"一枝开"。据陶岳的《五代史补》记载，第四句中的"一枝开"，初稿原为"数枝开"，诗人也曾用这首诗向当时的大诗人郑谷求教，郑谷读后说："'数枝'非早也，未若落'一枝'佳。"齐己听后，十分佩服，便将"数枝"改为"一枝"，并称郑谷为"一字之师"，成为一段流传千古的佳话。这个字为什么改得好呢？因为诗的用字讲究凝练，如果用"数枝开"的话，虽然花数是多了，但诗意却少了，显得一般；用"一枝开"，就说明是刚刚开始开花，体现了一个"早"字，与诗题正相切合；又因为只开了一枝，表明是从无到有，也给人一种新鲜感。此外，"昨夜"二字也值得我们玩味，它既透露了诗人发现这一奇景后的惊喜之情，又暗示出诗人对梅树开花的关心。平淡的诗句里蕴含着诗人的美学理想。

"风递幽香出，禽窥素艳来。""递"是传递。"素艳"指梅花色白而有光泽。这两句紧扣上边的"一枝开"，写这枝梅花的姿色和风韵：一阵清风吹来，把梅花的淡淡芳香传送开后，连那些小鸟儿也飞来偷偷地观赏她那素雅而艳丽的花朵。一枝寒梅映着积雪，雪是白的，梅花也是白的，虽然不太引人注目，但是她却自有知己存在。不过，知己只有清风和飞禽，又未免可惜，因为她应当有更多的观赏者。

"明年如应律，先发映春台。""应律"指梅花按时开放。"发"指开花。"春台"泛指游玩的风景优胜之处。这两句是诗人对梅花的劝慰：明年如果你仍然能够按季节开放，应当率先开放在众人游览的好地方（也就是春台），让大家都来观赏观赏。齐己是僧人，曾独处山中，以高洁自许，但像"昨夜一枝开"一样无人赏识，这首咏物诗就寄托了作者怀才不遇的悲伤。我们也可以这样说，他写梅花就是写的他自己，他劝慰梅花，也有自我安慰的意思。

总体来看，这首诗的描写由远而近，由虚到实，句句紧接，逐步展开。首联以虚衬实，紧扣一个"早"字。颔联在首联的基础上突出独秀的"一枝"。颈联再对这"一枝"进行一番具体形象的刻画。尾联一语双关，表达了自己明年独占花魁的心情。层次分明，很有特色。

接下来我们向大家介绍辛亥革命烈士宁调元的《早梅叠韵》。

姹紫嫣红耻效颦，独从末路见精神。

溪山深处苍崖下，数点开来不借春。

"姹紫嫣红耻效颦"，"姹"是美丽的意思。"嫣"指美好的样子。"姹紫"与"嫣红"连在一起，指春天艳阳下竞相开放的各种颜色的花朵。"效"是模仿的意思。"颦"就是平时所说的皱眉头。"效颦"源出《庄子·天运》篇：美女西施因心痛而皱着眉，西施同村的一个丑女看到后，认为这样很美，回去也学西施的样子，结果丑上加丑，使得村里的人再也不想看到她。这就是"东施效颦"的故事。"姹紫嫣红耻效颦"即耻于像百花那样互相效颦。在一派骀（dài）荡的春光里，群芳斗艳，蜂飞蝶舞，那浓郁的花香、绚烂的色彩以及那热闹的场面，确实令人羡慕，然而这一切对于冰清玉洁的梅花来说，却是不屑一顾的。这里表现出的是一种不与世俗同流合污的高标品格和积极向上的精神风貌。既然耻于效颦，不愿仿效百花争艳，那她就必须走与众芳不同的生活道路，即第二句所说的"末路"。

"独从末路见精神","见（xiàn）",同"显现"的"现"。"末路"有两层意思：一是从时间上看，她不开在春光里，却开在严寒的冰雪中；二是从地域上看，她不开在桃花坞里、牡丹园中，而是开在"溪山深处"。可见，这棵早梅在所处时空所显现出来的独特精神，就是要在霜打雪欺之中呈现一段高格，在寒凝大地之际傲开数朵春华。

"溪山深处苍崖下"，这一句作为转折，不仅紧承前面的起承两句，为"末路"作了一番具体的说明，而且还特地为早梅安排了一个山穷水尽的境地，较好地揭示了梅花孤高的品格。溪山深处，苍崖之下，早梅花儿开，开了多少？开了"数点"。"数点"这两个字下得果敢而精妙，和齐己的"昨夜一枝开"异曲同工。"一枝开"，很可能就是一枝上面数点开；而"数点开"，则又可能是开在一枝之上。

"数点开来不借春"，"借"凭借、依靠的意思。这一句是说，虽然只是几点花朵，却是在春天到来之前开放的。这棵早梅不愿开在春风里，是因为耻于效颦；而不凭借春风怒放，却是因为她有异于众芳的傲霜斗雪的末路精神。不借春风，我自能开，这就是早梅的风骨；迎来春光，引来百花开，这就是早梅的本色。

这首《早梅叠韵》在构思上与前两首《早梅》有很大的不同。诗人为了突出早梅的"末路"精神，把梅花的色泽、姿态和香气等显著特征都舍去，集中笔墨写其"早"。而写"早"又没有直言时节早的词语，只用"不借春"三个字加以暗示，使得诗句更为凝练，更有一番深远的意境。

在表现手法上，这首诗的寄托比齐己的《早梅》更深。花草精神虽小，却足以喻大。运用类比联想，通过生物属性和精神属性上的某些相似点，用生活形象去暗示抒情形象，从而曲折地表达出诗人的主观感情，这就是所谓"托物言志"的表现手法。这首诗里独从末路显现出的早梅精神，就是诗人自我品格和革命精神的体现。作为晚清革命团体"南社"的骨干和中坚，宁调元少年时代就胸怀大志，以天下为己任。他很早就参加了中兴会和同盟会，提倡民主革命。为了反对袁世凯称帝，为了中华民族的前途，诗人过早地献出了自己的生命。因此，诗人就是一枝引来百花开的早梅。那"独从末路"所显示的孤高品格，正是诗人自己伟大人格的写照。

欣赏过这三首早梅诗以后，我们再向大家介绍三首雪梅诗。因为梅花洁白如雪，也因为梅花开在严寒季节，诗人们的咏梅诗就往往把梅雪联系了起来。王安石的《梅花》就写道：

> 墙角数枝梅，凌寒独自开。
>
> 遥知不是雪，为有暗香来。

这首短短二十字的小诗，妙就妙在以白雪为衬托去表现梅花的洁白芳香。雪是高洁的，但梅花除了具有雪的一般高洁以外，还具有雪所不具有的香的特点。这梅花不仅凌寒呈艳，而且在严寒中散出清香。"墙角数枝梅，凌寒独自开。""凌寒"指冒着寒冷。这两句是说：在毫不引人注目的墙角处，生长着一树横斜的梅花；在这天寒地冻的季节里，只有她独自开放于冰封雪飘之中。"遥知不是雪，为有暗香来。""暗香"指清幽的香气。这两句的大意是：之所以老远就知道那不是雪压枝头，是因为有阵阵幽香飘来。这两句虽然不是比喻，却包含着比喻的意思，很自然地写出了梅花的颜色和香味。一个"雪"字，形象地描绘了梅的洁白；一个"遥"字，又含蓄地点出了花的馨香。这比直接用雪来比喻梅花要高出一筹。

和王安石同时代的一位不大知名的诗人卢钺（别名卢梅坡），他写过两首题为《雪梅》的七言绝句。其一是：

> 梅雪争春未肯降，骚人搁笔费评章。
>
> 梅须逊雪三分白，雪却输梅一段香。

一位诗人偶涉园林，欣赏冬景，不料碰上了一场激烈的争论。只听梅花说："春是属于我的。梅开百花先，我一花引来万花开。"雪花也不甘示弱，据理力争道："不，春是属于我的。瑞雪兆丰年，我为种子盖上了温暖的棉被。"这就是起句"梅雪争春"四字所包含的内容，用笔非常省俭。梅花和雪花争春，各不相让，互不认输，只好请诗人写诗评论她们的高下。而我们这位诗人却不得不搁下笔来费一番思索，想一想词儿了。因为她们一同抗击了寒流，又一同迎来了春天。可她们现在却要争个我高你低，我优你劣，怎不教人颇费思量呢？既然碰上了，也就不能袖手旁观，只得认真评判一番。于是，这位诗人说道："依我看，在洁白晶莹上，梅花比雪花差着三分；在俏丽芳香上，雪花可就要输给梅花一筹了。"这首诗与王安石的《梅花》比较起来，在构思上更加别致奇巧，在表现手法上也更为独特。诗人颇费匠心地用拟人手法写梅与雪的争执，然后诗人加以评判，由此写出梅和雪各自的特点。写雪，从颜色上着墨；写梅，则从气味上落笔。从而揭示出这样一条哲理：尺有所短，寸有所长。可是，在这首诗写成之后，诗人仍然感到意犹未尽，于是他又写了第二首：

有梅无雪不精神，有雪无诗俗了人。

日暮诗成天又雪，与梅并作十分春。

这首诗其实又是一番道理：梅花虽然清香，但如果没有雪花的映衬，就不能显示梅花的傲骨精神；雪花虽然洁白，但如果没有诗歌的咏叹，也不能显示雪花的高雅品格。就拿眼前来说，时已薄暮，我的小诗也已经写成，雪花又在天边纷纷扬扬地飘舞起来，树上的寒梅更加蓬蓬勃勃地怒放着，三者和谐相映，才妆点出浓郁的春色，美化着人间。她们共同酿造了春天，春天决不属于任何个人。结句"与梅并作十分春"是这首诗的诗眼。"十分春"即完美无缺的春光。它是人类的最高理想境界，是芸芸众生共同创造的。诗人用"梅""雪"和"诗"的形象来加以暗示，含意十分深远。

总之，卢梅坡这两首诗，构思角度新颖，创作意境优美。既像叙事，又似抒情；既有描写，也含议论。在咏梅诗中推陈出新，别开生面，闪烁着耀眼的光彩。

（1989年4月3日16:30湖南人民广播电台《文学欣赏》节目首播）